FRAGOLE

CASEY BARTSCH

Traduzione di
ROBERTA BERARDI

PROLOGO

L'olio bollente in cui friggeva il tacchino faceva spruzzi, quasi fosse un geyser, infradiciando la lastra di cemento sottostante. Per quanto suo zio si fosse dichiarato esperto in fatto di cucina, fu chiaro ad Elizabeth che non aveva la più pallida idea di quello che stava facendo. Il resto della famiglia, radunatasi per osservare l'immersione del tacchino, indietreggiò, lontana dall'unto e dalle fiamme. Parte del cartone che lo zio aveva modellato a guisa di improvvisato paraspruzzi era ormai ridotto in fiamme. Gloria, la zia di Elizabeth, gettò un bicchiere di acqua gelata sul cartone prima che lo zio Bob potesse fermarla, e, di conseguenza, alcune piccole fiammelle simili a piume si riversarono sul prato.

Alla fine, finirono bruciati solo un po' d'erba e l'amor proprio di un paio di persone. Miracolosamente, il tacchino ce la fece a sopravvivere e, con grande gioia di Elizabeth, risultò perfettamente commestibile. Il tacchino era il pezzo forte della cena del Ringraziamento in famiglia. Il resto sarebbe stato il solito inferno che lei aveva avuto modo di sperimentare fin troppo bene, and e troppo spesso.

Nella sua famiglia erano cattolici collaudati e timorati di Dio. Anche lei era stata cresciuta in ambiente religioso, ma se ne era discostata all'età di tredici anni. Si era sempre posta domande di più ampio respiro a proposito del mondo rispetto a quanto facesse la sua famiglia, e quando la chiesa non fu più in grado di procurarle risposte, iniziò a cercarle altrove. Si persuase che la religione come organizzazione non fosse altro che un muro che lasciava il resto della conoscenza fuori in disparte. Andò ancora in chiesa per un altro paio d'anni, giusto per posa, ma a diciassette anni, Elizabeth rese noto ai suoi genitori e a suo fratello che non avrebbe più frequentato la chiesa la domenica. La sua mentalità era diversa e si augurava che loro l'avrebbero rispettata.

Non ci riuscirono.

I mesi che seguirono la dichiarazione furono affastellati di tentativi di farle cambiare idea. Trovò libri di religione sul letto. Le chiacchiere a cena non si concentravano sulle peripezie della giornata, ma sulla gloria dell'Onnipotente. Padre Duncan, il prete della parrocchia, si presentò spesso a casa, e, per quanto fosse formalmente invitato a cena, era chiaro che il suo obiettivo era sempre e solo lei. Veniva a casa ogni giorno per parlarle, e durante l'estate ciò avveniva ad orari strani; per esempio, quando i suoi non erano a casa. Una volta, l'ultima per la precisione, le mise una mano sulla coscia. Quando Elizabeth gliela spostò e incrociò le gambe nella direzione opposta, lui l'abbracciò, la tirò a sé, e fece scendere la mano sulla sua schiena, un po' troppo in basso per un uomo di chiesa. Lei sgusciò via e gli tirò uno schiaffo con tutta la forza che poté, poi scoppiò a ridere. Rideva così forte che gli occhi cominciarono a lacrimarle, e delle bollicine disgustose di muco le uscirono dal naso. Eccolo, il *santo* uomo, che l'avrebbe salvata, il pastore che l'avrebbe rimessa in riga: tutto quello che in realtà voleva era un po' di spasso, come del resto qualunque altro uomo.

"Vada subito via," disse in uno stato di calma, aprendogli la porta.

Sebbene continuò a servire la parrocchia locale, Padre Duncan non cercò mai più di convertire Elizabeth.

Poco dopo, trovò un lavoro disgustoso in un ristorante squallido chiamato *The Shack*. Lo odiava, ma doveva mettere da parte ogni singolo centesimo, per poter andare via di casa e fare esperienza del mondo da sola.

Una donna libera dalla tirannia religiosa! Così si definiva.

Le ci vollero diversi anni per realizzare che nemmeno il suo odio per la religione era ciò di cui aveva bisogno. Comprese, infine, che né la fede più cieca né un rifiuto totale valevano granché. Doveva semplicemente essere se stessa, e questo pensiero le portò una pace che conserva tuttora.

Il vero problema si presentava quando Elizabeth tornava a casa. Non lo faceva spesso, ma si impegnava a tornare a trovare la famiglia durante le vacanze. Il concetto di famiglia le era ancora caro, e quella idea un po' romantica la riportava sempre a casa. Aveva sposato un uomo eccezionale, Tony, e con lui aveva avuto sua figlia Emily. In occasione di quel Ringraziamento non erano venuti con lei. Tony si era allontanato da tempo dalla famiglia di lei. Non era mai entrato in quel tipo di ottica religiosa. Ma la questione con sua figlia era diversa. Elizabeth non voleva che Emily fosse lì. Pace o non pace, non le andava che i loro rimproveri cristiani importunassero la sua povera bambina.

Dunque, questo Ringraziamento, Elizabeth era sola, circondata da persone che amava perché doveva, e che – ne era consapevole – forse non la riamavano allo stesso modo. Seduta al tavolo, con la forchetta in mano e il tovagliolo sulle gambe, si guardava intorno. Erano come maiali al trogolo che si ingozzavano. Fatta eccezione per sua nonna, che guardava Elizabeth con occhi pieni di disprezzo. Ad Elizabeth sembrava proprio di avvertire delle frecce d'odio colpirla, quando i loro sguardi si incrociavano. La nonna parve sul punto di parlare, ma lo zio Mike interruppe lo scambio di occhiate con il commento che faceva ogni volta che la vedeva. "Allora Lizzy, non ti vediamo in chiesa da un po'."

"Sì, è da un po', eh?," diceva Elizabeth. Questa era la sua risposta standard, ogni volta, al fine di evitare quella conversazione. Quando si trattava della sua famiglia, c'era sempre qualcosa da evitare. Sapeva che Mike avrebbe insistito però, ed era pronta ad ingoiare silenziosamente la rabbia come al solito.

"Lizzy sai bene che ci dispiace per te. Dispiace a tutti. Vogliamo solo essere sicuri che tu stia bene, ma non ti fai mai sentire."

"Lo so, Mike. Sono solo molto impegnata con il lavoro. E con Emily e ora con l'aggiunta della casa mi sembra di non avere affatto tempo nell'ultimo periodo." Sperava che queste parole sarebbero state sufficienti per terminare l'interrogatorio, ma poi notò sua nonna. Le parve che quegli occhi inquisitori non l'avessero lasciata per un minuto. Questo la riempì di rabbia. Sentiva parole ardenti ribollirle su dallo stomaco, minacciare di scapparle fuori da dove si era sforzata di tenerle a bada. Quando Mike insistette sull'argomento, quelle parole esplosero come da un vulcano, spandendosi sul tavolo come lava.

"Senti, Mike, finiscila, okay! Non mi vedete in chiesa da un po', perché non mi ci vedete da quando ero una ragazzina. Non vado in chiesa perché non ci credo. Non credo nell'istituzione e decisamente non credo in Dio! Ora, per favore, possiamo lasciar perdere la questione, in modo da poter mangiare insieme e comportarci da famiglia normale una volta tanto?"

Elizabeth sentì il suono dell'argenteria cadere all'unisono sulla porcellana di lusso che si usava per queste occasioni. Gran parte della famiglia teneva la testa abbassata, occhi sul cibo, come se aspettassero una qualche punizione per i propri peccati.

A quel punto, la nonna finalmente parlò; la sua voce roca, il castigo per una vita passata a fumare. "La nostra famiglia frequenta la chiesa. La nostra famiglia rispetta il Santo Padre e canta le sue lodi ogni domenica. Preghiamo prima di cena. Non abbassiamo la testa, sperando che nessuno lo noti. La nostra famiglia ama il Signore, e chi non lo fa non è parte della *nostra* famiglia."

Era tutto. Per quanto riguardava la nonna, Elizabeth non faceva più parte della famiglia. Gli altri, a quel punto, avevano gli occhi puntati su di lei. Erano tutti in silenzio. Nemmeno uno di loro mostrò il minimo cenno di disaccordo con l'opinione della nonna.

Elizabeth tirò via la sedia dal tavolo e posò il fazzoletto sul piatto. Quell'accenno di movimento sembrò svegliare il resto della famiglia. Presero a mormorare e a borbottare parole di rabbia nei suoi confronti, come se ce l'avessero con lei per averli riportati alla vita da un'antica camera mortuaria. Il tenore delle loro parole peggiorava. Si infervoravano riempiendola di oscenità. Parole che la colpivano che erano destinate a lasciare cicatrici. Capì che fino ad allora aveva tenuto dentro i suoi sentimenti tanto quanto aveva fatto la sua famiglia, e ora il fiume aveva straripato.

Elizabeth si allontanò dal tavolo e andò nella stanza di fronte. Aveva le guance bagnate di lacrime, ma i suoi familiari non sembravano darle tregua. La seguirono mentre se ne andava, e questo le ricordò quei film sugli zombie che guardava con suo marito. Ma questi non erano morti viventi. Era un'aggressione da parte della sua stessa famiglia. Non un'aggressione violenta, ma verbale. Mentre cercava di soffocare invano le urla, pensò che avrebbe preferito essere picchiata che sopportare tutto questo. Doveva fare qualcosa. Doveva scegliere se reagire o farsi sopraffare. "Dio non esiste," disse timidamente, "e se ci fosse, credete davvero vorrebbe che vi comportaste così??"

Sua nonna si fece strada tra gli altri e le si piazzò direttamente davanti. Mentre era seduta, non c'era modo di determinare quanto fosse minuta quella donna, ma ora che era in piedi tra gli altri, la sua statura si rese evidente. Era una trentina di centimetri più bassa di Elizabeth-- ed Elizabeth non era certo alta—ma la sua figura minuta non ne sminuiva la presenza, che in quel momento sembrava letale. Guardò Elizabeth un'ultima volta, dopo di che la schiaffeggiò con forza. Dovette mettersi in punta di piedi per farlo, ma fu più potente di quanto ci si potesse aspettare da un esserino così fragile.

Elizabeth per forza di cose girò la testa, la guancia iniziò ad arrossarsi, e la pelle le divenne bollente.

"Vattene," disse la nonna con una certa calma. "Non sei più la benvenuta in questa casa."

Elizabeth si avviò alla porta. Guardò il resto della sua famiglia, che aveva finalmente smesso di gridarle addosso, le sembrarono estranei. Afferrò il cappotto dall'appendiabiti e molti altri caddero a terra. Non si prese la briga di raccoglierli. Mentre apriva la porta e se ne andava, si guardò indietro un'ultima volta. Nessuno si era mosso. Non le appartenevano più. Sbatté la porta dietro di sé e si avviò alla macchina.

La strada di casa era breve, ma a causa del traffico dovuto al Ringraziamento, era più lunga del solito. L'oscillare della macchina calmò Elizabeth e sia il corpo che la mente le si intorpidirono. Quando imboccò l'autostrada per andare a casa, aveva quasi completamente dimenticato di essere triste.

Non è stato buffo?

Si prese un momento per dare un'occhiata alla sua faccia nello specchietto retrovisore. Non c'era ragione di apparire sconvolta di fronte alla sua famiglia; si sarebbero preoccupati. Quando uscì dalla macchina, vide di sfuggita il piccolo capanno che suo marito aveva costruito nel giardino sul retro. Tony aveva detto che gli serviva un posto per andare in ritiro e fare roba *da uomini*, ma quel luogo si era trasformato in un posto in cui un po' tutti finivano col passare parecchio tempo. Tony armeggiava spesso con la roba di un progetto di falegnameria mentre Elizabeth ed Emily lo guardavano e giocavano. Capì che lui ed Emily erano lì allora, poiché Tony non lasciava mai la luce accesa se non era lì a lavorare. Invece di entrare a casa, andò dritta al capanno. Aveva urgenza di essere con la sua vera famiglia al più presto.

Non appena entrò, incrociò lo sguardo di suo marito e sorrise. Stava martellando qualcosa e le sorrise a sua volta. Stava per fermarsi, ma Elizabeth fece un gesto con la mano che significava, "No, continua pure."

Emily si trovava sul lato destro, mentre giocava con un banco da lavoro di plastica che le avevano regalato per Natale l'anno prima. Imitava tutto quello che faceva suo padre, e a stento si accorse che sua madre era entrata.

Elizabeth si recò in fondo al capanno e si diede uno slancio sul ripiano. Aveva passato svariate notti su quel ripiano a guardare suo marito lavorare e sua figlia giocare e quella notte non sarebbe stata diversa. Lì era calma. Gli eventi di solo un'ora prima erano andati alla deriva tra le correnti dei suoi pensieri, così sorrise. Quella era la sua famiglia, e non le serviva altro.

Emily martellava quando il papà martellava. Segava quando il papà segava. Non capiva perché i suoi risultati fossero diversi da quelli di suo padre, ma continuava a darsi da fare. Suo padre la guardava e sorrideva. Le sorrideva sempre, e la cosa le piaceva. Sua madre era entrata da pochi minuti, ma non sembrava volesse giocare, così Emily continuò a costruire quello che costruiva il papà.

Presto, tuttavia, cominciò a stancarsi di quell'attività, e le venne voglia di andare fuori sull'altalena. Diede uno sguardo rapido a mamma e papà; entrambi avevano da fare, quindi aprì la porta del capanno e andò verso l'altalena da sola.

Ciò che vide la fece sobbalzare.

La porta era aperta e un uomo era accovacciato proprio davanti all'entrata. Entrambi i suoi genitori erano occupati in altro e non lo avevano notato. La guardò e sorrise. Con un sorriso ampio. In bocca aveva denti bianchissimi, quasi brillanti. Emily sorrise a sua volta, e l'uomo mosse il dito piegandolo, per dirle di avvicinarsi. Lei esitò, ma suo padre fece rumore con la motosega e sobbalzò di nuovo. Quel suono non le piaceva. Sua madre leggeva una rivista e non le badava. L'uomo all'esterno continuava a sorridere e sembrava volesse giocare, quindi alla fine gli si avvicinò.

Sembrava un pagliaccio senza trucco, e la cosa la fece venire un po' da ridere. La testa calva aveva delle protuberanze. Lui sorrideva e ridacchiava insieme a lei. Si voltò verso suo padre come per mostrargli quest'uomo buffo, ma stava ancora usando la motosega— ed era rumorosissima. Emily si coprì le orecchie con le mani, ma l'uomo-pagliaccio prese le prese le manine e gliele riportò sui fianchi. La tirò delicatamente a sé, e a quel punto si trovarono proprio davanti all'ingresso del capanno. Il rumore della motosega non era più così forte.

Le stuzzicò leggermente il naso con un dito. "Bip," disse, ed Emily ridacchiò ancora.

L'uomo sorrise ancora in modo evidente, afferrò la parte inferiore del suo vestito, stringendola in un pugno, e tirò Emily vicino a sé. A lei non piacque, provò a discostarsi, ma l'uomo-pagliaccio la teneva ferma. Guardò in basso, verso le sgualciture che stava facendo al suo bel vestito giallo, e quando alzò la testa per guardarlo di nuovo, non sembrava più buffo. Sorrideva ancora, ma di un sorriso spaventoso. Chiamò suo padre, ma il rumore della motosega copriva la sua voce e lui non riusciva a sentirla.

Allora l'uomo-pagliaccio tirò fuori un bicchiere di plastica dalla tasca e se lo mise sulla bocca. Emily si dimenticò per un attimo del suo vestito, poiché non riusciva a capire che cosa stesse facendo quell'uomo e perché. L'uomo-pagliaccio fece dei rumori nel bicchiere che le parvero spaventosi.

"Sai perché faccio questi rumori?" chiese l'uomo, con quella voce inquietante, distorta dal bicchiere. "è perché ho un bicchiere sulla bocca".

Allora rise nel bicchiere. Sembrava un tuono e spaventò Emily. Cercò di scostarsi da lui ancora una volta, ma l'uomo-pagliaccio continuava a tenerla ferma. Non riusciva per niente a muoversi.

"Sai perché hai così paura?" chiese l'uomo-pagliaccio sogghignando. "è perché sono forte come le fragole."

Elizabeth distolse lo sguardo dalla rivista che stava leggiucchiando e notò che Emily non era più nel suo campo visivo. Si alzò e fece due passi in avanti, quando la vide, insieme ad un'altra persona, giusto fuori dal capannone. Elizabeth vide la mano dell'uomo infilarsi nella bocca di Emily. Le sue dita circondarono l'arcata inferiore dei denti di Emily, e mentre la afferrava con forza, l'uomo diede uno strattone violento. Da Emily provenne un urlo appena sussurrato prima che quella mano strappasse via la mascella della piccola e lei collassasse nel suo stesso sangue. Il suo piccolo corpo si contrasse e contorse, mentre scivolava nella pozza rossa di sangue ai suoi piedi.

Elizabeth vide suo marito interrompere le sue attività e guardare verso la porta. Reagì all'istante, mentre Elizabeth era inerte, come congelata. L'uomo che aveva violato sua figlia afferrò prontamente un grosso martello che era rimasto appoggiato al capanno. Il martello colpì suo marito al petto prima che potesse avvicinarsi, e un momento dopo si schiantò sul suo cranio. L'uomo si girò verso Elizabeth con un sorriso sul volto altrimenti privo di espressione.

Solo alla fine, Elizabeth riuscì a muovere le gambe. Sfrecciò verso la parte posteriore del capanno, ma non c'era modo di scappare, nessun posto dove andare. L'uomo le fu alle calcagna in un batter d'occhio. Ansimando, allungò la mano su ciò che le era più vicino—una spillatrice. Provò ad usarla contro l'uomo che ancora sogghignava, ma lui gliela tolse di mano, la afferrò per i capelli, le spinse il capo giù, su quello stesso bancone su cui lei sedeva pochi minuti prima. Con una mano le teneva la testa sul bancone e con l'altra le spillava i capelli. Lei sentiva il click della spillatrice, pinza dopo pinza, renderle la fuga impossibile.

L'uomo, sempre sorridente, fece un passo indietro, guardò in basso verso di lei, e le mostrò la sua ultima scoperta. Un taglierino opaco e arrugginito sfiorò il suo sguardo prima che potesse avvertirne la lama sfiorarle lo stomaco. L'uomo continuava a guardarla col suo ghigno. Della saliva colò dall'angolo della sua bocca su quella di lei, e lui la spalmò sulla faccia di lei con il dito. Avvertiva del calore farsi strada nel suo addome, ma non era in grado di dire se le faceva male o no.

"Ora starai sperando che si tratti solo di un sogno. Ma sono felice di dirti che non lo è."

Quella fu l'ultima cosa che Elizabeth udì, e mentre gli occhi le si chiudevano, poté vedere vagamente l'uomo che sorrideva mentre si leccava le dita sporche del suo sangue.

CAPITOLO UNO

Tre pillole le caddero dalla borsetta, roteando in cerchio sul pavimento finché non si fermarono vicino al WC. Una era un Valium celeste, l'altra una pasticca di ibuprofene, mentre la terza, con un numero bianco impresso, non si lasciava identificare. Quando la raccolse, la pillola ormai vecchia le si sbriciolò in mano e si chiese da quanto tempo si trovasse nella confezione. Spazzò via alcune macchie di polvere e lanugine, dopo di che chiuse gli occhi e le buttò giù tutte e tre.

Il bagno faceva davvero schifo. Nessuno lo puliva da molto tempo, ammesso che fosse stato mai pulito. Rabbrividì al pensiero della roba attaccatasi alle pillole, ma cercò di allontanare quell'idea.

Sylvia era ormai divenuta una grande esperta nel buttar giù pillole senza liquidi, eppure una delle tre le si bloccò in gola. Produsse un suono simile allo starnuto di una iena e per fortuna la pillola andò nel verso giusto. Diede un'occhiata al lavandino, chiedendosi che sapore potesse avere quell'acqua, ma preferì lasciarsi la gola secca. Non si era mai posta il problema dell'acqua trovata in aereo, o perfino su un jet privato, ma in quel caso ci pensò bene.

Aveva paura di toccare qualsiasi cosa. Fluidi. La melma appiccicaticcia. Quei pezzetti dalla natura indefinibile. Tutto ciò le impediva di muoversi. Aprì la borsa che aveva in mano, tirò fuori un asciugamano e una bottiglietta di disinfettante generico e si mise al lavoro.

Mentre strofinava, la porta alle sue spalle continuava a tremare e far rumore a causa della forza che proveniva da fuori. Il cliente faceva sbattere il proprio corpo sulla porta, come se stesse per scardinarla.

Lei aveva deciso di rinominarlo Barone Rosso. Sylvia dava sempre soprannomi ai suoi clienti, e non si prendeva mai la briga di ricordare i loro veri nomi. La maggior parte davano comunque dei nomi falsi.

Il Barone le urlava di sbrigarsi ad uscire, dopo di che scagliò il suo corpo in sovrappeso contro la porta ancora una volta. Sylvia gettò un'occhiata in quella direzione, ma la porta era solida, e non avrebbe certo ceduto ad un allocco arrapato.

I bagni degli aerei erano piccoli, ma col tocco giusto e un po' di attenzione, potevano considerarsi un ambiente intimo. Se non intimo, quanto meno preferibile ad un posto all'Inferno. Melissa, amica e mentore, le aveva impartito molte lezioni utili quando Sylvia aveva deciso di imparare quell'attività, ma la comodità non era mai stata tra le cose necessarie. Per Melissa, il bagno era solo un posto per aspettare gli stronzi, non un luogo di vita. A Sylvia sembrava invece che dovunque tu sia, tu sia vivo, e sarebbe dunque dovuto essere il più possibile piacevole.

Questa era, a dire il vero, una bugia che si ripeteva da anni. Aveva ricacciato il suo cinismo giù nel profondo del suo grembo, e lasciava che pulsasse lì come un feto inquieto. Dall'esterno, nessuno avrebbe detto che fosse incinta dell'odio verso ogni cosa. Melissa si era fatta una mezza idea, ma perfino lei era all'oscuro di quanto fosse falso l'aspetto solare di Sylvia.

Si udì un tonfo da sotto la porta. Il Barone aveva deciso che forse ce l'avrebbe fatta col piede laddove il resto del corpo non ce la faceva. I due amici che erano con lui lo incitavano gridando e ridendo. Potevano dare spettacolo quanto volevano, per lei il bagno era casa sua in quel momento. Continuava a strofinare la tavoletta del water in modo da avere un posto per rilassarsi. Poteva essere un lungo volo.

Melissa le aveva detto che avrebbe dovuto tirarla un po' più a lungo. I giochi del Barone le sarebbero piaciuti—o quanto meno, avrebbe potuto fare finta che fosse così. A Sylvia non dava fastidio quando la afferravano con forza o la sculacciavano. Poteva sopportare mani sul seno e perfino dei baci in posti strani, ma aveva messo una linea di confine quando l'intrusione era eccessiva.

Il Barone le era venuto dietro mentre lei preparava da bere e le aveva infilato la mano sotto la gonna. Subito, le aveva infilato un dito nel culo. Si trattava di una violazione del contratto, senza contare quanto la cosa fosse disgustosa e anche un po' dolorosa. Non era contraria ad azioni del genere, ma voleva che regole e costi fossero decisi in anticipo.

Sylvia non tollerava sorprese durante il lavoro.

Melissa le aveva detto che il mondo si reggeva sul chiamare le cose con nomi che non corrispondevano al vero. In un tempo *di politically correct* dilagante e di paralizzante paura sociale dell'essere colto nel mezzo di un passo falso, le parole per descrivere ciò che qualcosa era davvero o ciò che qualcuno faceva erano diventate più simili a una parodia che a una rappresentazione della realtà. Pertanto, Melissa e Sylvia non erano prostitute—erano assistenti di volo *freelance*.

La lezione più importante che Melissa le avesse insegnato riguardava l'importanza della borsa di emergenza. "tieni sempre una borsa in un luogo che puoi raggiungere al volo," aveva detto, "Così, se le cose non vanno per il verso giusto, o il tipo diventa violento, puoi prenderla e andartene al cesso."

Quella borsa era la sua ancora di salvezza. Conteneva qualunque cosa le potesse servire in quelle occasioni. Col tempo aveva aggiunto roba, ed era diventata più ingombrante, ma aveva imparato a sacrificare ciò che le serviva meno, e ad organizzare lo spazio. Quella di Melissa invece conteneva soltanto una bottiglia d'acqua, un libro da leggere, uno snack, e dello spray al peperoncino.

A paragone, la borsa di Sylvia era un tripudio di bisogni. Aveva del disinfettante, dello spray deodorante, un cuscino gonfiabile su cui sedersi comodamente durante i voli più lunghi, una scorta di biancheria e calzini, più tutto lo stretto necessario. C'erano gli assorbenti, e per quanto raramente lavorasse con le mestruazioni, le erano tornati utili quando un cliente le aveva fatto sanguinare il naso. C'era un contenitore extra di pillole, Alka-Seltzer, clinex, e un piccolo beccuccio che filtrava l'acqua dal rubinetto. Teneva anche un piccolo bloc-notes e una penna con cu annotava i suoi pensieri e le informazioni utili che carpiva durante ognuno dei suoi lavori.

Il suo oggetto preferito in quella borsa era un piccolo globo di neve che suo padre le aveva dato quando aveva dieci anni. Dentro c'era una miniatura in plastica dell'Empire State Building. La neve era fatta di brillantini, e l'acqua blu scintillante che un tempo lo riempiva tutto era ora evaporata per un terzo. Lo piazzò sul ripiano del lavandino mentre sedeva sul gabinetto—con un cuscino. Il globo di neve la legava a una vita di molti anni prima ed era il suo oggetto di maggior valore affettivo.

Bang!

Qualcosa andò a sbattere contro la porta così forte che Sylvia poté vederla perfino incurvarsi appena. Il Barone gridò, e lo fece in una lingua estranea ad una ragazza Americana qualunque. Non era proprio tedesco. Lei, di suo, non parlava tedesco, ma lo riconosceva se parlato da altri. Non sapeva cosa lui avesse scagliato contro la porta ma a giudicare dal rumore, immaginava dovesse essere una seggiola da bar.

Gli uomini tedeschi, stando all'esperienza di Sylvia, di solito avevano buone maniere. Quasi sempre tiravano indietro la sedia per farti sedere e solo di rado massacravano intere etnie di esseri umani. Il Barone non aveva mai toccato la sua sedia, e quello fu il primo indizio che lui non si sarebbe dimostrato un uomo perfettamente educato. Il secondo indizio lo ebbe quando il cuoco di bordo fu costretto a preparare ben tre pietanze; ognuna di esse rimandata indietro con un'espressione di disprezzo, finché la situazione non toccò il punto in cui il Barone diede una padellata in faccia al cuoco. Il pover'uomo insanguinato disse qualcosa che Sylvia non capì, e poi fu accompagnato in un'altra zona dell'aereo; dopo di che non fu più visto.

Non ebbe abbastanza tempo per riflettere sulla condizione del cuoco, poiché fu proprio allora che il Barone la violò con il succitato dito. Questo causò risate ed elogi da parte dei suoi amici, per quella prodezza mascolina. Sylvia stette ferma per ancora qualche momento, sconvolta. Quel dito era per lei un affronto sussultante. Quando tornò bruscamente alla realtà, Sylvia si voltò di scatto e schiaffeggiò il Barone Rosso lungo la mascella. Prese la borsa dall'armadietto vicino al bagno e si serrò all'interno.

Non molto dopo, il rumore dietro la porta era cessato. L'invasore tedesco si era acquietato e aveva smesso di molestarla. Sylvia si concesse pian piano la possibilità di rilassarsi, e quando avvertì che la tempesta era passata, tirò fuori un tascabile dalla borsa. Era un thriller pieno di suspense che aveva preso sulla via in un negozietto in aeroporto. Era pieno di omicidi e caos, ma soprattutto era sciocco.

Così avrebbe staccato il cervello e lasciato che le parole vi si insinuassero fino all'atterraggio.

CAPITOLO DUE

Il tumulto dell'aereo nel momento in cui le ruote toccarono terra svegliò Sylvia dai suoi sogni. Aveva trasformato il gonfiabile in un cuscino improvvisato sul bancone. Quando alzò la testa, i suoi capelli restarono incollati al cuscino per via della saliva che le era colata all'angolo della bocca. Ci mise un istante a ricostruire I fatti. Il Barone Rosso e la sua banda di ubriachi avevano tentato ancora per un po' di attirare la sua attenzione, ma come era consueto per certi clienti, si erano calmati e l'avevano lasciata stare. Lei aveva letto almeno cento pagine del suo libro prima di sonnecchiare, tuttavia non ricordava nemmeno uno dei protagonisti o dei fatti della trama. Il libro giaceva ora, aperto, sul pavimento del bagno.

Pensò a sua madre, che leggeva almeno cinque libri alla settimana nei periodi di magra, e si chiese quanto poi le rimanesse in testa di ognuno. Si chiese quante volte sua madre doveva aver riletto lo stesso romanzo d'amore o del mistero senza nemmeno. accorgersene

Sylvia prese le sue cose e le risistemò nella sua borsa. Dovevano calzare alla perfezione o la borsa non si sarebbe chiusa. Quando riuscì a forza a chiudere la cerniera, si sedette sul gabinetto e prese ad aspettare; gli occhi fissi sulla porta e le orecchie in allerta. Era quella la parte peggiore del lavoro—l'attesa. Quando un volo andava male, come in questo caso, ed era costretta a respingere l'uomo che l'aveva assoldata, non restavano a lungo sull'aereo una volta atterrati. La lasciavano in bagno e scappavano dovunque gli uomini volessero. Erano uomini facoltosi, nessuno di loro aveva interesse ad attirare l'attenzione su quanto accadeva nei propri jet privati. Sylvia doveva solo aspettare che tutti uscissero prima di andar via a sua volta, ma odiava attendere. I momenti le sembravano minuti, i minuti ore.

Aspettava, seduta sul gabinetto, almeno due ore intere. Una volta aveva commesso l'errore di andarsene troppo presto e un cliente era rimasto sull'aereo più a lungo di quanto pensasse. Quel tipo aveva un evidente problema di controllo della rabbia e aveva pensato di sfogarlo su di lei. Mezza boccetta di spray al peperoncino dopo, lui aveva capito dove avesse sbagliato e lei pure. Da allora, fissò il tempo di attesa minimo a due ore.

Il secondo punto da chiarire era capire dove fosse atterrata. A Sylvia raramente veniva rivelata in anticipo la destinazione di questi voli, e se ciò accadeva, nella maggior parte dei casi, si trattava di informazioni false. I suoi clienti non erano dei tipi che amavano far sapere in giro dove andavano e cosa avevano da fare. Sylvia sospettava che nella maggior parte dei casi non facessero neanche niente di così importante, ma si godessero solo il potere di sembrare misteriosi. Ma li conosceva per ciò che erano. Di un uomo si può capire tutto a partire dal tipo di sesso che ama fare e dal momento subito dopo che è venuto.

Quasi allo scoccare della seconda ora tirò fuori il suo quaderno. Sul retro, aveva annotato tutti i posti in cui era stata e i modi in cui era riuscita a rientrare a casa. Non annotava i voli andati male, ma teneva conto di nomi, numeri di telefono, luoghi significativi. Ci teneva a ricordare ogni persona che si fosse comportava bene con lei lungo il cammino. Non si sa mai, avrebbe potuto dover richiamare quella persona, e le sue note l'avevano già salvata molte volte in passato.

Era preparatissima.

Sylvia teneva le dita intrecciate mentre sedeva sul gabinetto. Non voleva dare l'impressione di non apprezzare il suo lavoro, o di trovarlo sempre così spiacevole. Al contrario, il più delle volte le sembrava di tenere il mondo per le palle. Aveva modo di viaggiare in ogni angolo del globo e vedere cose che i più vedono solo via cavo mentre si ingozzano di patatine al formaggio e si versano della soda sulla camicia. Faceva abbastanza soldi da potersi fermare ovunque volesse, una volta terminato il lavoro.

Non la pagavano per il sesso, il che era un fraintendimento comune fra le ragazze nel suo settore. Il sesso era una parte davvero piccola del lavoro per cui era stata assunta. Una descrizione più oggettiva del suo lavoro era che lei convinceva quegli uomini di *voler* fare sesso con loro.

Avrebbe sempre scelto sesso e viaggi piuttosto che una vita e un lavoro da film serali contornati da patatine al formaggio.

Guardava la porta del bagno come se si trattasse di un gioco. I ricordi si trasformarono in visioni che presero a riprodursi sulla superficie bianca di fronte a lei. Le pillole che aveva appena preso iniziarono a darle una dolce euforia e una serenità che si diluivano nei suoi pensieri. Allungò il braccio verso la sua borsa e prese la bottiglietta delle pillole, ne fece uscire un paio e le ingoiò alla svelta. Non si prese la briga di fare caso a cosa fossero. Sylvia ci teneva all'ordine nella sua vita, ed era importante che le cose fossero proprio come a lei serviva, ma allo stesso tempo si era abituata ad un flusso costante di medicinali che le facevano fluttuare la mente come uno spaghetto bollito. Le piaceva prenderle a caso perché la dilettava non sapere esattamente come si sarebbe sentita da un momento all'altro. Tutto ciò ricopriva il suo mondo ordinato con un velo di caos. Il suo caos le era tanto necessario quanto il suo ordine e le sue note. Si chiedeva se un dottore avesse un termine specifico per descrivere la sua condotta, mentre il suo sguardo tornava a posarsi sulla porta del bagno.

Quando infine venne il momento, si rimise su, sentendosi un po' più pensante del dovuto. La sua vista per un secondo minacciò un capogiro, ma si riprese piuttosto velocemente. Prese la borsa e la scaraventò verso la porta. Qualche momento dopo, quando fu sicura di non aver udito alcuna reazione dall'altro lato, aprì la porta e si avventurò negli anfratti selvaggi del jet privato. Il Barone se l'era svignata; quegli altri disadattati insieme a lui. Erano stati così gentili da lasciarle la borsa da notte—un'altra necessità assoluta nella sua professione – nella credenza della cucina. Che cari ragazzi.

Il portellone dell'aereo era ancora aperto, e i gradini la invitavano a uscire alla svelta. Quando toccò terra si rese conto di trovarsi su una pista semi-privata. Il suo aereo era l'unico parcheggiato ma c'era abbastanza spazio per tre. Attraverso la finestra di un piccolo ufficio in fondo all'aviorimessa, poteva vedere un uomo seduto alla scrivania che parlava al telefono, ma non fu notata. Non c'era nessun altro in giro, così si diede alla fuga. Quando attraversò la porta dell'aviorimessa, il sole la colpì con violenza. Serrò gli occhi di scatto e vide i vasi sanguigni colorarle le palpebre. Turbinavano lungo il bordo esterno della palpebra e lei si fermò per un attimo ad ammirarne la bellezza in attesa che la vista si adattasse alla luminosità del mondo.

Quando poté sbarrare gli occhi per lasciare entrare un po' di luce, ciò che vide la fece sorridere. Alla sua sinistra, proprio vicino al parcheggio dell'aeromobile, c'era una via demarcata da una fitta linea di alberi. Oltre gli alberi c'era l'aeroporto di Santos Dumont. Era a Rio de Janeiro. Conosceva bene quella città. Era infestata dai debosciati di tutto il mondo, e lei ci era già stata molte volte. La rimessa in cui si trovava e molte alter erano situate su una singola lunga corsia di fuga. Sopra di lei—così vicino che Sylvia aveva la sensazione di poter allungare il braccio e solleticarne la pancia con le dita—un aereo si avvicinava ruggendo, pronto all'atterraggio, e mentre le ruote stridevano sulla pista, il terreno sotto di lei rombava.

Il sentiero alla sua sinistra procedeva verso l'alto e finiva dritto nel parcheggio dell'aeroporto principale. Se fosse stata davvero un ospite d'onore del Dumont, avrebbe facilmente trovato un passaggio, purtroppo, invece, le toccava una lunga camminata. Per quanto l'aeroporto sembrasse vicino, Sylvia sapeva che ci sarebbe voluta almeno mezz'ora per raggiungerlo. Si guardò i piedi e notò i tacchi alti delle sue scarpe rosse. Erano alla moda, erano costose, e l'avrebbero presto fottuta.

Prima di iniziare la camminata, prese il taccuino e annotò. D'ora in poi, avrebbe sempre portato un paio di scarpe da ginnastica di ricambio nella borsa.

rosse. Erano alla moda, erano costose, e l'avrebbero presto fottuta.

Prima di iniziare la camminata, prese il taccuino e annotò. D'ora in poi, avrebbe sempre portato un paio di scarpe da ginnastica di ricambio nella borsa.

CAPITOLO TRE

I motel in America sono un esempio perfetto delle priorità del caos una nazione. Non esiste luogo che meglio incarni la volontà delle persone di sacrificare la qualità per la convenienza e per un prezzo decente.

Harry Bland si trovava in quella stanza da quasi una settimana—solo qualche giorno dopo che il caso gli era stato affidato. Nella sua vita aveva alloggiato in innumerevoli camere di motel, praticamente quasi tutte uguali. La palette di colori era sempre sul tono del marrone, lenzuola e federe sembravano sempre venire dagli scarti dell'outlet della biancheria da letto, e poteva giurare di aver visto quello stesso identico lume almeno un centinaio di volte. I televisori erano migliorati, in base al luogo del paese in cui si trovava, anche se in quella stanza in particolare la TV era una specie di mostruosità anni '80. L'apparecchio aveva ancora pulsanti non perfettamente funzionanti, e non c'era verso di trovare un telecomando. Le immagini ci mettevano un'eternità a comparire, e quando lo facevano, avevano un colorito verdognolo impossibile da rimuovere.

Harry adorava quel televisore.

Il gioiello di quella stanza, comunque, era il telefono con la rotella sul comodino. Harry non vedeva uno strumento dal genere da anni, e questo gli sembrava glorioso. Il colore originale era probabilmente il bianco ma ora era marroncino chiaro a causa dell'unto e dello sporco che aveva accumulato.

Harry era uno di quei tipo umani che aveva un cellulare senza schermo senza schermo che si capovolgeva. Gli piaceva scrivere cose con una penna a sfera e su carta. A cinquantadue anni, le sue ginocchia erano già malandate, i denti rimpiazzati (anche se non a causa della mancata igiene), tuttavia aveva ancora i capelli—sebbene fossero grigi.

Harry si era unito alle forze dell'ordine quando aveva solo diciannove anni. Era stato in strada per anni, ed era poi diventato detective a trent'anni. Eccelleva nel suo lavoro, chiudeva i casi prima ancora che gli fossero assegnati. Quando i colleghi lo spinsero a farlo, entrò nell'accademia, e alla fine diventò un agente dell'FBI; il lavoro che faceva ancora.

In tutto quel tempo, ogni stanza di motel in cui era stato gli era parsa la stessa, a partire dall'odore. Non era davvero un odore così cattivo, solo un lieve fetore sotto la superficie—sotto l'odore di prodotti di pulizia e deodoranti d'ambiente.

Era un aroma di sesso e illegalità.

Suvvia, Harry, non essere melodrammatico.

Harry immaginava che ogni motel in America avesse visto qualche scopata e qualche scena del crimine; a volte allo stesso tempo. Gli piaceva l'idea di guardare la stanza e vedere se riusciva a rintracciare dettagli di questi crimini ignoti. Aveva questa fantasia di poter "leggere" in qualunque stanza e scoprire cosa fosse andato storto; tipo Sherlock Holmes. Nella profondità dei suoi pensieri, sapeva che erano un sacco di stronzate.

Harry gettò uno sguardo al letto alla sua sinistra, e la pila di documenti e carte che aveva abbandonato un'ora prima era ancora lì che lo fissava. Documenti relative a casi aperti, testimonianze, fotografie, e altri elementi comprovanti erano impilati ordinatamente. Questo caso non aveva bisogno di altre scartoffie. Poco ma sicuro.

Gli era stato affidato il caso degli omicidi delle Fragole una decina di giorni prima, dopo averlo ereditato da un altro agente che non era riuscito a mettere insieme i pezzi nei primi sei mesi in cui era stato a capo delle investigazioni. Il caso era stato inizialmente affidato all'agente Henderson perché era uno dei migliori degli ultimi anni fra li agenti più giovani del Distretto. Harry era certo che Henderson avesse le sue stesse pile di documenti sul letto da mesi. Quante notti in bianco aveva passato Henderson prima di essere deprivato del caso senza troppe cerimonie?

Fino ad ora, Harry non era andato oltre Handerson in quel caso.

Tutto ciò che si sapeva di quella storia era che c'era un tale psicopatico, probabilmente un uomo, che seguiva un itinerario non definibile nel paese, e di tanto in tanto faceva una sosta. La conta delle vittime era intorno alle venti, anche se se ne trovavano ancora altre ogni tanto qua e là. Non uccideva mai allo stesso modo, ma era sempre brutale e creativo nella sua mostruosità.

Harry aveva fissato le foto di quella gente più a lungo di quanto fosse accettabile per l'anima di un uomo. Una persona può intravedere la bellezza in quelle immagini se guarda troppo a lungo. Sangue e tendini. Sangue e viscere. Capolavori per i mezzi di comunicazione non convenzionali. Ricercare l'eleganza nella morte violenta gli dava il voltastomaco.

L'unico indizio che univa quei crimini era il disegno di una fragola lasciato sul luogo del delitto. La dimensione del disegno variava in base al luogo, ma era sempre eseguito utilizzando il sangue della vittima e un dito.

All'inizio, la teoria era che fossero più persone a commettere omicidi simili in uno scenario da setta satanica. La maggior parte dei serial killer commetteva i propri omicidi in modo seriale. Tendevano a essere simili e si potevano rintracciare degli schemi. Il fatto che ogni omicidio fosse diverso dall'altro faceva propendere per più di un assassino, ma alla fine l'ipotesi fu esclusa. Sarebbe stato troppo difficile per più di un assassino nascondersi così a lungo. Se si fosse trattato di una setta, ci sarebbe stata una pista da seguire. Poteva trattarsi di una famiglia di omicidi, nello stile del massacro di *Chainsaw*, ma anche quello sarebbe stato difficile da nascondere. Una sola persona, difficile da inquadrare e nel buio era più difficile da scovare.

Ad un certo punto, fu chiamato un esperto per analizzare i disegni delle fragole in ognuna delle scene del crimine, e si era giunti alla conclusione che, sebbene non perfettamente identici, la probabilità che fossero stati disegnati dalla stessa mano era alta, e l'artista era stato sempre scaltro abbastanza da non lasciare tracce. Molto probabilmente, l'assassino indossava un guanto, ma i disegni insanguinati avevano una consistenza ruvida peculiare, quindi non poteva trattarsi di un normale guanto di lattice.

Devi fare qualsiasi cazzo di cosa per ottenere indizi, Harry. Mio caro, sei certamente fottuto.

Harry si risedette sulla poltrona, lasciando che il suo corpo sprofondato in quel cuscino di pelle ormai scavato. Non si trattava di una poltrona del motel; era la sua. Harry non era mai stato considerato un rompipalle nel Distretto, e raramente amava esercitare il suo potere, ma avere la sua poltrona era l'unica richiesta che aveva. Viaggiava per tutto il paese, e se possibile si faceva spedire la sua poltrona reclinabile a spese del Distretto. I suoi superiori lo consentivano perché Harry non piantava grane. Finché teneva la testa bassa e beccava I delinquenti, avrebbe avuto la sua poltrona.

Harry faceva le sue elucubrazioni su quella poltrona. Molte notti dormiva lì. La poltrona era in pratica la sua unica casa; la sua poltrona, i colori marroncini, il telefono a rotella, l'acqua acida della doccia. Che altro serviva ad un essere umano?

Si ricordò all'improvviso di un'altra cosa comune a tutti i motel, e mise la mano nel cassetto del comodino. Dentro, come ovvio, c'era la Bibbia. La tirò fuori e aprì una pagina a caso. Lì, annotata con mano incerta, c'era la parola CAZZO in grandi lettere maiuscole. Girò la pagina, poi sfogliò alla rinfusa il resto del libro. Qualcuno aveva trovato il tempo di scrivere una parola per pagina.

A Harry non importava un fico secco di Dio, ma sapeva che non era un bel gesto. Nonostante ciò, non poté che ammirare la dedizione che ci doveva essere volute per scrivere "cazzo" su ognuna di quelle sottilissime pagine.

Rimettendo il libro a posto, guardò ancora le pile sul letto, con la mezza idea in testa di darci un'ultima occhiata. Il pensiero però fu fugace, e ritornò ad esaminare la camera. Gli occhi cominciavano a farglisi pesanti mentre i pensieri gli si insinuavano in testa. Si chiese quante strisce di cocaina dovessero essere state tagliate sul cassetto superiore del comò; quanti ubriachi fossero svenuti crollando per metà a peso morto sul pavimento del bagno, e per metà sbavando sulla moquette; e quante prostitute fossero state scopate contro quel muro lontano. Le possibilità erano infinite.

Il telefono a rotelle suonò prima che i suoi pensieri potessero prendere la forma dei sogni.

CAPITOLO QUATTRO

Il sole brasiliano faceva sudare Silvia da schifo in tutti gli angoli del corpo. I raggi la colpivano come il fuoco dell'inferno e la pelle le si appiccicava. Il primo tratto della via verso l'aeroporto aveva degli alberi a coprirla, ma presto si ritrovò senza nulla sulla testa, con un tragitto roccioso e sporco da attraversare. Camminava piano sui tacchi, che parevano volersi incagliare in ogni buca o radice d'albero. Aveva provato a togliersele, ma il suolo era oltremodo bollente.

A metà strada, si ricordò che aveva un miniventilatore in borsa, e si maledisse per non essersene ricordata prima. Funzionava con una sola batteria AAA e quando lo accese, per fortuna iniziò a girare. Era piccino, e non provocava vero sollievo, ma lo teneva vicinissimo al volto, e quel vento minimo le sembrava ghiaccio sulla pelle sudatissima. Nonostante il resto del suo corpo fosse ancora bollente, quel refrigerio le era sufficiente a continuare la camminata.

Venti minuti dopo aver ritrovato il ventilatore, finalmente poté guardare il soffitto del Santos Dumont. La temperatura interna era di almeno quindici gradi più bassa, e per quanto facesse ancora caldo, c'era abbastanza fresco da farla rabbrividire di dolcezza nel suo sudore.

La gente le passava davanti così veloce da crearle un fruscio tra i capelli. Guardava il soffitto così alto, irreversibilmente coperto da muffa, e ridipinto con cura. Mentre ripercorreva le linee del soffitto con gli occhi, la vista le cominciò ad annebbiarsi, la testa a girarle e le luci a tracciare forme sulle sue iridi. Scostò lo sguardo in fretta. Troppo in fretta. Sentì una forza attirarla a terra, si ribellò. Non riusciva a concentrarsi su nessun punto, quindi chiuse gli occhi.

"Datti un contegno, Sylvia," si disse. "Devi solo trovare un posto per sederti e resistere finché il modo la smette di muoversi. Non è certo la prima volta."

Strizzò gli occhi per fermare il capogiro e ispezionò l'aeroporto per cercare un posto dove sedersi. Alla sua destra, intravide una serie di panchine, e vi si avvicinò pian piano. Ogni passo era deciso, poteva solo immaginare come doveva sembrare vista dall'esterno, perché dall'interno le pareva che la gravità andasse a braccetto con la risibilità.

Quando allungò la mano verso la panchina e la toccò, Sylvia emise un respiro di sollievo. Si lasciò andare a peso morto sul sedile e il corpo le si piegò fra le gambe. Lasciò che gli occhi le si chiudessero e premette le ginocchia sulle tempie per limitare il giramento di testa.

Poco dopo, si svegliò riversa sulla panchina. Si passò il dorso della mano sulla bocca per togliere la saliva accumulata. Guardava ancora una volta il soffitto, che però questa volta le fece la cortesia di restare fermo. Si tirò su e si guardò intorno, imbarazzata, ma nessuno pareva averla notata. Erano troppo presi dalle proprie vite.

Guardando l'orologio, Sylvia si accorse che non aveva dormito poi così a lungo. Le sue borse erano impilate sotto di lei, e quando si piegò a cercare i residui della bottiglia d'acqua, si vide i piedi—insanguinati e inzaccherati. Non facevano così male come sembrava alla vista, ma poteva trattarsi di un felice effetto collaterale di quella roba che aveva preso. Si sfilò una delle sue scarpe rosse coi tacchi per vedere meglio, ma la rimise subito a posto quando si accorse che il sangue era di più intorno alle dita.

Sylvia doveva tornare a casa. Doveva farsi un pediluvio, lavarsi, e poi dormire tanto quanto la sua mente le avrebbe per messo. Le sembrava di dover fare pipì, ma sapeva che era impossibile, poiché ogni liquido che aveva in corpo era evaporato via con il sudore. Ignorò quella sensazione.

Sylvia diede un'occhiata agli orari delle partenze, ma non riusciva a concentrarsi abbastanza a lungo senza che la testa, nel tentare di decifrare le parole, le esplodesse. Doveva andare a parlare con qualcuno dietro al bancone a proposito del suo volo. Prese dalla borsa il documento di identità che stava usando in quella circostanza. Il nome sul passaporto non importava dal momento che non era il suo.

Al momento il suo nome lavorativo era Sylvia Stiletto, ed era la prima volta che usava il suo vero nome di battesimo. Stiletto le era venuto in mente mentre guardava un episodio di *Sposati...con figli* una sera sul tardi, e Sylvia suonava bene con Stiletto. Adorava quel nome, ma non si sarebbe fatta beccare.

Aspettava in fila l'aiuto di quello che sperava sarebbe stato un impiegato gentile. Mentre attendeva in piedi, sentì il suo corpo accasciarsi sul lato sinistro e se non fosse stato per la prontezza del suo piede insanguinato, tutto il mondo si sarebbe mosso da un lato, e il suo corpo si sarebbe accasciato sul bancone. Con uno sforzo immane, riuscì a parlare alla donna di turno.

Dopo svariati minuti di comunicazione interrotta e spazientita da una lingua poco chiara, aveva in mano un biglietto per casa con due cambi. Normalmente si sarebbe presa il lusso di passare uno o due giorni a Rio, ma quel viaggio le aveva fatto venire l'amaro in bocca anche solo a pensarci. Sarebbe tornata nel suo letto confortevole entro le otto e mezza.

Quando le sue valigie furono al sicuro e il suo sedere fermamente posizionato sul sedile, finalmente riuscì a fare un riposino come si deve. Ma poi ricordò una cosa orribile. Un inconveniente, una roba atroce, un cazzo di problema.

Aveva un appuntamento quella sera.

Non un semplice appuntamento, ma un appuntamento al buio. Subito pensò di annullare. Era la scelta più ovvia, ma non aveva il numero del tipo. Sylvia non era tipa da tirare bidoni. Anzi, odiava così tanto chi lo faceva che lei stessa faceva di tutto per non mancare mai ad un appuntamento; maledetto inconveniente. Quegli scrupoli l'avrebbero sicuramente deprivata di una buona notte di sonno. Chiuse gli occhi stretti, lasciò che la mente si stabilizzasse.

Avrebbe avuto bisogno di dormire. Dormire molto.

CAPITOLO CINQUE

"Non so perché dobbiamo sempre stare ad ascoltare queste cazzate su Gesù."

Simon fece per cambiare canale in radio, ma suo fratello gli schiaffeggiò via la mano.

"Smettila di picchiarmi, Larry! Cavolo, lo sai che non mi piace ascoltare questa roba," Simon disse sconsolato, "Mettiamo quella stazione rock che abbiamo ascoltato ieri. Magari ascoltiamo qualcosa degli ZZ Top o degli Skynyrd."

"Simon, sei lo stereotipo a due zampe del buzzurro," Larry guardò suo fratello di sottecchi per fargli capire che non era il caso di riprovare a cambiare canale. "oggi è domenica, lo sai che ascolto sempre il predicatore la domenica. Stiamo per imbarcarci in un viaggio lungo tutto questo nostro grandioso paese, durante il quale, sicuramente avrai modo di sentire tutti i cazzo di Lynyrd Skynyrd che ti pare." Larry aveva la cartina aperta sul sterzo e gran parte del cruscotto. Stava controllando un'ultima volta la strada da prendere da Bumfuck, South Carolina a San Diego, California. Era il viaggio più lungo che Larry o Simon avessero mai fatto da quando erano diventati camionisti.

Microchip.

Milioni di maledettissimi microchip, consegnati tramite mare in un porto della Carolina e piazzati sul camion che i due fratelli, Larry e Simon Pluckett, avrebbero portato a spasso per gli Stati Uniti.

Larry odiava i computer. Odiava l'internet. Odiava anche il suo telefono, sebbene riconoscesse l'utilità di averlo. Dunque, il fatto che Larry guidasse un tir pieno di microchip per una distanza del genere gli aveva quasi fatto rifiutare l'incarico. Ciò nonostante, aveva ingoiato l'orgoglio. Il fatto è che servivano soldi, e questo lavoro avrebbe pagato abbastanza per farli campare almeno tre mesi. Lui e suo fratello non erano stati tra i più fortunati nell'ultimo periodo, e il denaro che erano riusciti a mettere da parte si era prosciugato come un lombrico al sole della Carolina.

Stramaledetti microchip.

Mentre ripiegava la cartina, soddisfatto che la strada prescelta fosse la migliore possibile, Larry notò che Simon stava finendo il suo caffè. Guardò la sua tazza e vide che era vuota.

"Prima che ce ne andiamo, dobbiamo andare a fare scorte. Mi serve caffè se devo fare il primo turno al volante, e sono abbastanza certo che non abbiamo neanche abbastanza cibo."

Erano nel parcheggio di un negozio di camion chiamato *Miss Sallie*. Erano lì da un paio di giorni, alloggiati al motel di fianco finché il carico non era pronto. Alle quattro del mattino, finalmente furono chiamati per prendere la roba da caricare. Dopo averla messa al sicuro, Simon voleva partire immediatamente, ma Larry insistette per un'ultima fermata da *Miss Sallie* per essere sicuri di essere pronti.

Larry si trovava sempre ad essere la voce della ragione. Suo fratello non era mai troppo responsabile. Simon aveva sempre la testa fra le nuvole. Diamine, Larry sapeva che era lì che Simon viveva. Simon era tuttavia molto leale e facile da controllare. In più, aveva sempre qualcosa di divertente da dire, anche se non aveva ancora capito che era divertente stare con lui. Larry sapeva che Simon avrebbe fatto qualunque cosa per lui. Dividevano gli introiti al centesimo, e anche se perdeva la metà degli incassi dandoli a suo fratello, Larry non avrebbe mai voltato le spalle alla sua famiglia.

"Perché non vai dentro e prendi dell'altro caffè per me? Tu però renditi una cioccolata calda o qualcosa del genere. Ancora altro caffè e non riuscirai più a dormire. Do un'occhiata al cibo e ci becchiamo dentro."

"va bene," disse Simon

"Fratello," disse Larry, mentre Simon apriva lo sportello, "Lascia il castoro dov'è."

"Oh cazzo, Lar, lo sai che il castoro non mette la testa fuori così presto."

"Ad ogni modo, frà, tienitelo nelle mutande. Arrivo fra un minuto."

***

Larry era di turno da sole sei ore quando cominciò ad avere i soliti rimpianti. Quel sentimento fastidioso che non avrebbe mai dovuto sobbarcarsi questo lavoro. La noia sarebbe stata troppa e il viaggio troppo lungo. Gli avrebbe fatto male il culo e gli si sarebbero rammollite le viscere.

Il rimpianto gli veniva sempre, ma si faceva da parte entro un paio di giorni. Le prime ore erano le più difficili, ed era per questo che sceglieva di guidare per primo. Per sbarazzarsi del rimorso. Entro sei ore si sarebbe addormentato e al risveglio quella sensazione se ne sarebbe andata.

Fece per prendere la tazza del caffè, ma interruppe il gesto quando si ricordò che era vuota. Aveva commesso quell'errore svariate volte da quando aveva bevuto quell'ultima tiepida goccia.

Simon russava ancora nel letto a castello nel retro, quindi Larry era solo in compagnia dei suoi pensieri, e non si era mai divertito molto da solo con se stesso. Non gli andava di ascoltare musica, quindi al termine della predica aveva spento la radio. Aveva provato a fare chiacchiere attraverso la radio interna, ma solo una persona aveva voglia di parlare. Si faceva chiamare Chugs. Larry lo trovò insopportabile e irritante, e cambiò presto frequenza.

Il pollice di Larry si contrasse sulla coscia, e poi sullo sterzo, e poi ancora sulla coscia. Non ce la faceva più.

"Simon," disse. Nessuna risposta.

"Simon, svegliati," disse, questa volta quasi urlando. Il volume fu abbastanza alto da far cessare il russare di suo fratello, e pochi minuti dopo, Larry sentì dei movimenti sul retro.

"Che c'è? È già il mio turno?"

"No, sono solo a metà, ma ho degli spasmi. Vieni qui a tenermi compagnia, OK?"

Simon inizialmente non rispose, ma finalmente Larry lo sentì alzarsi dal letto e rimettersi i pantaloni.

Presto si sedette al suo fianco, al posto del passeggero.

"Merda, Lar, stavo facendo un sogno bellissimo."

"Sì? Che razza di sogno era?"

"Un sacco di maiali."

Larry fece di nuovo per prendere la tazza.

"Maiali?" chiese Larry, ormai già disattento. Voleva proprio dell'altro caffè.

"Sì, un sacco di maialoni che si rotolavano nel fango. Ed erano grossi! La cosa divertente è che parlavano. Non la lingua dei maiali, ma tipo le parole degli umani."

La menzione della *lingua dei maiali* fece sorridere Larry e riportò la sua attenzione al fratello.

"Sì, e di che parlavano?" chiese.

"Oh, questo e quello. Parlavano fra loro come me e te. Poi tornavano a grugnire e rotolarsi. Poi arrivava un allevatore, veniva verso il porcile con un piccolo sgabello. Entrava e si sedeva sullo sgabello nel mezzo del porcile."

Larry capiva che suo fratello si stava entusiasmando all'idea di continuare la storia. Simon gli raccontava sempre le sue storie e i suoi pensieri e ora, si dimenava e sporgeva verso Larry al punto che quasi cadeva dal sedile.

"Allora l'allevatore chiamava uno dei maiali a lui, diceva, 'vie' qua, Margaret.'"

"I maiali avevano nomi?"

"Beh, non saprei direi di tutti. So solo di Margaret."

"Okay, continua," disse Larry, accettando quella storia.

"Allora l'allevatore tirava fuori un coltello e una forchetta. Non so sa dove, ma li aveva entrambi. Poi sai che faceva? Infilava le posate nel fianco di Margaret e si tagliava una fetta. Direttamente dal suo corpo. Un pezzo dalle dimensioni perfette, che lui mangiava proprio lì seduto. E Margaret non emetteva un gemito. Come se non sentisse il dolore."

"Sembra che l'allevatore abbia aggiunto qualcosa agli avanzi. Così finisce il sogno?"

"Sì. Ah, no, aspetta! Un cucciolo di maiale cominciava a piangere. Chiedeva ad un maiale grande perché Margaret lasciava che le fosse fatta quella tortura."

Prima che Simon potesse continuare, una volpe attraversò di corsa la strada. Simon gridò al fratello di fermarsi. Nel panico, Larry afferrò lo sterzo con forza e fece sbandare il camion per non prendere la volpe.

Larry fece vari respiri, lunghi e profondi. Non era la prima volta che Simon reagiva in modo spropositato a qualche creatura per strada, ed era diventato bravo ad ignorare quelle esternazioni. Questa volta però era concentrato sul sogno dei maiali, e allora non seppe tenere le redini della situazione.

"Cazzo, Simon. Ti ho detto un milione di volte di non urlare ogni volta che qualche piccolo ratto o serpente ti appare in strada!"

"Lo so. Scusa," fisse Simon, con la testa bassa come un cucciolo che se l'è appena fatta sotto.

"Sai che non posso danneggiare i freni in questo modo. Diamine, l'ultima volta che hai messo il piede su questo pedale, abbiamo quasi perso il carico, per non parlare delle nostre vite."

"Lo so, Lar, sto migliorando, giuro. A volte mi ritrovo che sto per farlo e poi non dico niente."

Larry strizzava forte lo sterzo e le dite gli diventarono bianche, ma poi vide il rimorso negli occhi di

Simon e si rabbonì. "Lo so," disse con una punta di senso di colpa. "Scusami per aver gridato. Non è successo niente, giusto? Ora continua a raccontarmi il sogno dei maiali."

Simon si rimise comodo sul sedile. Si era spostato sul bordo dopo aver visto la volpe. Fece finta di non aver sentito e continuò a guardare fuori dal finestrino in silenzio.

"Dai su per favore? Voglio sentire la fine."

"Certo, Larry, OK. Dov'ero?"

"Il maialino piangeva. Chiedeva al fattore perché avesse fatto quella cosa."

"Oh sì, quella era quasi la fine, giusto prima che mi svegliassi."

Simon guardò male Larry per fargli capire il fastidio di essere stato svegliato, e poi continuò. "Il maiale grande rispose, 'perché credi che siamo qui, se non per essere mangiati?'

CAPITOLO SEI

La stanza assegnatagli era del colore dei topolini appena nati. Le dita sudice negli anni avevano macchiato quel rosa pallido, dandogli una parvenza di grigio. Il letto era di un legno antico scricchiolante, sovrastato da una coperta verde che aveva ormai completamente perso la sua funzione.

Andò in bagno e vomitò. La maggior parte della bile finì nel cesso, ma un po' andò a finire a terra e sulla tavoletta. Lo stomaco continuava ad agitarsi, ma non sembrava dover vomitare ancora.

Quando guardò su, vide lo specchio e il volto all'interno; come un dipinto realizzato meticolosamente. La sua faccia, quella di un uomo senza segni distintivi, se non quelli che lui stesso si era dato.

Non ricordava quanto tempo prima si fosse bruciato la testa, ma ricordava il rituale. Si era inchinato su una collina alta ed erbosa guardando la città dall'alto. Era notte allora, come ora, ma aveva allenato la sua vista notturna. Aveva preso un grosso coccio di vetro e si era rastrellato il cuoio capelluto. Aveva grattato via della carne e il sangue lo aveva bagnato di rosso. Non smise finché non ebbe rimosso quanti più capelli possibili, poi si era tolto le sopracciglia e la barba allo stesso modo.

Si era pulito il sangue dagli occhi con uno strofinaccio e dopo aveva sepolto lo strofinaccio in una lattina di olio che non ricordava di aver portato. Spalmò l'olio sul resto del cranio, e poi appiccò il fuoco.

Ora la testa era una massa bitorzoluta piena di cicatrici. La mandibola e il collo erano ugualmente pieni di cicatrici, ma ancora lisci al tatto, mentre le sopracciglia avevano l'aspetto di quelle di un rettile. I peli non crescevano più.

Qualche tempo dopo, in un altro luogo che non ricordava bene, aveva svolto lo stesso rituale su braccia, gambe e inguine. Da allora in poi, si sentiva pulito. Gli sembrava di essere una creatura nuova, fresca di resurrezione. Era pronto a ricominciare, pronto ad accettare le necessità umane.

Mentre si guardava allo specchio ora, il riflesso non lo scioccava, sebbene non si riconoscesse. Era strano guardare il proprio aspetto. Gli sembrava di non avere aspetto alcuno, e che la sua mente avesse creato quel riflesso per farlo sentire più umano. Non c'era modo di esserne certi.

Indossava una camicia, color rame, con un papillon marrone. I pantaloni erano neri come un gatto maledetto, e la cintura era uguale. Non ricordava da dove venissero quei vestiti, o quando li aveva indossati, ma non gli sembravano abiti consueti. Girò le spalle allo specchio, poiché non gli importava più della persona che lo guardava di rimando. Quando si sedette ai piedi del letto, notò la televisione davanti a lui. Non gli era mai interessata molto. La realtà era difficile abbastanza da digerire senza il velo che la televisione amava mettervi sopra.

L'energia stava diminuendo velocemente. Riusciva a sentire il dolore sotto la pelle. Un dolore che non riusciva mai a raggiungere, e l'energia era l'unica cosa che lo aiutasse a far diminuire la sofferenza.

Dietro il letto, legato e imbavagliato, giaceva un uomo. Questo sì, *riusciva* a ricordarlo. Quest'uomo stava mangiando con cautela una scatola di biscottini e guardava film porno dietro il bancone dell'ufficio del suo motel. Non ricordava il nome di quel posto ma riusciva a riportare alla mente l'immagine di quell'uomo in modo nitido. Sedeva dietro il bancone, in una camicia a mezze maniche e pantaloni della tuta tanto sporchi quanto i film porno che stava guardando. Chiaramente non aspettava visite al motel a quell'ora, e si tirò su in piedi alla vista di un cliente. L'erezione era ancora visibile sotto la tuta mentre si rizzava in piedi.

Quell'uomo era ora sul letto, che si dimenava e contorceva in una paura orgasmica, ma un piccolo schiaffo sul volto mise fine a quella protesta fastidiosa.

Si alzò in piedi e posò la fronte al muro, mosse il palmo della mano su quella superficie più o meno liscia, che gli ricordava i topolini della sua infanzia. Come squittivano quando li accarezzava, e come smettevano di fare rumore. Guardò l'uomo sul letto e realizzò che questa situazione non era poi tanto diversa.

Urtò la testa ripetutamente contro il muro cercando di ricordare quanto tempo prima fosse accaduto. La sua memoria era così inaffidabile.

Quanti anni aveva?

L'uomo lo guardò con occhi pieni di lacrime. Occhi che pregavano e imploravano. Quelli erano gli occhi che aspettava, e ora che li aveva per sé, sapeva che il piano sarebbe giunto a termine.

L'energia sarebbe tornata a lui.

CAPITOLO SETTE

L'FBI non era stata chiamata prima del quinto omicidio. C'era volute così tanto prima che qualcuno potesse stabilire una connessione. Quando la responsabilità era dell'agente Henderson il conto era aumentato di undici unità. Fin quando il caso fu affidato a Harry, ce n'erano stati ancora quattro.

Questo fino ad oggi. La chiamata che lo svegliò da quel breve sonno notificava Harry del numero ventuno.

Blackjack.

Harry era già sotto pressione affinché producesse risultati. Fragole, come lo avevano ribattezzato i media, stava diventando un fenomeno. Una volta ottenuta la notizia, i giornalisti avevano fatto circolare la storia come potevano. Ora era impossibile leggere nessuna delle testate principali senza almeno un paragrafo su di lui.

Henderson aveva fatto trapelare alcune informazioni sulla scena del crimine alla stampa nella mossa disperata di fare progressi con le indagini. Quel piano gli si era chiaramente ritorto contro. Sebbene nessuno lo dicesse ad alta voce, si pensava quella mossa avesse avuto un ruolo nella sua retrocessione.

Questo non era un caso appetitoso per nessun agente. Ciò che sembrava un'opportunità per farsi un nome era in realtà solo un muro contro cui schiantarsi. Per quanto ne sapeva Harry, Henderson era brillante e promettente, e ora lavorava su piccoli casi di frode.

Il problema era che Fragole non soltanto uccideva queste persone—ma le uccideva con un tocco di glamour. Ogni morte aveva qualcosa di nuovo e terrificante. Non sembrava avere preferenze per certi tipi di vittime o motivi particolari per ucciderle, in più viaggiava. Harry aveva una mappa che mostrava tutti gli omicidi, e quando disegnava una linea che li connetteva, nell'ordine in cui pareva fossero stati commessi, ciò che gli restava era un insensato zig-zag.

Harry parcheggiò la sua Caprice Classic dell'85 il più vicino possibile alla scena del crimine, ma c'erano già vari veicoli, poliziotti, paramedici, pedoni che attraversavano la strada. Quella vecchia cagna grigia fece uno schiocco mentre il motore smetteva di fare rumore, e una nuvola di fumo dannoso esplose fuori dal tubo di scappamento come un rantolo di morte. Alcuni dei pedoni radunati lì si spaventarono per il rumore, mentre altri erano troppo presi dalla tosse causata da quel fumo nero per preoccuparsi. Harry aveva dato alla sua auto il nome di Susie, come la sua prima cotta, e ormai aveva raggiunto mezzo milione di miglia.

L'omicidio aveva avuto luogo al motel Panama Parade, qualunque cosa quel nome significasse. C'era un NO sul segno di "posti liberi", ma poi, non era così per molti dei posti liberi. La sola differenza che poteva riscontrare tra questo buco di culo e il motel in cui alloggiava lui era nel nome e qualche pianta mezza morta un po' diversa all'ingresso.

Ignorò le proteste delle orde radunate là fuori mentre zoppicava verso l'atrio del motel. Non poteva dire che il suo ginocchio stesse rompendo le scatole *di nuovo* perché ormai non smetteva più. Il suo ginocchio era solo un ginocchio e quel ginocchio era un pezzo di merda.

Mentre saliva i gradini di cemento che passavano attraverso la l'atrio e l'ufficio principale, vai poliziotti gli fecero un vago cenno. Lo facevano non perché sapessero o gli importasse chi lui fosse, ma perché indossava la noiosa divisa nera di un agente federale, e in sua presenza reagivano come scimpanzé. Harry di certo non pensava niente di diverso di loro, ma era così stanco di quel giochetto che non gliene importava più. Se a nessuno importava *davvero*, perché fingere?

La verità è che aveva due completi soltanto e li odiava entrambi.

Quando entrò nell'ufficio, con il ginocchio in fiamme, trovò diversi uomini in piedi in semicerchio che bevevano caffè. Quando entrò, smisero bruscamente di parlare e tutti allo stesso tempo bevvero un sorso dalla tazza. Era uno di quei momenti in cui Harry sapeva che parlavano di lui.

Smettila di fregartene di ciò che pensa la gente di te, Harry.

Il primo a parlare fu un uomo che indossava un completo blu, molto più bello del suo, con una cravatta vistosa con su ciò che a Harry sembravano gli orsi danzanti dei Grafeful Dead. Quell'uomo era lo sceriffo Frank Gambon, e non era un fan di Harry.

"Dio buono, Bland! Dove diavolo sei stato tutta la mattina? Ti abbiamo chiamato almeno un'ora fa," urlò lo sceriffo.

Frank Gambon aveva esattamente la stessa personalità che ti aspetteresti da un film poliziesco. Harry pensava che l'avesse ricreata così di proposito. Si immaginava Frank a casa, senza pantaloni, con Mike Hammer sullo schermo della TV. Harry vedeva chiaramente Frank che muoveva le labbra e prevedeva ogni battuta.

"Traffico. Che posso dirti?" disse Harry, cercando di non sembrare uno scoiattolo ferito.

Non riuscivi proprio a trovare di meglio da dire?

Voleva rimettere Frank al suo posto davanti a tutti, e invece aveva solo inventato una cazzata sul traffico. Ironia della sorte, lo sceriffo non era più a capo di quella situazione. Harry mandava avanti lo spettacolo, ma Frank era sempre lì a dargli fastidio.

Il dipartimento di Frank era sul caso dell'ultimo omicidio, il numero venti. Quella volta, la vittima era un avvocato ventiquattrenne completamente sventrato e lasciato in un bidone dell'immondizia. Le interiora erano state trovate pezzo dopo pezzo sul marciapiede, allineate per tre isolati. Sembrava che Fragole avesse ucciso l'uomo esattamente nel punto in cui era stato trovato, aperto l'addome, e poi scaraventato le singole parti, una a duna, mentre faceva una passeggiata di piacere per il circondario. L'ultimo pezzo ritrovato era il cuore della vittima, e lo psicopatico aveva disegnato la sua firma, la fragola, proprio a fianco al cuore sul marciapiede.

Il vicinato era stato esaminato due volte, ma nessuno aveva visto niente. Frank aveva avuto il caso per soli due giorni prima che Harry arrivasse, e lo aveva odiato sin dal primo istante.

Harry si era dato un tono prima che lo sceriffo potesse parlare ancora. "se puoi darmi i dettagli, Frank, me la sbrigo io da qui in poi."

"Col cazzo! Non riusciresti a sbrigartela nemmeno con mia sorella, neanche se ti mettessi una sua tetta in mano."

Harry aveva letto vari libri di auto-aiuto sull'assertività, eppure nessun aneddoto utile gli venne in mente in quel frangente. *Libri di auto-aiuto, ci crederesti?*

La sua autostima negli ultimi anni era ai minimi storici. Dopo che Sara lo aveva lasciato, non era più riuscito a rimettersi in gioco. Non è che gli mancasse; a dire il vero era felice che se ne fosse andata, ma lei era stata una specie di stampella per lui per moltissimi anni. Gli sembrava di dover ripartire da zero, solo che questa volta, metà della sua vita era alle spalle, e ora pareva che anche la luce della sua carriera si stesse spegnendo. Era fuso. Esaurito

L'entusiasmo. Ecco cosa gli mancava.

Stette in piedi a fissare Frank pensando a cosa dire, ma invece si girò verso l'uomo al fianco a Frank. Harry non ricordava come si chiamasse, ma sapeva che era il braccio destro dello sceriffo. "Perché non mi fai tu un sunto, vice sceriffo?"

L'uomo fu colto alla sprovvista quando Harry gli si rivolse. Sembrava non voler rispondere alla domanda di Harry senza un cenno di permesso da parte dello sceriffo.

"Beh, Signore, abbiamo un altro omicidio. Quel bastardo di Fragole lo ha infilzato davvero per bene stavolta. Sangue dappertutto. È un maledetto show dell'orrore qui. Abbiamo chiesto in giro, ma nessuno ha visto o sentito niente. Non c'erano più di due o tre persone in questa bettola."

"E come facciamo ad essere sicuri che si tratti di Fragole?"

"Beh, chi altro può essere stato?" disse il vice, visibilmente confuso.

"Fragole non è l'unica persona ad aver ucciso qualcuno, o sbaglio??"

"Oh. beh, no Signore, ma si è firmato come al solito."

Frank rise, "Certo che era lui, Bland, va' lì dentro e guarda tu stesso. Joey, perché non porti il Capitano Super-Agente nella stanza così può dare una piccola occhiatinella. Meglio portare una busta per il vomito e un altro paio di mutande." Lo sceriffo sbatté la tazza sul bancone, spruzzando caffè sugli scaffali pieni di documenti. "Se avete bisogno di me, chiamate qualcun altro."

Frank andò via, scontrandosi con le spalle contro Harry come un bullo a scuola. Harry era felice di vederlo andar via. Gli altri poliziotti rimasero dov'erano, anche quando Harry si avviò alla scena del crimine. "Voi non venite?" chiese.

"Abbiamo visto abbastanza per il momento, Signore," disse quello che si chiamava Joey. "Torneremo dopo il caffè se va bene. Ci sono altre due persone lì dentro in ogni caso."

Harry fece cenno di sì col capo e andò verso la stanza. Fece i suoi esercizi di respirazione per calmarsi, respingendo i suoi pensieri su Frank Gambon. Voleva essere pronto, con la mente fresca. Aveva guardato budella spiaccicate su pareti, adagiate su pavimenti, e in foto per molto tempo ormai e doveva ancora mettere due indizi insieme. Voleva davvero vedere la scena questa volta, non solo il sangue.

Non sei Sherlock Holmes, Harry.

CAPITOLO OTTO

DISSOLVENZA:

INTERNO DI UN RISTORANTE - NOTTE

La scena si apre in un ristorante arredato in modo da sembrare tradizionalmente italiano, ma è in realtà solo un ammasso di compensato e vernice. **SYLVIA** e il suo appuntamento al buio siedono in un tavolino all'angolo, per il momento sono in silenzio. Lui ha parlato un po' di sé, ma non ha detto niente di memorabile per Sylvia. Il cameriere, un giovane molto alto sui vent'anni che chiaramente non riesce a farsi crescere una barba decente, ha appena portato la cena in tavola. Entrambi vi si avventano con ferocia.

UOMO
(rompendo finalmente il silenzio)

Ottimo. Mi pare di aver mangiato gallette per un mese.

SYLVIA

Oh, davvero? Sei nell'esercito?

UOMO

No, guardo solo molti videogiochi.

SYLVIA

I videogiochi ti mangeranno l'anima.

UOMO

Anche l'esercito. Ho solo scelto l'opzione col sangue finto.

SYLVIA

Perché dovevi sceglierne una?

UOMO

Perché tutti gli hobby carini sono per ragazze.

SYLVIA

Giusto. Tipo il punto croce, i ritagli e il macramè.

UOMO

Tipo il gossip, la chirurgia plastica e la dittatura sessuale.

SYLVIA

Hai chiaramente una visione distorta delle donne. Non vedo come io possa avere una possibilità con te.

Sylvia posa la forchetta sul tavolo, e l'uomo coglie l'indizio. La discussione ora comincia sul serio.

UOMO

Le tue tette e la tua vagina ti danno il credito necessario per fartela con i pezzi grossi.

SYLVIA

È questo tutto ciò che cerchi? Parti del corpo?

UOMO

Le parti migliori, ma no, alla fine della fiera voglio di più.

SYLVIA

Credo dovrei cogliere l'occasione per dirti che non ricordo il tuo nome. A dire il vero, non sono neanche troppo sicura di averlo mai saputo.

UOMO
(sorridendo)

Mi chiamo William, ma mi chiamano tutti Bill.

La tua amica Melissa doveva passarti queste info, ma immagino non lo abbia fatto.

SYLVIA

Non mi dà sempre tutte le informazioni importanti, e io non sono sempre la più rapida nel ricordare I dettagli. Quindi è difficile stabilire chi sia scordata. Che altro? Che altro cerchi, oltre alle parti del corpo, in una ragazza?

BILL (prima UOMO)

Compagnia. Stabilità. Quel che sia. Tutta quella terminologia che impari giocando secondo le regole.

Sylvia tendeva ad essere riservata in questi discorsi, prima. Ora, quest'uomo cercava di distinguersi dagli altri. Voleva fare colpo col suo carisma e la sua giusta attitudine.

SYLVIA

Non sei bravo a far sentire una donna a suo agio.

BILL

Forse sei tu che non riesci a far sentire un uomo onesto.

SYLVIA

Non capisco.

BILL

Ti esprimi in un modo che può solo far sembrare le risposte delle bugie, quindi quando dico la verità suona falsa.

SYLVIA

Sei già giunto a questa conclusione? Non mi pare di aver detto così tante frasi da quando sono qui con te.

BILL

È qualcosa che semplicemente percepisco, credo.

Sylvia abbassa lo sguardo verso il piatto, desiderando assaggiarlo. È da molto che non mangia. Non è tanto disinteressata a quell'uomo, quanto innamorata del cibo nel suo piatto. Prende la forchetta e si rimette a mangiare.

SYLVIA
(bocca piena, buone maniere andate)

Forse dovremmo cambiare argomento.

BILL

Oh? Ti sto facendo sentire a disagio? Questa salsa è ottima. Provala se ti va.

SYLVIA

No grazie, e un po', sì. Mi fai sentire un paio di tette con un'agenda, e non credo che ci conosciamo da abbastanza tempo perché tu possa raggiungere questo o qualunque conclusione.

BILL

Vero. Non ti conosco da molto, ma conosco le donne da ventinove anni.

SYLVIA

Quindi credi che ogni donna che hai conosciuto nella tua vita sia una copia carbone delle altre?

BILL

Salvo piccole occasionali sorprese, sì. Ogni donna vuole che un uomo dica quello che lei vuole sentirsi dire, faccia quello che lei vuole che faccia, e obbedisca a tutti i suoi ordini. A dire il vero, vogliono che noi obbediamo anche agli ordini che non ci danno, e pensano solo a se stesse. Una donna è un rompicapo. Non c'è finale gratificante.

Sylvia lascia cedere la forchetta per la seconda volta dall'inizio della cena. Voleva gli ultimi bocconi rimasti nel piatto, ma l'ultima affermazione di quest'uomo l'ha costretta a fermarsi. Non riesce a dire se è presuntuoso (e quindi non interessante) o se la sua attitudine a fingere è andata solo un po' oltre.

SYLVIA

Bene allora, porco Giuda, che ci facciamo qui?

Il cibo è troppo buono. Ricomincia a mangiare.

BILL

Perché come la maggior parte degli esseri umani, non ho ancora ben capito come rompere l'incantesimo.

SYLVIA

Beh, ma se non puoi vincere, perché giocare?

BILL

È questo che intendo! Non puoi vincere una donna, ma puoi vincere del sesso.

SYLVIA

Oh, buon Dio!

Finisce l'ultimo boccone, poi lascia cadere la forchetta un'ultima volta.

BILL

Aspetta. Se riesco a dire tutte le cose giuste al momento giusto, riuscirò a fare sesso con te. Puoi dirmi che non ho chance, ma il punto è che, c'è sempre una sequenza di parole e azioni che ti condurrà a scopare con chiunque.

SYLVIA

Beh, se è così, non hai di certo usato le parole giuste con me. E, giusto per puntualizzare, non hai chance.

Ora l'uomo lascia cadere la forchetta. Ha la faccia seria. Il cibo è lungi dall'essere finito, e Sylvia annota mentalmente questo dettaglio.

BILL

Vorresti che ti mentisti?

SYLVIA

Cosa? No. Che intendi?

BILL

Sarebbe preferibile che dicessi tutte le cose giuste al momento giusto – al diavolo la verità?

SYLVIA

Certo che no, ma c'è una bella differenza fra la verità e il tatto.

BILL

Non sono d'accordo. Il fatto non è altro che bella posa, e la posa è solo una gigantesca bugia.

SYLVIA

Sembri uno di quei tipi che rigirano tutte le frittate. Confondere gli altri è la tua arma segreta.

BILL

Quindi la mia tattica è la confusione? Se è così, abbiamo chiuso il cerchio.

Quell'uomo era più intelligente di quanto lei pensasse. Cominciava a pensare che non stesse giocando un gioco di ego, ma solo cercando di capirla. Certo, poteva sempre essere solo presuntuoso. Ma in ogni caso, non poteva evitare di domandarsi se lui avesse preso il sopravvento nel caso in cui lei non stesse bramando il dolce. Una torta di noci, forse. Sì, davvero deliziosa.

SYLVIA

Touché. Dunque, che fai quando non demoralizzi le donne?

BILL

Un noioso lavoro di scartoffie. Ti direi di più, ma non sarebbe stimolante per te. Tu, invece?

. . .

La domanda. Come poteva essere stata così stupida da chiedergli l'occupazione? La gente chiede sempre la stessa cosa, a sua volta, questo lo sapeva bene. L'aveva presa alla sopravvista? Di certo, la torta non l'aveva messa in una buona posizione.

SYLVIA

Lavoro sugli aerei.

BILL

In che senso? Li costruisci? Fai servizio sugli aerei?

SYLVIA

No.

BILL

Cosa allora?

Pausa

SYLVIA

Assistente di volo.

Sapeva che lui intravedeva l'ambiguità nel suo sguardo.

BILL

Lo dici come se stessi già pianificando una vendetta per il mio giudizio.

SYLVIA

I soldi sono buoni, e vedo vari posti del mondo a poco a poco nel tempo. Appaga bene la mia voglia di avventura e i miei problemi ad impegnarmi.

BILL

Bene, allora, Rimando il giudizio a quando avrò più dettagli.

E ora la bugia inevitabile.

SYLVIA

Non c'è molto altro da dire.

BILL

Ne dubito.

SYLVIA

Dubita pure.

BILL

Ti piace il tuo lavoro?

SYLVIA

Dipende dal giorno.

Sylvia cominciava a pensare di dover saltare il dolce. Questo tipo ancora non aveva toccato gran parte del suo cibo, ed era quindi socialmente messo all'angolo. Temeva che se ora avesse ordinato il dessert, sarebbe apparsa solo grassa. Una maiala grassa. Basta così, niente dolce. Maledetto lui, e maledetto il suo stupido complesso di inferiorità da ragazzina.

BILL

Ti è piaciuto oggi?

SYLVIA

Per niente. È stato un giorno orribile.

BILL

Vuoi dell'altro vino?

Bene, sembra cambiare argomento.

SYLVIA

Assolutamente. Il lubrificante sociale.

BILL

Vaselina per ragazza timidina.

SYLVIA

Tu non hai certo questo problema, vero? Intendo l'essere timido

BILL

Dubito tu abbia bisogno di grandi lubrificanti sociali, ma la mia timidezza potrebbe davvero sorprenderti.

Un brivido le percorse le braccia.

SYLVIA

Fa proprio fresco qui dentro. Ho la pelle d'oca ovunque. Comunque, non hai fatto niente stasera che possa farmi anche solo minimamente pensare che tu sia timido.

BILL

I ristoranti sono freddi così la gente va via subito dopo aver mangiato. Questi posti non sono più che mangiatoie, tutto ricoperto da una bella facciata. E non penso che l'essere timido precluda la possibilità di recitare la parte di uno sicuro di sé ogni tanto.

SYLVIA

Ho mangiato piuttosto in fretta, ma non so se per via della temperatura o per te.

Sorride.

BILL

Hai fretta di scappare da entrambe le cose?

SYLVIA:
(sorride ancora)

Forse.

BILL

Ah, un altro gioco.

SYLVIA

Per questo si dice "fare centro", no?

Oh cavolo, che stava facendo?

BILL

Suppongo che quando il cameriere ci porterà il conto vedremo da che parte ti avvierai. Sarà una piacevole passeggiata con me verso la mia macchina, o una corsa verso il primo taxi?

. . .

No. Davvero stava per fare una cosa del genere? Quest'uomo non poteva averla conquistata, vero? Certo, era piuttosto attraente, ma davvero sarebbe andata con lui?

SYLVIA

Stai per scoprirlo, ecco il cameriere

Il cameriere allampanato aspettava pazientemente che lei tirasse fuori. Il portafoglio. Colse l'occasione per tirar fuori di soppiatto alcune delle sue pillole dalla borsa e di buttarle giù con il vino rimasto.

BILL:
(al cameriere)

Grazie.

SYLVIA
(lo stesso)

Grazie, era buonissimo.

L'uomo mise del denaro contante nella cartella che conteneva il conto. Sylvia notò la stranezza: quest'uomo portava con sé dei contanti. Non conosceva molta gente che non usasse solo carte. Lei stessa usava i contanti, pertanto ci faceva caso quando qualcun altro faceva lo stesso. Si alzarono e si avviarono verso la porta. Lui fece quel gesto per cui l'uomo mette quasi un braccio dietro la schiena della donna, ma invece lo tiene a distanza. L'aria era vivace quando misero piede fuori.

ESTERNO. MARCIAPIEDE - NOTTE

BILL

È una bella note del cielo limpido. Ed è il momento della verità, suppongo.

Forse era stato il vino, o forse la mancanza di torta alle noci, ma si mise a camminare nella stessa direzione dell'uomo.

SYLVIA

Mi sembra una serata buona abbastanza per una passeggiata breve.

BILL

Giusto. Da questa parte, allora.

La strada che portava alla macchina non era breve. Guidava una Honda di un modello recente, e questo la soddisfaceva abbastanza. Guidarono in silenzio, ma i loro occhi continuavano ad incontrarsi. Sylvia aveva ancora una domanda da fare.

SYLVIA

Dunque, quanto spesso riesci a capire se il tuo pseudo-fascino ha funzionato su una donna o, invece, vuole semplicemente essere scopata?

BILL

Sarebbe stupido se mi importasse.

I suoi piedi la toccavano. Una sensazione che odiava. Com'è che si chiamava? Si sentiva davvero una zoccola nel non ricordarlo. Strano come riusciva a scoparsi tanti tipi anonimi per lavoro, ma si sentiva in colpa se non si ricordava nome di qualcuno nella sua vita privata.

Phil. Si chiamava Phil. Crisi evitata.

Scalciò via i piedi di lui, lontano dai suoi, si sedette a metà del letto e cominciò a guardarsi intorno. Individuò il reggiseno per terra vicino al muro, e le mutandine vicino al bagno. I pantaloni erano anche da quelle parti, ma la blusa era scomparsa. Phil indossava ancora la maglietta. Si chiese se l'avesse ancora su perché sapeva qualcosa in più di lei sulle tarme di quel letto.

Si alzò e si rivestì in fretta, indossando tutto tranne la blusa. Doveva decidere, la camicia di lui o nessuna camicia? Non ci avrebbe messo troppo a raggiungere un taxi, ed era ancora abbastanza presto per non essere vista in giro dalla gente. Mentre ci pensava, notò che Phil la fissava. Aveva gli occhi spalancati, e un ghigno stupido sul volto.

"Perché non vieni qui e non filmiamo il sequel."

"Per quanto sembri allettante, Phil, devo davvero andare. Una giornata pienissima."

"Come, scusa?"

"Cosa?"

"Mi chiamo Bill."

La decisione si era presa da sola. Nessuna camicia. Salutò Bill accoratamente, e senza parlare, lo lasciò nel suo letto pieno di tarme.

CAPITOLO NOVE

Sfilettato.

Era l'unica parola che gli venne in mente quando entrò nella stanza.

C'era un uomo, o almeno probabilmente un uomo, che penzolava appeso al muro sopra il letto. Un cappio era legato al collo e lo collegava al letto. Il corpo era stato tagliato dalla testa all'inguine, e poi dal petto fino alla punta di entrambi i medii. Due tagli ulteriori andavano dall'inguine ai piedi. L'uomo era stato scuoiato tramite quelle incisioni e pinzato al muro. Rimanevano solo il tessuto muscolare e le ossa. Gli organi erano caduti via dal corpo e giacevano ammucchiati sul letto. La carcassa sembrava una versione psicopatica dell'*uomo vitruviano*.

Ovviamente, c'era un sacco di sangue. Ricopriva le pareti, il letto, il pavimento, il soffitto. Pezzi di carne e ossa erano sparsi qua e là, dando alla scena un imperturbabile senso di erratico, imperturbabile violenza, ma anche di meticolosa abilità artistica. Harry dovette coprirsi il naso con le mani per mitigare la puzza di sangue rappreso e di putrefazione.

Questa scena del crimine era allo stesso tempo

tipica e atipica per Fragole, ma era di sicuro la più orrenda che Harry avesse visto di persona. Era senz'altro molto meglio vedere foto sanguinolente che doverne sentire l'odore di persona. Anche se Harry non aveva toccato niente, era come se si sentisse quel sangue addosso.

Harry ripensava ai giorni andati, quando i killer uccidevano per passione, e lui gli dava la caccia con la stessa passione. Quando le prove erano schiaccianti e i motivi così ovvi dal momento in cui si metteva a ricercarli. E Harry sapeva sempre dove cercarli.

Non risolverai questo caso, amico.

Harry cercò di scacciare quel pensiero. Doveva restare concentrato. Per quale motivo un omicida avrebbe voluto l'uomo al bancone morto? Cosa cercava di comunicare con il modo in cui aveva lasciato il corpo? Cercava poi davvero di dire qualcosa, o semplicemente si ritrovava una pinzatrice e gli era venuta quell'idea?

Nessuno si ritrova una pinzatrice per caso, Harry.

Era immerso nei suoi pensieri quando delle dita che tamburellavano sulla porta lo distolsero. Un uomo in divisa blu era in piedi nel corridoio con in mano un grosso borsone. Sorrideva. Era un giovane di nome Slick, e Harry si fece da parte per farlo entrare. Probabilmente il suo vero nome non era Slick, ma Harry non ricordava di averlo mai sentito chiamare diversamente. Dietro di lui c'era un altro uomo con un completo simile. Indossava occhiali neri dalla montatura larga e portava in mano una valigetta. Si trattava di Nicky, che indicò Harry e fece un occhiolino mentre passava oltre.

Il cuore di Harry sobbalzò al sol pensieri di chi sarebbe entrato dopo. Era Love e aveva lo stesso outfit degli altri due, ma aveva una gonna di plastica pieghettata invece dei pantaloni. Harry era innamorato di Love da quando l'aveva incontrata un anno prima. I suoi occhi neri e il trucco scuro lo avevano conquistato. Masticava sempre una gomma, e il tempo per Harry rallentava mentre guardava i denti di lei chiudersi, la lingua muovere la gomma piano verso l'alto, prima che le labbra le si chiudessero di nuovo. La parte superiore del completo la fasciava stretta in un abbraccio, e Harry doveva sforzarsi di non fissarla a bocca aperta.

Buon Dio, Harry, sei senza speranze con lei!

Loro tre, noti come I Blue Bloods, erano i migliori membri della polizia scientifica del Distretto. Erano le punte di diamante dell'agenzia. Non potevano fare danni, e dunque avevano la libertà di lavorare su qualunque caso gli interessasse. I Blue non si davano pena per l'agenzia, neanche si interessavano di risolvere casi, erano solo appassionati di scene del crimine. I capi sapevano di avere bisogno dei Blue molto più di quanto i Blues si interessassero a loro, quindi non facevano mai pressioni. Quando venivano chiamati, era un terno al lotto sapere se i Blue si sarebbero presentati o no. Non rispettavano il protocollo, volevano solo qualcosa di *interessante*. Se il caso era abbastanza affascinante, si presentavano, e quando lo facevano era sempre meglio lasciarli lavorare in pace.

Erano attorniati da voci di corridoio come cavalli da mosche, ma non sapeva dire cosa fosse vero e cosa inventato. Si diceva che fossero tutti amanti, che fossero tutti fratelli, che fossero entrambe le cose. Si diceva anche e spesso che i Blue stessero per ritirarsi. Harry aveva sentito dire che avevano già dato le dimissioni. Gli omicidi di Fragole sarebbero stati il loro canto del cigno. L'ultimo grande caso prima di avviarsi verso il tramonto.

Nessuno dei tre aveva più di ventotto anni.

"Harry," disse Nicky, facendo un gesto con la mano come se stesse dando del denaro a un vagabondo, "Ottimo giorno per questa roba."

Slick e Nicky si misero ad investigare alla svelta sul poveraccio spillato al muro. Love giunse e rimase in piedi vicino a Harry. Al collo aveva la stessa macchina fotografica che Harry le aveva visto ad ogni scena.

"Che diavolo significa?" chiese Love.

"Boh, non lo so proprio. Cercavo solo di essere cordiale," rispose Nicky.

Harry non aveva nemmeno risposto. niente, e non credeva certo che Nicky lo avrebbe ascoltato. Era troppo impegnato a smanettare vicino al letto dove l'omicida aveva lasciato la sua firma.

Harry si sorprese a guardare Love. Era abbastanza vicina e il suo odore lo pervase. Non dava di profumo, né di sapone, ma aveva un odore naturale che lo intossicava. Se si concentrava su di lei, riusciva quasi a dimenticarsi del puzzo di sangue. Quando si rese conto che la stava fissando ancora, spostò subito lo sguardo. Questa volta però era certo che lei se ne fosse accorta.

La macchina fotografica era pronta e lei iniziò a fotografare da varie angolazioni. Gli altri due Bloods segnavano velocemente ogni tipo di prova con numeri e registravano ogni ritrovamento nei loro telefoni. La velocità con cui lavoravano era sorprendente per Harry. Erano come formiche di plastica blu che guizzavano qua e là. Alcune delle cose che annotavano non sembravano nemmeno utili a Harry. Perché mai poteva essere importante annotare il numero dei fili di cotone delle lenzuola intrise di sangue? Che importava il colore delle pareti?

Con i Blue Bloods e gli ufficiali di polizia, la stanza traboccava di persone, e adesso stava entrando il medico legale. Harry non riusciva a *vedere* la scena come voleva. La sua mente non riusciva a processare le informazioni in tutto quel casino. I Blue sarebbero rimasti lì tutta la notte, e domani ci sarebbe stato un lungo e dettagliato resoconto da esaminare. Era giunta l'ora di andare a casa e bere un bicchiere, o tre. Sarebbe tornato a rivedere la scena il giorno dopo. Era stanco e tutto sarebbe rimasto dov'era la mattina.

Si avviò passando attraverso la piccola calca vicino la porta, pensò due volte ad un discorso di commiato, e poi zoppicò verso Susie.

Quando fu a casa sulla sua poltrona, nei suoi boxer con una vaschetta di gelato alla vaniglia in una mano e del Jim Beam con ghiaccio nell'altra, Harry accese la TV per aggiornarsi sulla vita fuori dal lavoro. L'apparecchio ci mise qualche minuto prima di mostrare le immagini, ma quando ci riuscì, sullo schermo c'era Shelly Cervantes. Aveva un bagliore verdognolo sulla pelle, ma era splendida come al solito. Era la giornalista che si occupava della storia di Fragole, e Harry aveva una cotta anche per lei.

Hai una cotta per tutte le donne che incontri, eh, Harry?

Lei lo aveva perfino intervistato due volte da quando era a capo del caso, ma non era mai riuscito a parlarle oltre il lavoro. In quel momento stava parlando di un centro commerciale dove vendevano roba col marchio Fragole nella sezione regali. C'erano tazze da caffè, magliette, dolciumi a forma di fragole con un coltello insanguinato sulla scatola. Harry aveva notato che robaccia del genere veniva fuori sempre di più. Stava perfino per uscire un libro, anche se non era sicuro che un libro avrebbe fatto presa perché non c'era ancora una fine alla storia. Abbassò il volume al minimo.

Shelly lo guardava dritto negli occhi, con le labbra arricciate. La bocca si muoveva in silenzio sullo schermo, e Harry immaginava che stesse parlando con *lui*. Gli chiedeva di mettere via il gelato e di togliersi i boxer. Pareva proprio che Harry fosse stato un vero monellaccio e avesse bisogno di una punizione.

CAPITOLO DIECI

Shelly era sempre stata in grado di mettere il pilota automatico alla sua immagine sullo schermo, così mentre sorrideva e condivideva un'altra news succulenta con le masse, nella sua testa si immaginava a Las Vegas, mentre giocava a poker con Bon Jovi e beveva sangria. Le sue fantasie erano le stesse di volta in volta, cambiava solo la rock star fascinosa di turno.

Raramente si distraeva dal suo lavoro, ma era sempre più stanca di riportare informazioni inutili ogni ora. Parlava di graffiti a forma di fragole. Fragole su. maglietta. Fragole su cappelli. Vendite di pupazzi a forma di fragole. Ora si stava preparando a parlare di una torta a forma di fragole che vendeva alla grande in una pasticceria locale.

Al momento, Fragole era l'unica storia ad avere importanza. Tutto il resto, dalle guerre in Medioriente ai matrimoni VIP era relegato ai margini o lasciato all'immaginazione del telescrivente. Shelly era costretta a volare per tutto il paese solo per racimolare cavolate con cui riempire le ventiquattro ore di notizie. In gran parte, però raccontava cose che non valeva la pena raccontare.

Fino a poco tempo prima, Shelly Cervantes era una donna qualunque che riportava notizie inutili. I suoi servizi andavano di solito in onda dopo le dieci di sera, e nessuno che contasse l'aveva notata. Perciò, era stata una botta di fortuna che la maggior parte dei corrispondenti principali fossero all'estero quando la notizia del serial killer aveva cominciato a diffondersi. Era stato un caso fortuito anche il fatto che si trovasse a passare davanti l'ufficio del capo proprio quando stava iniziando a strapparsi i capelli alla ricerca di rimpiazzi. La verità era che si trovava in quell'edificio solo perché aveva dimenticato il telefono lì la sera prima.

Ora il suo viso era su ogni schermo d' America ad ogni ora del giorno. Se non andava in onda dal vivo, i suoi servizi veniva rimandati in differita. L'ironia della sorte era che comunque raccontava storiacce; erano solo considerate *importanti*. La sua carriera stava toccando vette altissime, e la cosa la stava prosciugando.

Tutta quell'eccitazione e la pressione erano anche il frutto del fatto che Shelly aveva un segreto.

Lei sapeva chi era l'omicida.

Sapeva chi era Fragole e da dove veniva, ma non lo avrebbe rivelato a nessuno.

Almeno non ancora.

Non era nessuno prima, e ora stava gustando il sapore della fama. Anche se era così stanca da poter collassare ogni minuto, ne voleva ancora. Non poteva nemmeno pensare di mollare, e se fosse riuscita a trovare Fragole lei stessa e intervistarlo, il suo posto nella storia del giornalismo sarebbe diventato eterno.

Aveva sete di gloria. Aveva sempre voluto essere una giornalista. Da quando fu grande abbastanza da concepire cos'è una notizia, tutto ciò che voleva era riportarla. Ora però voleva dell'altro. Voleva l'incanto della celebrità, e non trovava ragione alcuna per cui non potesse avere entrambe le cose. Sognava di essere una di quei reporter conosciuti nel mondo solo con il nome di battesimo.

Katie. Connie. Shelly.

L'unico modo perché ciò accadesse era che lei riuscisse a trovare Fragole da sola e lo intervistasse. Le forze della legge sembravano rigirarsi i pollici, quindi tutto ciò che doveva fare era prendere un po' di tempo. A quel punto, si era tenuta l'informazione per sé per così tanto tempo che rischiava di essere arrestata se non si fosse giocata bene le sue carte.

Shelly aveva incontrato Fragole per la prima volta circa due anni prima, anche se non era quello il nome con cui lo conosceva allora. Aveva appena iniziato il suo lavoro, e aveva fatto giusto qualche piccolo servizio. Allora il capo l'aveva assegnata ad una storia da schifo, ma era comunque la prima volte che le veniva chiesto di investigare su qualcosa. Anche se la storia faceva schifo, era determinata a lavorarci per bene.

Il compito riguardava il calo di posti disponibili nell'ospedale psichiatrico di Lincoln; uno dei più grossi centri di igiene mentale della regione. L'economia aveva colpito duramente posti come il Lincoln e i fondi si erano prosciugati. Avevano anche perso il supporto di ricchi e anonimi contributori. Lincoln, per sopravvivere, aveva dovuto dimettere molti pazienti. Avevano assicurato che non avrebbero lasciato andar via nessuno che fosse un pericolo se rilasciato a piede libero. Tutti i pazienti sarebbero stati controllati e dichiarati adatti a rientrare nella società

Shelly aveva iniziato con l'intervista ad uno dei medici, Earl G. Lyst. La prima domanda fu, "se il paziente rilasciato è stato dichiarato adatto a rientrare nella società, perché non è stato rilasciato prima?" Dott. Lyst aveva fermato l'intervista lì e Shelly era stata lasciata a bocca asciutta. Non aveva ancora imparato l'arte giornalistica delle *domande allusive*.

A quel punto, l'unica opzione di Shelly era girovagare nell'ospedale e cercare una storia. Il capo sarebbe già stato incazzato nero con lei per aver mandato a monte l'intervista.

Un'infermiera le aveva concesso un giro, quel luogo aveva un'atmosfera da *Nido del Cuculo*. Pareti bianche, vestiti bianchi—tutto bianco. Dopo aver fatto qualche foto, riuscì a farsi indicare dall'infermiera qualche paziente da poter intervistare. Qualcuno di quelli prossimi alla dimissione, e possibilmente a suo agio con la telecamera.

Prima provò un anziano di nome Stanley. Durante l'intervista, Stanley ripeteva ogni domanda a Shelly, chiedendola a lei e non dando alcuna risposta.

La seconda intervista fu ad una donna di nome Darla. Sulla ventina. La capigliatura sembrava essere stata tagliata da lei stessa con forbici da bambini. Era entrata in clinica dodici anni prima per un disturbo acuto dell'ansia che non le consentiva di interagire con altri esseri umani. Aveva così tanta paura di Shelly che le aveva voltato le spalle guardando il muro e parlava da sola con la presa di corrente. Chiaramente l'infermiera non aveva capito il significato di "a suo agio con la telecamera".

L'ultimo uomo tentativo fu un uomo tranquillo che era seduto di spalle a un tavolo. L'infermiera le disse che si chiamava Robert.

Shelly tirò via una sedia di plastica e si sedette vicino a Robert. Si schiarì la gola e lui si girò verso di lei.

Allora lui sorrise, il ghigno emergeva piano, e mentre il sorriso si allungava sul suo volto, Shelly ebbe l'impressione che si stesse estendendo un po' troppo. Decise di lasciarlo fare finché lui stesso non ritenesse di dover smettere.

"Domanda. Fammi qualsiasi domanda" le disse dandosi un tono.

"OK," iniziò Shelly, guardandolo negli occhi. Il ghigno si era dissipato, ma lo si poteva rintracciare negli occhi di quell'uomo. "Stai per uscire fra pochi giorni, sei emozionato?"

Aveva iniziato le due precedenti interviste allo stesso modo e si era stupita di quanto potesse essere difficile quella prima domanda.

"Emozionato o no, sarò dimesso. Non ho scelto di andarmene e non ho scelto di restare. Qualcun altro sta scegliendo per me."

"Ma sarai contento di poter vedere di nuovo il mondo esterno e tutte le cose che sono cambiate nel frattempo."

"Non ho mai avuto gran modo di vedere il mondo prima di venire qui, quindi non penso che noterò cosa è cambiato."

"Quando sei stato mandato qui? O è stata una scelta volontaria?"

Robert sorrise di nuovo, ma questa volta non sembrava un sorriso di gioia. Shelly capì che neanche il primo sorriso era stato di gioia. Questo qui sembrava di rabbia, mentre il primo era solo un atto di riconoscimento. Si chiese se avesse un sorriso diverso per ogni occasione.

"Qualcuno ha scelto per me anche quello. Non ricordo quando. Ero un ragazzino, ora sono un uomo. Fatti tu i conti e ti do una ricompensa.

Non aveva idea di cosa Roberta intendesse. Un brivido le percorse la spina dorsale. Voleva distogliere lo sguardo, ma lui la teneva incatenata.

"Ricordi perché ti hanno mandato qui da ragazzino?" chiese.

Robert non parlò subito, ma guardò verso il soffitto. Solo gli occhi si mossero verso l'alto, il volto rimase fermo. Gli occhi gli andarono così tanto indietro verso l'alto che Shelly poté vedere le vene rossicce sotto le palpebre. Si era persa nel diramarsi di quelle vene, quando gli occhi di lui. Tornarono giù guardando direttamente quelli di lei.

"Quando sono entrato qui, non credo che la mia memoria fosse ancora iniziata," Robert parlò con tono solenne. "Ma ora che ci penso, comunque, credo fosse per odio."

"Qualcuno ti odiava e ti ha mandato qui?"

"Qualcuno che *io* odiavo mi ha mandato qui. Ma non lo so più. Odio. Ora amo. Un uomo ha bisogno di amore."

Robert si rilassò sulla sua poltrona e per la prima volta Shelly notò che teneva qualcosa in mano. Sembrava un pezzo di carta stropicciata, ma non ne era sicura.

Un campanello suonò alle sue spalle. I pazienti cominciarono a girovagare in fila come api di fronte a una piccola stanza sul retro. *Facevano sul serio?*

Era l'ora delle medicine e Shelly non riusciva a credere ai suoi occhi. Non avrebbe mai immaginato che avvenisse esattamente come nei film. Anche Robert si alzò, anche se non smise di guardarla. Non disse un'altra parola, ma lasciò cadere ciò che aveva in mano davanti a lei. Smise di guardarla e si unì alla fila; solo un altro paziente.

Shelly raggelò, come se una vampa di vento freddo la stesse percorrendo dalle dita dei piedi alle orecchie. Era abbastanza. Aveva visto abbastanza da incuriosirsi sulla vita di quel Robert. Doveva scoprire la sua storia.

Guardò per terra ciò che Robert le aveva lasciato. Era la ricompensa che aveva promesso? Non era carta normale, come lei pensava, ma un fazzoletto rovinato come se fosse stato stritolato per giorni. Era tutto bagnato di sudore e dovette stenderlo bene. Quando lo ebbe dispiegato, lo stese sul tavolo.

Lì, disegnata con un pastello rosso e leggermente sbavata dall'umido del sudore, c'era una fragola.

CAPITOLO UNDICI

Il tassista non tentò di nascondere il fatto che la stesse osservando dallo specchietto retrovisore. Sylvia voleva coprirsi il naso per coprire l'odore di patchouli nell'aria, ma più che altro voleva coprirsi il petto da quegli occhi indiscreti. Odiava quell'odore, odiava quella musica incomprensibile che veniva dagli altoparlanti, ma più di tutto odiava sentirsi razzista nell'odiare tutte quelle cose. La faceva incazzare quando gli stereotipi erano veri perché si sentiva in colpa.

Finalmente mandò tutto a fanculo e lasciò cadere il braccio. Indossava il reggiseno, per quanto leggermente trasparente, e se poteva migliorare la giornata a quell'uomo, perché non farlo. Teneva gli occhi fissi sul finestrino, guardando il mondo volar via, mentre i passanti e i lampioni lasciavano una scia nella sua vista offuscata.

Com'è che si chiamava, di nuovo?

Bill!

Si impegnò a ricordarne il nome a memoria anche se non l'avrebbe mai più rivisto. Nella sua testa era meglio ricordarsi il nome che essere andata a letto con uno sconosciuto. Ecco qualcosa che Melissa sapeva fare bene e Sylvia no. Melissa gestiva lavoro e scappatelle allo stesso modo. Gli uomini con cui usciva li definiva solo clienti non paganti.

Sylvia non ci sarebbe mai riuscita. Le andava bene dimenticarsi del sesso che faceva a pagamento, ma se era con un uomo fuori dal lavoro, sentiva sempre una certa connessione. Non perché voleva rivederlo o conoscerlo più a fondo, ma perché aveva bisogno di una solida memoria degli eventi. Doveva ricordare cose era successo e con chi, altrimenti si sentiva in colpa fin dentro le viscere. A volte si sentiva davvero malata fisicamente e questo era uno di quei casi. Mentre si concentrava sulle lettere sfocate fuori dalla finestra dell'auto, gli occhi cominciarono a offuscarsi e lo stomaco a fare rumore. Per fortuna, il suo appartamento era solo qualche isolato più in là.

Quando chiuse la porta di casa, Sylvia si sentì sollevata. Era al sicuro, e tutto ciò che si era insinuato nella sua vita prima di quel momento era ora dietro la porta.

Per prima cosa pensò a dormire. Voleva sentire le proprie coperte avvolgerla e sprofondare il viso nel suo bel cuscino di piume, lasciando che il fresco la solleticasse portandola nel regno di Morfeo. Tuttavia, sapeva che non sarebbe successo poiché non riusciva mai a riaddormentarsi dopo essersi svegliata, a prescindere da quanto sonno avesse perso. Il giorno era iniziato, e non c'era più niente da fare. Comunque, poteva farsi una doccia, depilarsi le gambe, mettersi dei vestiti puliti.

Mentre l'acqua si riscaldava, si guardò, nuda, davanti allo specchio, esaminandosi. Il suo corpo non era esattamente come lo voleva. I fianchi le erano sempre sembrati troppo larghi e i capezzoli troppo in basso sul seno. Aveva una piccola cicatrice di qualche centimetro sul monte di venere che si era fatta pattinando sul ghiaccio da bambina. Si notava appena ma lei ce l'aveva sempre a mente.

Sapeva che non c'era niente di sbagliato in lei. Era una cazzo di gnocca. Perché continuava a farsi questo? Lo fanno tutti? Era l'unica a non sentirsi legata alla propria pelle?

Guardava il vapore annebbiare lo specchio, e mentre la nebbia aumentava, guardò il suo corpo sparire in quella specie di foschia. Guardò la zona fra le sue gambe sparire offuscata, e mentre la piccola cicatrice si dissolveva, si ricollegò alla realtà presente ed entrò nella doccia.

Quando si fu asciugata, tirò su i capelli nell'asciugamano, si mise della biancheria pulita, fece del caffè e prese il computer, finalmente poteva sedersi sulla sua comoda poltrona e rilassarsi. Il corpo caldo sprofondò in un cuscino mentre accendeva il computer. Sorseggiava il caffè, che andava alla velocità di una lumaca neonata, ricordando a Sylvia che doveva comprarsene uno nuovo. Dove avrebbe trovato il tempo?

Mentre apriva una pagina web, finì il suo caffè e posò la tazza al lato del tavolo. La prima storia era quella del serial killer di cui leggeva ogni volta che si connetteva, da almeno qualche mese. Lo chiamavano Fragole, il che era assurdo. Come potevano dare un nome tanto carino a una persona tanto orribile? La storia riguardava l'ultimo omicidio, l'impiegato di un motel, fatto a pezzi.

Sylvia leggeva solo le prime righe di quelle storie

perché il resto le faceva venire la nausea. I racconti speculavano e traevano conclusioni dal nulla. Avevano trasformato un mostro in un eroe popolare. Qualche giorno prima aveva visto un'adolescente trasandata con addosso una maglia con una fregola che colava sangue. Aveva annodato la maglietta sulla panica per mostrare l'ombelico, come per dire, *Sono a favore degli omicidi brutali, ma resto comunque una troietta.*

Aveva visto i disegni spray sulle insegne e sui marciapiedi, il che le faceva venire i brividi. Si riteneva un individuo dalla menta evoluta. Riusciva per fino a ridere a battute razziste, o a roba su stupri e neonati morti. Non era tipa da giudicare le persone per come vivevano o cosa facevano, ma di certo non riusciva a capire questa follia. Erano stati commessi così tanti omicidi e questa storia andava avanti da così tanto tempo che la gente aveva dimenticato l'orrore e ne aveva fatto un capriccio. Invece che alla repulsione, si erano dati al consumismo.

In breve, voleva davvero prendere a schiaffi quella piccola cagna con la magliettina.

Chiuse il portatile e lo lasciò sul pavimento. Voleva dell'altro caffè, ma anche restare immobile sulla poltrona. Quei due desideri facevano a gara nella sua testa, ma prima che potesse decretare un vincitore, qualcuno bussò alla porta.

Melissa avrebbe chiamato, pensava, ma non l'aspettava così presto. Quando aprì la porta, Sylvia poté constatare che non era affatto presto per Melissa, bensì molto molto tardi.

"Hai un aspetto migliore del mio," dichiarò Melissa.

"Vieni, entra. Togliti le scarpe perché hai della merda sotto le suole. Ti porto del caffè."

"È il fango dei ricchi questo sotto le scarpe! Staresti meglio se lo avessi sul tuo pavimento."

"I ricchi, eh? Quindi il lavoro di ieri sera è andato bene?"

"Sì, erano bravi gentiluomini. La cucina era decadente, le bevande mi ballavano in bocca," disse Melissa con voce canterina mentre si lasciava cadere sulla poltrona preferita di Sylvia, con la borsa sulla pancia.

"Da come parli, devono aver smesso di ballare dieci minuti fa." Sylvia posò una tazza di caffè sul tavolo, al lato. Scostò col piede il portatile sotto il tavolo così da evitare che Melissa facesse casino. Cambiava sempre la homepage in qualcosa tipo porno inquietante o altre robe noiose.

"Cazzate, ne ho ancora con me." Proclamò Melissa con una luce negli occhi. Si sedette dritta e prese la borsa. Prima tirò fuori mazzette di denaro arrotolate e le sbatté sul tavolo senza riguardo. Aveva chiaramente avuto una buona serata com'era evidente dal pavimento di Sylvia. Dopo qualche altra banconota, Melissa tirò fuori un'intera bottiglia di champagne.

Sylvia notò la parola *Cristal* sull'etichetta. "Come fai ad averlo?"

"Vedi questo, Cara?" Melissa fece la sua migliore imitazione di Vanna White con le mani, "Lo chiamano Methuselah. Champagne molto costoso. I ragazzi ne hanno parlato per tutta la sera. Jim, così credo si chiamasse, era entrato in possesso di quattro bottiglie di queste. Ne abbiamo bevuta una ieri sera, ma ne ho assaggiato solo un goccino. Non immaginavo si sarebbero accorti di una bottiglia mancante, così quando erano tutti felici e devastati, ne ho ciulata una. Che ne pensi? Oh, sta' zitta! So cosa pensi. Detesti che io rubi, ma non mi importa di perderli come clienti, voglio godermi questo champagne."

Melissa parlo piano, ma Sylvia poté notare che aveva parlato con attenzione per evitare di biascicare. Melissa le diede la bottiglia, e mentre Sylvia la prendeva, notò che era ancora ghiacciata. Capì dunque di non aver valutato così male nell'immaginare la festa fosse finita da dieci minuti. Melissa aveva preso la bottiglia ed era scappata.

"Non pensi che possano cercarti?" chiese Sylvia ridandole la bottiglia.

"Oh no, James non farebbe male a una mosca, piccino. È un piccolo orsacchiotto. Ora prendi due bicchieri, mio amore, stasera si festeggia!"

"Non è ancora mezzogiorno, e poi che vorresti celebrare esattamente?"

"La mia salute e la mia lunga vita, cara. Vado dritta. Cavalcherò sui dolci cieli, e non più su tutti i cazzi che contengono". Dichiarò Melissa mentre si sedeva con sguardo pieno di orgoglio e compiacimento.

Sylvia si alzò a prendere dei flûte da champagne da un piccolo bancone dall'altra parte della stanza. Mentre si chinava per tirarli fuori da quel nascondiglio, sentì il rumore familiare del tappo di sughero che viene via dalla bottiglia. Sussultò a quel suono e si alzò giusto in tempo per vedere delle bolle di schiuma bianca cadere a cascata sul suo. Afferrò i bicchieri e uno strofinaccio e si affrettò a limitare i danni.

"Cazzo, Melissa!"

"Oh, cara, sono così imbranata. Perdonami." Melissa si abbassò e prese un bel po' di contante, in parte bagnato, e lo gettò verso Sylvia. "Dovrebbe coprire i danni e tutto il dolore che il mio comportamento sconsiderato ha causato. Ora dimenticatene e bevi con me."

Melissa si trasformava in una puttanella ricca ogni volta che beveva. La combinazione di alcool e fiotti di denaro le conferiva un tono di voce e un comportamento diversi dalla norma, da quelli della Melissa mezza sobria. Sylvia all'inizio aveva trovato le sue stravaganze affascinanti, ma il fascino si era trasformato in noia e poi in disgusto.

"Tieniti i suoi soldi, puttana. E poi che vuol dire che hai finito? Pensavo ti servissero ancora un paio d'anni per fare abbastanza soldi da ritirarti." Sylvia asciugò il tappeto ancora un paio di volte, poi tornò a sedersi

"L'ho detto, tesoro, è vero, ma la faccenda si è fatta interessante, per così dire. Ho incontrato un uomo che mi ha conquistata con promesse di una vita di lusso e gioia." Melissa si lasciò ancora sprofondare nella poltrona e si rigirò in modo da poter mettere le gambe di lato sul bracciolo. Poi si spinse in avanti per fare in modo che le spalle pendessero dall'altro lato e la testa potesse cadere al suolo. Aveva un ghigno – ora al contrario – da maniaca.

"Non capisco," disse Sylvia. Non aveva mai sentito Melissa parlare in quel modo. Poteva attribuirlo all'alcol, o a chissà quale altra sostanza le scorreva nelle vene in quel momento, ma a Sylvia non sembrava fosse così. Anche con quell'attitudine fastidiosa e comportamento nebuloso, Melissa sembrava seria e, per essere più precisi, felice.

"Com'è andato l'appuntamento?" Chiese Melissa, cambiando argomento.

"Tutto ok. Non c'è ragione di rivedersi però."

"Te lo sei scopato."

Non era una domanda quella di Melissa, solo un'asserzione. Sylvia non sapeva se avesse già parlato con Bill, né riusciva a capirlo.

"Sta' zitta," fu tutto ciò che riuscì a dire.

Melissa si tirò su e guardò Sylvia negli occhi, un'altra cosa che non era solita fare. Melissa non era tipa da guardare fissa le cose o le persone.

"Sono seria, dolcezza. Davvero ho conosciuto qualcuno la settimana scorsa. So che sembra una cosa improvvisa, ma sento che è quella giusta. Merda, non mi sono mai sentita così, né lontanamente simile a così. Devo fare qualcosa! Si chiama Carlos. L'ho conosciuto. a Panama dopo un lavoro. Ci sono rimasta un pomeriggio per visitare il posto e l'ho conosciuto in un bar. L'intera esperienza è stata surreale. È stato come se riuscissi a guardare l'intera scena dall'esterno ed era la situazione più romantica che potessi immaginare. Scappo con lui. Fra pochi giorni, a dire il vero. Il lavoro di ieri era già prenotato, così ho dovuto farlo, ma era l'ultimo."

Gli occhi Melissa deviarono ancora, quasi andando all'indietro, come se quella dichiarazione le avesse esaurito le energie. Le conseguenze della notte precedente si facevano finalmente sentire, e sprofondò così tanto in quella poltrona che sembrò sparire. Non si sarebbe mossa a breve.

Sylvia non sapeva come reagire alla notizia. Non si aspettava niente di simile da Melissa, era stata presa alla sprovvista. Voleva essere felice per la sua amica. Voleva congratularsi, ma invece sentì un uragano smuoverle di nuovo le viscere. Tutto ad un tratto realizzò che Melissa era l'unica amica che aveva. Naturalmente lo sapeva anche prima, ma non lo aveva interiorizzato ancora bene.

Melissa l'aveva sempre messa a dura prova, a volte l'aveva anche fatta incazzare, ma era l'unica fonte di compagnia per Sylvia. Gli uomini con cui usciva, gli appuntamenti – per così dire – al buio, glieli procurava Melissa. Ogni volta che Sylvia usciva dal suo appartamento e socializzava con qualcuno, era per volere di Melissa. La sua intera realtà, dal lavoro allo svago, era stata creata e mantenuta in vita dalla sua amica. Sylvia ebbe il dubbio che quando Melissa se ne fosse andata pochi giorni dopo, la sua identità se ne sarebbe volata a Panama con Carlos, insieme alla sua amica.

I bicchieri da champagne erano lì sul tavolino, pieni, con le bollicine che salivano e si adagiavano con le altre su un sottile strato bianco. Né l'una né l'altra li avevano toccati. Guardò la condensa crearsi all'esterno del bicchiere finché una goccia colò giù, creando una linea chiara che rivelava la tonalità del giallo paglierino all'interno. Melissa aveva gli occhi chiusi, ma il respiro era quello di una donna sveglia. Anche così, Sylvia non pensava l'amica avrebbe potuto bere ancora.

Sylvia si tirò su e prese il primo bicchiere, lo guardò per un momento e poi buttò giù il liquido ghiacciato in un sorso solo. Se non era quello un buon momento per bere... Prese il bicchiere di Melissa e lo buttò giù allo stesso modo. Il vino frizzante le fece sentire tante bollicine nella gola e poi nello stomaco e si dimenticò dei suoi problemi intestinali. Sprofondò nella sua poltrona, lasciò che le si chiudessero gli occhi, ma proprio quando le palpebre pesanti erano quasi chiuse, vide Melissa rialzatasi un attimo giusto per dirle.

"Hai appena bevuto dello champagne da dodicimila dollari e non ti sei neanche fermata per sentire di che dava."

quasi chiuse, vide Melissa rialzatasi un attimo giusto per dirle.

"Hai appena bevuto dello champagne da dodicimila dollari e non ti sei neanche fermata per sentire di che dava."

CAPITOLO DODICI

Pacchi di patatine vuote e lattine di Pepsi schiacciate sotto i piedi di Larry mentre STYX dei Renegade risuonava dagli altoparlanti. Presto sarebbe stato il suo turno, ma non era in grado di dormire molto. Dopo aver lottato per tenere gli occhi chiusi nel suo letto sul retro, ci aveva rinunciato e si era unito a suo fratello. La mente non voleva proprio staccare.

"Dicevo solo che non c'è verso che la General Lee batta la Trans Am del bandito su strada," disse Simon, cercando di mettere fine alla conversazione che i due stavano avendo da più di mezz'ora.

"Sì, ma la General Lee vince tutte le corse truccate," disse Larry di rimando, "Quindi non c'è vincitore. Chiudiamola qui e cerchiamo un posto per fermarci. Devo andare in bagno e cercare qualcosa per concentrarmi dopo."

Larry stava parlando di caffè o *energy drink*, ma in realtà sperava in qualcosa di più stupefacente.

Dagli altoparlanti: *"Il boia sta arrivando dalla forca e non ho più molto tempo."*

Simon fece segno di sì, e Larry si sdraiò, chiudendo gli occhi per il tempo che ci riusciva. Sentiva le palpebre fluttuare e danzare per tutto il campo visivo e stringeva gli occhi per dar loro tregua. Non funzionava. Erano per strada da quasi due giorni e normalmente si sarebbe già adattato, ma questa volta invece era ancora nervoso.

"Mi sembra di vedere un posto là in fondo, Lar. Ti pare buono?"

Larry guardò la strada che si allungava davanti a loro. C'era una vasta distesa di terra senza niente. Larry era sbalordito all'idea che ci fossero così tante persone in questo mondo e così tanti luoghi vuoti, vuoti come le tasche di un patito di scommesse.

"La giga suona, mi hanno trovato alla fine."

Vide il puntino in lontananza a cui si riferiva suo fratello. Non riusciva a definire quanto lontano fosse perché la voragine si divertiva a giocare con le percezioni, ma si trattava probabilmente di una stazione di benzina, se non proprio un parcheggio per camion. Poiché era l'unico posto che vedevano dopo molto miglia, decisero di fermarsi.

"Il giudice oggi si vendicherà sul ricercato."

Larry andò ad approvvigionarsi e come al solito avevano finite quasi tutto. Simon fece razzia nel negozio più velocemente di un ghepardo fatto di metamfetamine, ma aveva la benedizione di un metabolismo che lo manteneva sempre in forma. Se Larry invece avesse preso solo una tortina Little Debbie o una crostatina di ciliege, la sua panica sarebbe raddoppiata entro un giorno solo.

Dopo aver parcheggiato, i fratelli si avviarono verso l'Ultima Fermata per Camion.

Cazzo, stop. Nome, stop.

Dentro, trovarono un sacco di roba e una piccola caffetteria. Larry sperava di restarci meno dello stretto necessario ma Simon insisteva e a Larry non dispiaceva l'idea di un buon pasto caldo.

Una cameriera di almeno ottant'anni era seduta in una cabina di pelle verde. Il tavolo al centro dondolava ad ogni piccolo tocco o movimento, malgrado il tentativo di stabilizzarlo con pezzi di cartone.

"Larry, stavo pensando," disse Simon, guardando il menu, "Che cosa intendeva il maialone quando ha detto che non c'era altra ragione di esistere se non quella di diventare cibo?"

Larry aveva deciso per una frittata con prosciutto e formaggio con pancake e un latte al cioccolato. Sapeva già che suo fratello avrebbe preso un toast alla francese e un'aranciata, a prescindere da quanto avesse guardato il menu.

"Simon, sono passati due giorni, non hai smesso di pensarci?"

"Beh, ad intermittenza. Voglio dire, non è che non ho pensato ad altro. Direi che sono solo curioso. I maiali fanno un sacco di cose. Per dire, ci sono show di maiali. Ho sentito che alcuni tengono i maialini come animali domestici." Simon diede il menu indietro alla cameriera che stava aspettando con pazienza e ordinò toast alla francese e aranciata.

"È vero che i maiali fanno molte cose, ma la maggior parte finisce sui nostri piatti," disse Larry. "è ciò per cui esistono. Migliaia di anni fa, gli uomini presero i maiali selvatici e impararono a macellarli e mangiarli. Noi abbiamo imparato ad allevarli per farli diventare più grossi in modo da poter mangiarne di più."

Simon aveva una monetina e ci giocava col dito per girare sul tavolo come una trottola. Il tavolo era così sbilenco che doveva sempre fermarla con la mano per evitare che finisse a terra. Fuori dalla finestra, il ringhio di un temporale all'orizzonte catturò l'attenzione di Simon distraendolo dalla monetina roteante che cadde per terra e cominciò a rotolare.

Larry la guardò rotolare, ma non fece cenno di volerla riprendere.

"Allora immagino valga lo stesso per le mucche e le galline," disse Simon mentre la monetina si fermava vicino alla gamba di un tavolo dove un altro camionista faceva colazione. L'uomo si piegò in terra e la prese fissò Simon e poi se la mise in tasca.

"Immagino di sì. Li cresciamo per mangiarli così come coltiviamo i campi. Quelle bestie probabilmente non esisterebbero nemmeno più se gli uomini non le allevassero."

"Quindi l'obiettivo di ogni animale al mondo è divenire cibo?"

Larry era distratto, mentre guardava fuori dalla finestra. Oltre all' Ultima Fermata per Camion, non c'era niente a salvarli dalla tempesta. Non riusciva a vedere più di un paio di alberi oltre quell'enorme distesa di nulla. Vide la piccola luce di un lampo nella penombra in lontananza. Non riusciva a dirlo con certezza, ma sembrava che il temporale fosse uno di quelli grossi. "La maggior parte, sì, mi sembra siano solo fatti per essere mangiati. Gli insetti nutrono gli uccelli. Gli animali grandi mangiano i piccoli. E poi ci siamo noi, gli umani, che possiamo mangiare o anche solo uccidere tutti gli animali che vogliamo."

La cameriera arrivò presto col cibo, il che convinse Larry che quella roba fosse già pronta per essere riscaldata. La sua frittata sembrava di gomma, ma preferì dare ascolto allo stomaco più che al palato.

"Mi rattrista che gli animali abbiano una sola ragione per essere in vita," disse Simon con sguardo di sconfitta. Guardava il piatto di Larry, pensava agli animali uccisi per nutrire suo fratello e stava quasi per piangere

"Fratellino, non dovresti essere triste per cose come questa."

"Perché no?"

"Perché è semplicemente stupido. Se non mangiassimo gli altri esseri viventi del pianeta, moriremmo noi al posto loro."

"Perché siamo più importanti dei cuccioli di maiale, allora?"

"Lo siamo e basta. Siamo i più intelligenti. Ci siamo evoluti più di tutto il resto"

Simon non aveva ancora toccato il suo toast, ma si ricordò che era lì per lui e iniziò a tagliare i triangoli in tanti piccoli pezzi. Lo sciroppo gli colava sul mento e sulla maglietta.

Larry gli passò un tovagliolo.

Senza capire per cosa fosse quel tovagliolo, Simon semplicemente ringraziò suo fratello e lo mise da parte, senza usarlo. "e le persone?" chiese Simon a bocca piena.

"Le persone?"

"Qual è il loro obiettivo? Non siamo cibo per nessuno, giusto?"

"Le persone hanno mille obiettivi. Tutto ciò che facciamo condiziona il mondo."

"E tu come lo sai?"

"So cosa?"

"Che tutto quello che facciamo condiziona il mondo."

"Beh, è ovvio che sia così."

Simon bevve l'ultimo sorso di aranciata. Larry doveva ancora finire gran parte del suo latte al cioccolato, e anche metà della frittata.

"Per esempio," continuò Larry, "La cameriera ci ha portato il cibo, dunque possiamo mangiare. In cambio, noi paghiamo il proprietario e lei prende lo stipendio."

"Ma non è questo il motivo per cui viviamo? Se non ci fossimo fermati qui, se avessimo solo guidato oltre, la vecchia cameriera sarebbe stata pagata comunque, no?"

Larry stava cominciando ad essere francamente impressionato dal modo di ragionare di suo fratello. Non aveva mai avuto una conversazione del genere con lui.

Larry lasciò del denaro sul tavolo per pagare quel pasto. Non sembrava che la cameriera avrebbe portato il conto a breve e lui voleva rimettersi presto su strada e passare oltre il temporale finché era in tempo. "Hai ragione, forse questa non è la nostra ragione di vita, ma so che ne abbiamo una. So che odi i discorsi su Dio, ma ho fede che lui ci abbia dato uno scopo da raggiungere. Ma anche se togliamo Dio di mezzo, deve esserci una ragione per cui siamo qui."

"Ma l'obiettivo di ognuno e diverso da quello di tutti gli altri."

"Certo."

"E tutti ne hanno uno?"

Larry buttò già il resto del latto e decise di lasciar stare il resto della frittata di gomma. Si alzò e fece cennò al fratello di fare lo stesso.

"Che intendi?" chiese Larry.

"Intendo, ci becchiamo tutti un obiettivo a testa?"

CAPITOLO TREDICI

Harry aprì gli occhi quando bussarono alla porta, ma non si mosse. Sperava che le braccia gli dessero la spinta per alzarsi, ma si rifiutarono di obbedire. Ancora un colpo e finalmente gli arti cominciarono a cooperare. Indossò la vestaglia bianca che aveva messo via con cura la sera prima, ma non aveva la cravatta, quindi doveva tenerla chiusa mentre apriva la porta.

"Ah Harry, è un piacere vedere che sei ancora vivo e vegeto, e lascia che mi complimenti per la vestaglia molto chic," disse Nicky mentre porgeva una grossa pila di documenti a Harry. Erano in una cartella a fisarmonica, impilati bene e tenuti insieme da un elastico di gomma.

Nicky era da solo, Harry ne fu ben grato. Non voleva farsi vedere da Love in quello stato. L'uomo aveva i soliti pantaloni plastificati, ma sopra solo una maglietta nera. Harry pensò si trattasse della sua veste informale. Attaccato alla maglia di Nicky c'era un bottoncino bianco con una fragola disegnata.

"Oh, non anche tu," disse Harry e indicò la spilletta. Prese la cartella, che era più pesante di quanto sembrasse.

"Sì," disse Nicky sorridendo, "Le vendevano per un dollaro dove ho preso il caffè stamattina. Le stavano comprando tutti e mi sono detto perché no? C'è un po' di ironia dietro questa storia."

"Non ti sembra di cattivo gusto?"

"Non sono tipo da preoccuparmi del buon gusto, Harry. La spilletta mi ha fatto sorridere, quindi l'ho indossata. Semplice. Non mi domando perché mi abbia fatto sorridere, non mi chiedo che implicazioni abbia. Sono le piccole cose insieme che fanno la felicità, Harry. La gente passa troppo tempo alla ricerca di significati nascosti."

"Immagino non ci sia una lezione da imparare qui. Di sicuro a volte penso troppo."

"Tutte le volte che ci domandiamo il perché, parte della magia muore. Puoi usare le mie parole, Harry, ma se lo fai, ravvivale. Suonava un po' artificioso."

"Farò del mio meglio. Salutami Slick. E Love."

"Sarà fatto, Harry. E riguardati, finirai per prenderti un raffreddore." Nicky indicò la parte aperta della vestaglia di Harry, mimando un colpo di pistola, poi andò via. Quando Harry abbassò gli occhi, si rese conto che aveva lasciato che la vestaglia si aprisse mentre prendeva la cartella e i suoi boxer non lo coprivano abbastanza.

Oh, Harry, hai appena mostrato l'uccello a un collega. Sii orgoglioso.

Chiusa la porta, Harry guardò i documenti che aveva in mano e tornò alla poltrona. Mentre camminava, diede un calcio alla pila di foto che aveva accantonato sotto il letto. La pila scivolò, lasciando una grottesca sequenza di immagini lungo il muro. Pensò di raccoglierle, ma poi decise di no, "Vadano a fanculo."

Seduto sulla poltrona, tolse l'elastico dalla cartella, schioccando le dita nel mentre. Lanciò l'elastico nella stanza, verso la televisione e tirò via tutti i documenti dalla cartella a fisarmonica. Sopra la pila c'era un post-it fuxia indirizzato a lui.

Harry,

Ciao, occhi belli! Questo è quanto. La faccenda per intero! Tutte le informazioni che abbiamo sul caso, con l'ultima scena per prima. Come per il resto, questa ci ha rotto il cazzo nel dare indizi. Francamente non penso che beccheremo questo tizio finché non andrà a lui. Resta di buon umore però, Harry, prima o poi lo prendi.

Baci e abbracci
Love

Harry si vergognò del tempo che spese a fissare quei "baci e abbracci che aveva lasciato in calce alla lettera. E l'aveva anche chiamato Occhi Belli. Significava qualcosa? Stava flirtando con lui? Stava facendo riferimento al *Pianeta delle Scimmie?*

Pensa al caso, Harry.

La piccola speranza che nutriva per prove ulteriori fu infranta. Mentre sfogliava i documenti, pagina dopo pagina trovava solo informazioni che già conosceva. L'assassino era un uomo bianco, sulla trentina, viaggiava a piedi, nessuno schema rintracciabile. Però c'era una scritta scarabocchiata a penna nel margine di una di quelle pagine che catturò l'attenzione di Harry. *Il soggetto è alla ricerca di qualcosa o di qual-*

cuno. Questa osservazione non era mai stata fatta prima. Forse era solo un pensiero estemporaneo di uno dei Blue, ma era comunque interessante.

Oltre la bozza del profilo, c'erano foto della scena del crimine che documentavano ogni dettaglio della stanza di motel. Harry le fissò a lungo, immaginando di essere gli occhi di Love mentre guardano attraverso la macchina fotografica. Aveva occhio per la composizione, non che quelle foto potessero essere esposte.

In tutta onestà, Harry pensò, con questa isteria collettiva a proposito di Fragole, una mostra sarebbe un gran successo. *Che problemi ha la gente?*

La cartella conteneva una varietà di informazioni, ma nessuna di esse sembrava utile a Harry per prendere l'assassino. Cominciò a pensare alle parole scritte da Love. Forse Fragole non si sarebbe fatto prendere finché non avesse deciso che era il tempo. Se erri avesse saputo che cosa cercava quello psicopatico, gliel'avrebbe data volentieri per fermare quella mattanza.

Chiuse la cartella al meglio senza elastico e la gettò sul letto, alcuni documenti si dispersero sulle coperte. Gettò la testa all'indietro e chiuse gli occhi. Dopo un paio di altre elucubrazioni senza senso sul caso, i suoi pensieri si calmarono. Pensò a Love. Decise che le avrebbe chiesto di uscire anche se un rifiuto era senz'altro l'unica conclusione possibile. Doveva chiederglielo non tanto per ottenere l'appuntamento, ma per risollevarsi l'autostima. Era stato fuori dai giochi così a lungo che aveva le stesse paure di quando andava a scuola. Doveva riscoprire che in realtà un rifiuto, era, con la sola eccezione qualche piccola ferita all'ego, quasi indolore.

Mentre la coscienza si dilettava in un gradevole

sogno a occhi aperti, il telefono del motel suonò. Pensò per un istante quando sarebbe stato spiacevole lasciarlo suonare. In realtà gli piaceva il suono classico di un vecchio telefono come si deve. Non lo si sentiva più. Al quarto squillo, tirò su la cornetta.

"Bland", disse.

"Harry, sono contento di averti trovato," disse la voce dall'altro lato. Jasper Beckman era un collega e vecchio amico di Harry. Erano in classe insieme in accademia, e le loro carriere erano state praticamente speculari sin da allora. Sarebbe dovuto essere il testimone di nozze di Harry, se sua madre non avesse insistito che il ruolo fosse affidato al fratello di Harry. Per quanto Jasper fosse un amico, sapeva che probabilmente non si trattava di una telefonata per far chiacchiere.

Harry decise di andarci piano. "Jasper, come cavolo stai? E la famiglia? Sheila sta bene?"

"Sì, sì, Harry, sta alla grande. I bambini anche. Io sono stanco ma me la cavo. Tu piuttosto, come stai? Sheila e io abbiamo incontrato Sara al supermercato l'altro giorno e ci ha detto che non vi parlate da mesi."

Erano passati cinque mesi e otto giorni da quando Harry aveva parlato l'ultima volta con la sua ex moglie. Si era fatta viva due volte in quel periodo, ma lui non aveva mai risposto. All'inizio della separazione, lui aveva provato a rimanere in contatto. Si era detto che non la odiava per essersene andata, ma finalmente, dopo, aveva ammesso che non era così. In realtà la odiava e non aveva più risposto dopo quell'illuminazione.

"Sì, pensavo di chiamarla ma questo caso mi sta assorbendo completamente."

Voleva evitare di parlare del caso, ma era più importante evitare di parlare di Sara.

"Beh, quello è il vero motivo della chiamata, Harry."

Eccoci qua.

"I superiori mi hanno chiesto di chiamarti," Jasper continuò, "E non intendo girarci intorno. Siamo amici da troppo tempo. Non sono soddisfatti, Harry. I media stanno impazzendo con quest'idiozia di Fragole. È ovunque e anche il Distretto vuole che smetta. Subito."

"Sono sul caso solo da due settimane, Jasper. Sto facendo del mio meglio. Ma non abbiamo niente. Niente di niente, figuriamoci un sospettato."

"Lo so, Harry, ti sei beccato una bella grana. Il caso è ancora tuo per ora, quindi non deprimerti ancora."

"Per ora?" chiese Harry.

"Sì, Harry. Senti, ci sono voci che lo daranno a qualcun altro. Non so quanto ci vorrà, ma probabilmente non molto. Forse una settimana."

"Una settimana! Cristo, Jasper. Henderson quanto ha avuto? Sedici omicidi? Ha avuto il caso per mesi, e ora mi dici che ho solo qualche settimana? Questa è la fine per me, Jasper. Cristo."

"Harry, dai. Anche se ti tolgono il caso ti riprenderai. Ti riprendi sempre. E poi, oh, puoi sempre considerare il pre-pensionamento e andartene a riposarti su qualche spiaggia lontana."

Bene. Harry capì che si trattava di una battuta. L'amico non gli avrebbe mai davvero suggerito il pre-pensionamento. Jasper, l'amico, sapeva che sarebbe equivalso al suicidio per uno come lui. Jasper il collega, però, era un'altra storia. Un collega avrebbe potuto suggerire la pensione a Harry. Per farla sembrare una buona idea. I poteri forti non volevano Harry fuori dal caso, lo volevano fuori dal Distretto.

"Chi è il fortunato stronzo che mi rimpiazzerà? Chissà se riesce a proseguire a lungo con niente in mano."

"Non importa, Harry, devi solo rimboccarti le maniche e cercare questo tizio subito."

Oh, stronzo. Te l'hanno assegnato o hai insistito tu?

"Sei tu, eh?"

"Sì, Harry, sono io. Però senti, non ho bisogno di rogne, giusto? Faccio il tifo per te."

"Come no, amico."

Stettero in silenzio a lungo. Non restava molto altro da dire.

"Farò in modo che ti mandino una copia dei documenti al più presto," disse Harry, interrompendo il silenzio. "Così puoi mettertici subito."

"Non preoccuparti di quello, Harry, ne ho già una qui."

"Ah, bene. Perfetto, allora. Ciao, Jasper."

"Ciao Har..."

Harry attaccò prima di sentire il saluto di Jasper.

Il corpo era stato rimosso dal muro e le lenzuola tolte, ma il grosso del sangue era rimasto. Non potevano lasciare la stanza all'impresa di pulizia finché Harry, o Jasper, lo avesse autorizzato. Quello era il protocollo nel caso in cui la scena dovesse essere rivisitata, anche se dubitava che qualcuno ci sarebbe tornato.

Harry non aveva idea di cosa potesse trovarvi che

non fosse già nelle foto. Era mezzanotte passata, e non riusciva a dormire, quindi era andato a fare una passeggiata in macchina. Quando entrò in Susie, non sapeva dove andare, ma eccolo qua.

Ispezionò la stanza. C'era così tanto sangue che Harry era rimasto indolenzito da un po'. Cercò un paio di guanti di lattice nella tasca. Una volta indossati, he si chinò a guardare l'intelaiatura del letto in basso, dove era stato lasciato il disegno della fragola.

Hai già le foto Harry, che stai facendo qui?

Quando cercò di rimettersi in piedi, il ginocchio fece uno schiocco rumoroso. Sussultando dal dolore, riuscì ad arrivare alla sedia vicino alla porta. Si massaggiò l'articolazione, come se solo toccandola potesse scacciare il dolore.

Non accadde.

Si distese, l'occhio destro iniziò a lacrimare.

Mentre aspettava che il dolore si calmasse, si guardò intorno nella stanza. Il sangue ormai seccato gli ricordava la forma del test di Rorschach.

Dottore, vedo una farfalla. No, aspetti, un'antilope. No, anzi, vedo due che scopano.

Ricontrollò la stanza. Più invecchiava più faceva fatica a concentrarsi da solo. Di solito era ok sul lavoro, circondato da gente, ma da solo si lasciava andare alle fantasia della mente. Sogni su Sara e come sarebbe dovuta essere la sua vita. La fantasia lo stava catturando in quel momento, nonostante il dolore al ginocchio.

Non era la prima volta che Harry Bland si era addormentato sulla scena del crimine, ma se qualcuno lo avesse giudicato stavolta, lui non si sarebbe sorpreso ad essere considerato meno appropriato del solito.

CAPITOLO QUATTORDICI

Dal tetto del motel, riusciva a vedere le stele piuttosto bene. Le univa mentalmente, formando immagini che solo lui riusciva a vedere. Un panorama che creava per dare un senso al mondo intorno a lui. Era seduto in quel punto da più ore di quanto pensasse, lasciando che l'energia gli si riversasse in grembo come la marea.

Scorreva liberamente, ma stava cominciando a sgocciolare. Era entrata in lui, gli si era diffusa sotto la pelle, proteggendolo dal dolore sempre in agguato.

Da quel punto di vista vantaggioso, riusciva a guardare in basso e a vedere la porta della stanza del motel dove aveva danzato la sua ultima danza. L'energia veniva da quella porta, ma ora riusciva a mala pena a vederla. Presto sarebbe scomparsa del tutto.

Non c'erano più ufficiali di polizia o nessun altro che gironzolasse per l'edificio Se n'erano andati da ore, portando via la sua creazione con. loro. Erano come formiche che corrono in fretta, portando via i resti del suo lavoro, pezzo per pezzo, finché non c'è più. Ma nel frattempo, le onde lavavano i loro corpi senza che lo sapessero. Ne erano contaminati. Così sentivano quel che lui sentiva. Era il suo regalo per loro. Lo sorprendeva sempre scoprire quante formiche servivano per ripulire il suo lavoro e si meravigliava della loro incapacità di scoprirlo.

Dovevano solo guardare su.

Era tempo di continuare la sua ricerca. Doveva continuare. Un uomo ha bisogno di un obiettivo.

Quando stava per alzarsi, vide un uomo con un completo nero avvicinarsi alla porta. Lo riconobbe. Era una delle formiche ma era diverso dalle altre. Riusciva a percepire la tristezza di quell'uomo. Non era rimasto a lungo la prima volta. Perché era tornato?

L'uomo vestito di nero rimosse il nastro giallo che l'ultima delle formiche aveva piazzato sulla porta ed entrò. La luce illuminava le tendine della finestra, e parte di lui—la parte debole e curiosa—voleva rimanere per vedere cosa avrebbe fatto quell'uomo, ma sapeva di aver finito con quel posto. Avrebbe lasciato l'energia rimasta alla formica in giacca nera, un ultimo regalo d'addio.

Si mise in piedi sul tetto, si stiracchiò e preparò per il viaggio. Si strofinò le mani. La notte si era fatta freschetta. Le cicatrici sulle dita si toccavano con furia. Le guardò ricordandosi quel giorno lontano in cui le aveva tagliate. Ricordò la fretta che aveva nel raschiar via l'ultimo pezzo della sua identità.

Camminò fino al bordo del tetto e guardò giù per terra. Fece un altro passo e saltò giù. I piedi atterrarono sul prato, lui piegò il corpo accovacciandosi. Tornato in piedi, scelte una direzione. Non sapeva dove andare, quindi la direzione non importava. Avrebbe trovato quello che gli serviva.

Ad un uomo serve solo avere fede.

CAPITOLO QUINDICI

Shelly aveva passato il resto della mattina cercando di rintracciare una storia nei corridoi bianchi del Lincoln Hospital. Le serviva qualcosa –qualunque cosa— che fosse abbastanza interessante da comparire nelle notizie serali. Il suo camera man, Jake, aveva filmato qualunque cosa le sembrasse interessante, ma non aveva ancora una vera storia per le mani, in gran parte per via della sua incapacità di concentrarsi.

Pensava a Robert, al suo regalo, che aveva tenuto con sé da quel momento al tavolo. Continuava a guardare compulsivamente quel disegno di una fragola domandandosi cosa rappresentasse. Era molto probabilmente uno scarabocchio fatto da un uomo con troppo tempo da ammazzare, ma Shelly lo riteneva importante. Sapeva di essere affascinata dall'artista e non dal disegno, anche se qualunque dottore o infermiere a cui chiedeva notizie di Robert rispondeva solo:

"è molto tranquillo."

"Non ha mai dato problemi."

"Sta sulle sue."

Non conoscevano i dettagli di come fosse arrivato

al Lincoln, o in che stato fosse la sua psiche. Era riuscita a scoprire che il suo dottore principale era andato via dalla clinica un anno e mezzo prima and Dott. Lyst lo aveva preso in cura da allora. La sua connessione con il Dott. Lyst era già vacillante, ma sperava di avere l'occasione di parlarci ancora una volta prima che fosse del tutto distrutta.

Un'infermiera molto gentile le diede indicazioni per l'ufficio del dottore al secondo piano, ma prima di andare, Sheila disse a Jake di restare indietro. Non voleva spaventare il dottore con la telecamera, dunque disse a Jake che l'avrebbe richiamato se avesse trovato un accordo per una seconda intervista. Non disse a Jake che il motivo dell'assenza di telecamere era che voleva fare al dottore qualche domanda fuori tema.

Lyst non era in ufficiò quando arrivò. La porta era aperta, per cui lei entrò e cercò se ci fosse qualcosa di interessante sulla scrivania. Non avendo trovato niente di utile, uscì dall'ufficio prima di essere beccata a rovistare. Allora Shelley non era così audace come ora, ma non le ci volle molto per capire che servivano delle gran palle per essere una giornalista d'inchiesta.

Shelly vagò per il secondo piano cercando il dottore, finché non lo trovò in una piccola sala di ristoro. Era seduto all'angolo di un tavolo, di spalle a lei, ma lei riconobbe le macchie dell'età allineate sul collo.

La stanza aveva quattro altri tavoli, due dei quali occupati da altri membri del personale. Shelly si accorse che due erano i più lontani da dove Dott. Lyst era seduto. Magari, pensò Shelly, non sa che è concesso mangiare con I subordinati, o più probabilmente non era molto amato.

Nel tentativo di prenderlo alla sprovvista, fece

una torsione attorno al tavolo e si sedette di fronte a lui. Come se fosse stato attaccato, saltò in aria, ingozzandosi col sandwich and tossendo pezzi di crauti sul tavolo. Mentre continuava a tossire, Shelly gli diede un tovagliolo e cominciò con le domande.

"Dott. Lyst?" chiese con falso entusiasmo. "Shelly Cervantes. Ci siamo visti prima, ricorda? Ora, so che lei non ha voglia di parlare con me tanto quando io non ho voglia di parlare con lei, dunque, risponda solo a qualche mia domandina e me ne vado via dal suo edificio prima che lei possa dire 'sicurezza!'."

La guardò e lei poté notare il cambio di espressione da arrabbiato a seccato e, infine, sconfitto. Rimise il panino sul piatto e usò il tovagliolo che lei gli aveva dato.

"Va bene, Signorina Cervantes. Ha tempo fino alla fine del mio pranzo, ma la avviso che mangio velocemente."

"Non ci vorrà molto, Doc. Lo prometto." Allora fece una serie di domande monotone. Avrebbero avuto abbastanza fondi per prendersi cura dei pazienti che restavano? Avrebbero licenziato del personale? Decideva lui da solo chi dimettere?

Rispose in modo succinto e Shelly si fece andar bene le risposte. Aveva abbastanza materiale per mettere insieme un articolo pieno di fuffa e il suo capo probabilmente non l'avrebbe comunque guardato.

Ora finalmente poteva fare la domanda che voleva fargli sin. dall'inizio. "Ho incontrato un uomo che sta per essere dimesso, di nome Robert. Non so il cognome. Non era ben disposto verso la telecamera, ma era l'unico che riuscisse a mettere insieme delle frasi di senso compiuto. Che ne dice di darmi qualche dato su di lui, così posso andare a casa e farmi un bagno caldo?"

Il dottore diede un altro morso al panino. Aveva quasi finito, dunque Shelly doveva affrettarsi. Non poteva andarci piano come voleva su quella domanda.

"Come le ho detto, signorina, non posso divulgare informazioni sui miei pazienti."

"Oh, suvvia Doc, lei vuole che io me ne vada quanto io voglio andarmene. Mi dica qualcosina. Giusto il tanto che ci vuole per dare un tocco di umanità alla storia. Tutto qui. Poi vado."

Lui non doveva sapere che Robert non era davvero parte della storia.

"Quel paziente in particolare," cominciò il dottore, "è da noi da un bel po' di tempo. È entrato da bambino e non ha mai dato segni di violenza o nient'altro che possa fare da deterrente alle sue dimissioni. È stato sempre cordiale e cooperativo da quando è qui al Lincoln. Lui non ha una storia, Signorina Cervantes. Lei sta perdendo il suo tempo—e il mio. Ora, se non le dispiace?" Indicò l'ultimo pezzo di sandwich.

Shelly lo lasciò al suo pasto, e subito si allontanò dalla stanza di ristoro. Tornata al primo piano, allertò Jake di preparare la macchina e aspettarla. Prima, mentre passava da uno dei pochi corridoi non dipinti di bianco, aveva visto vari uffici tra cui uno con la targhetta "cartelle". Visto che nessuno le dava risposte, se le sarebbe prese da sola.

Passò un paio di uffici con del personale all'interno, ma non le prestarono attenzione. Poi entrò in archivio, trepidò nel trovarlo aperto. Si precipitò dentro e chiuse la porta con tanta delicatezza che non fece alcun rumore.

La stanza era piena di armadietti colmi di documenti. Così tanto che non c'era quasi spazio di manovra fra le file. Mentre cercava alfabeticamente tra gli scaffali degli armadietti, realizzò subito che si trovava davanti a un dilemma. Non sapeva il cognome di Robert. Non c'era verso di controllare tutti quegli armadietti per trovare ciò che le serviva.

Sconfitta si stava avviando alla porta, quando le venne un'idea. Controllò le etichette finché non si imbatté in quella che conteneva De – Fa. Cominciò con il cassetto al centro e si accorse di aver trovato ciò che stava cercando. La maggior parte dei documenti nel cassetto avevano lo stesso cognome, Doe. John e Jane erano lì in massa, ma gli occhi di Shelly si spalancarono quando trovò una cartella spessa con il nome Doe, Robert. La prima pagina aveva la foto dell'uomo che l'aveva affascinata. Era molto più giovane nella foto, ma inequivocabilmente lui.

Si ficcò la cartella sotto il braccio e lasciò la stanza. Non c'era nessuno in corridoio, ma poteva essere vista ogni minuto. Alla fine dell'ingresso c'era un ufficio, buio fatta eccezione per la luce al neon dell'acquario. C'era luce sufficiente perché Shelly potesse vedere un giornale abbandonato sul tavolo. Si fiondò e lo prese, ci infilò la cartella, e camminò con nonchalance lungo l'ingresso verso l'entrata principale.

Jake aveva messo in moto il furgone e l'aspettava nell'unità circolare. Lei aveva provato a rimanere calma, ma presto si ritrovò a saltellare e trotterellare verso il furgone. Ripensandoci ora, Shelly quanto dovesse essere sembrata ridicola, ma Jake non disse una parola al riguardo.

Lesse quel fascicolo decine di volta da quando li aveva rubati, ma alla fine il fascino si affievolì e lo infilò nel suo cassetto. Ad ogni modo, quando aveva sentito che l'assassino disegnava fragole col sangue, il dubbio che si trattasse Robert Doe riaffiorò in lei.

La cartella era diventata la sua lettura preferita.

Si versò un bicchiere di chardonnay e portò la cartella in bagno. Dopo aver aperto i rubinetti della vasca, accese qualche candela e si tolse I vestiti. Quando la vasca fu abbastanza piena vi entrò, lasciando che l'acqua calda le accarezzasse le gambe. Si sedette piano nella vasca, lasciando che ogni parte del corpo potesse sentire l'acqua. Sdraiandosi nella vasca, con l'acqua al livello del seno, bevve un bicchiere di vino e iniziò a leggere i documenti.

Soffermò lo sguardo sulla foto, ancora tormentata dal quel sorriso e spaventata da quegli occhi.

Le prime pagine erano sui giorni di Robert al Lincoln quando Lyst lo aveva preso in cura. Erano per lo più note scarabocchiate e trascrizioni delle loro interazioni. Robert parlava a mala pena con Lyst. Dalle note, Shelly poteva asserire che Robert e il dottore non avevano stabilito alcuna connessione e lui diceva solo quello che il dottore voleva sentirsi dire.

Comunque, oltre quelle pagine iniziali c'era il fulcro di quei documenti, ben più stimolante da leggere. Il primo medico di Robert era stato il Dott. Emmanuel Willis. I giorni di Willis con Robert si leggevano più come un romanzo che come realtà, sebbene Shelly credesse a quanto scritto da Willis. Avvertiva le preoccupazioni del dottore per Robert, e Robert rispondeva come un bambino a suo. padre. Dott. Willis prendeva note sostanziose, in gran parte scritte come se fossero delle storie sulla vita di Robert.

Nomi, località e date erano oscurate per ragioni di privacy, ma con un po' di ricerca e diligenza, era riuscita a mettere insieme una versione approssimativa di come Robert era entrato in ospedale. Aveva ottenuto record finanziari tramite canali legali e meno legali secondo cui una donazione anonima di dieci mila dollari all'anno veniva fatta all'ospedale da quando Robert vi era entrato nel 1988. A quanto pare, i soldi erano per tenerlo lì dentro e per tenere segreto il nome della famiglia. Un uomo come Robert poteva facilmente sparire in un posto come Lincoln in cambio di mazzette.

I pagamenti erano finiti l'anno prima del rilascio di Robert.

Grazie ai dettagli delle note del Dott. Willis, era riuscita a capire da dove veniva: Pleasure, Wisconsin. Trovata la località, fu uno sforzo meno difficile risalire ai nomi di Franklin e Louise Kirkman, che avevano fatto internare il figlio lo stesso anno di Robert. Avevano fatto del loro meglio per far perdere le proprie tracce, ma il web contiene i segreti di tutti.

Robert Kirkman.

L'aveva trovato, almeno per il momento. Quando aveva provato a ritrovarlo poco dopo le dimissioni, ne era uscita a mani vuote. Non era tornato a Pleasure, e nonostante la clausola nelle sue dimissioni che dovesse farsi vedere dal dottore ogni settimana, era semplicemente svanito nel nulla. Ottenere informazioni dai genitori si rivelò più difficile che travasare acqua da un muro.

Bevve un altro sorso di vino. L'acqua calda della vasca, insieme all'alcol, la tranquillizzava. Mise via gran parte dei documenti, tenendo con sé una sola sezione. Insieme alla foto era la sua parte preferita e l'aveva letta molte volte. Non le serviva più nemmeno leggere le parole. Il solo fatto di avere il foglio in mano le riportava alla mente le parole che conteneva. Era scritta con lo stile duro e scarno di un medico, ma lei ci aggiunse i dettagli e la prosa, lasciando che si svolgesse come un film nella sua testa.

Era la storia di Robert Kirkman da ragazzino e di un gioco che macellò tutti gli innocenti di una piccola città.

CAPITOLO SEDICI

Pleasure era disposta a griglia, come spesso accade per le piccole cittadine in America. Le strade che andavano da nord a sud prendevano il nome dagli alberi, altro tratto tipicamente americano. Esistevano cittadine senza via della noce o dell'acero? Le strade che andavano da ovest a est, invece, prendevano il nome da diversi tipi di dolcetti. Il comune stava tentando una rivoluzione radicale in città, e come parte della trasformazione, aveva scelto dei bambini per dare i nomi alle strade, che prima erano semplicemente numerate. Dopo aver rifiutato di chiamarle con nomi di wrestler e rock star, il comune aveva accettato il tema dolcetti, e ora i residenti si trovavano su strada della caramella o via zucchero filato.

Inoltre, il comune stava cercando di mettere fine ad una vecchia tradizione cittadina che riguardava i bambini. Veniva detta il gioco del punto da che la gente se la ricordava e nessuno aveva memoria di come fosse iniziato. Molti si dichiaravano inventori del gioco, ma nessuno veniva creduto. Gli adulti lo consideravano una piaga, ma per i bambini di Pleasure era puro divertimento ribelle.

Iniziò con un piccolo punto disegnato con lo spray su un albero fuori dalla casa della famiglia Thompson un'estate. Il punto apparve la stessa note che l'intera casa dei Thompson fu coperta di carta igienica.

John Thompson aveva rimosso la carta igienica e lavato via il punto bianco con un getto d'acqua. L'incidente aveva attirato poco l'attenzione ma tre notti dopo la stessa situazione tornò a ripetersi; questa volta con più carta igienica e un punto più grande. Il Signor Thompson era molto infastidito, ma non si preoccupò troppo dell'atto vandalico. Erano ragazzini, dopo tutto.

Passò una settimana senza che nulla accadesse, nella pace dei passeri cinguettanti.

La terza volta che l'attacco si verificò, John Thompson rimosse la carta igienica, ma quando stave per rimuovere il punto, pensò bene di lasciare la macchia lì dov'era.

Molte notti dopo, la casa dei Thompson fu risparmiata, ma la vittima fu quella dei vicini, e le regole del gioco furono ormai chiare.

Non toccare il punto e non ti succederà nient'altro.

Da allora in poi, uno tsunami di carta igienica infestò la città. Chiunque infrangesse le regole lo faceva una volta sola prima di imparare la lezione. Cominciava a diventare difficile trovare un albero senza il punto, e quelli che non avevano un albero adatto trovavano il punto sui marciapiedi.

I genitori fecero l'interrogatorio ai propri figli. La polizia faceva la ronda per le strade; tutto senza risultati. Gli adulti non avevano chiaro quanto radicata fosse quell'organizzazione. Non si trattava di un paio di bambini; erano praticamente tutti. Se uno era messo in punizione, un altro lo avrebbe rimpiazzato. Così i genitori si convinsero che i loro figli non potevano c'entrare.

I negozi locali si rifiutarono di tenere la carta igienica a vista. Bisognava chiederla alla cassa. Nessuno poteva comprare più di un pacco da quattro alla volta. I ragazzini più grandi, provvisti di veicoli però potevano andare fuori dalla città e ovviare al problema. L'armamentario era tenuto nel fienile di Chester Long, che c'era già all'inizio del gioco del punto e che aveva l'autorità maggiore quando si trattava di stabilire chi lo avesse inventato.

Alla fine dell'estate, le piogge autunnali lavavano via la vernice e tutto tornava alla normalità fino all'estate successiva. Alla fine, il gioco si complicò. Dei punti gialli comparvero sotto quelli bianchi quando le macchine venivano colpite con le uova dai cavalcavia. Le buste infuocate di cacca di cani guadagnavano un punto blu perché marrone non si vedeva bene. Parole come *scorreggia* o *culo* venivano scritte sui prati con il diserbante e coincidevano con un punto verde sul tronco.

I punti verdi erano i più cattivi e i ragazzini decisero di non usarli più. Il gioco era infastidire un adulto, non commettere dei danni seri. I punti erano motivi di onore. Non c'era ragazzino in città che non sapesse dove abitassero i suoi punti.

Nella primavera dell'88, una nuova famiglia trasferì nella casa che un tempo era della Signora Wickersham. I Kirkman erano una famiglia gentile e generosa, e in linea con il resto della popolazione. Franklin era un avvocato, e per quanto non ci fossero molti casi a Pleasure, la cittadina aveva bisogno di qualcuno nel caso in cui si fossero create piccole dispute. Questo andava più che bene a Franklin, che si era stancato delle grandi aziende delle grandi città.

Louise era fondamentalmente casalinga e mamma, ma non le ci volle molto per diventare un punto di riferimento per l'associazione dei genitori e per la chiesa.

La coppia aveva un figlio adolescente, Robert, e sebbene fosse silenzioso, gli altri ragazzini non lo infastidivano. Esitavano ad includerlo, ma non avevano ragioni di detestarlo, tranne il fatto che era troppo ligio.

Il resto dell'anno scolastico proseguì come al solito, e i primi punti bianchi apparvero al termine delle lezioni. Col proseguire delle settimane, i punti aumentarono. La città non faceva più molto per fermare il gioco; il gioco era ormai parte della vita a Pleasure.

Questo finché il punto rosso non apparve sull'acero nel cortile di Jed Stimple.

Jed era lo sceriffo della città e non si era mai sposato. La sua sola compagnia era un vecchio segugio di nome Samson. Jed non andava da nessuna parte senza Samson al guinzaglio. Molti si riferivano al cane come Vice Samson, o solo Vice.

La mattina che Jed scoprì il punto rosso, era uscito a comprare il giornale. Lo aprì sulla strada come al solito, con una tazza di caffè nell'altra mano, mentre qualche goccia cadeva sul marciapiede. Alzò lo sguardo dal titolo della prima pagina e vide il punto rosso. Si trovava sotto i punti bianchi e gialli che aveva già ricevuto. Guardò intorno il cortile, ma non trovò niente che fosse fuori dall'ordinario.

Seduto sul dondolo nella veranda sul retro, qualche minuto dopo, vide che Samson non era con lui. Il cane conosceva la routine di Jed quanto Jed stesso, e l'uomo non ricordava un momento in cui non fosse stato lì ai suoi piedi.

Jed lasciò il giornale e il caffè e chiamò il suo cane. Quando non ricevette risposta cominciò a innervosirsi. Samson era ormai vecchio, ma Jed non era ancora pronto a lasciarlo andare. Lo chiamò a gran voce una seconda volta, quando vide un'immagine che gli tolse immediatamente il fiato.

Samson pendeva da una corda legata ad un ramo di uno degli alberi di pero di Jed.

Nell'avvicinarsi, Jed trattenne le lacrime e incrociò le braccia nel tentativo di frenare il tremore. Quando fu vicino all'albero e vide il sangue, riusciva a stento a muovere le gambe. Quando poi fu così vicino da notare che il suo compagno di vita era stato aperto in due, Jed Stimple, un duro uomo di legge, era in lacrime.

Fu fatta un'investigazione con tutti i crismi. Il gioco si fermò. I ragazzini interrogavano gli amici, alla ricerca dell'assassino. Alcuni vennero additati come colpevoli ma un vero sospetto non fu mai trovato.

Sebbene i punti di altri colori sparirono per le strade, quelli rossi rimasero. Ogni volta, un caro animale domestico veniva ucciso. Alcuni accoltellati, altri squarciati come il povero Samson. Altri ancora venivano annegati o bruciati vivi. A volte gli animali venivano trovati ad isolati o per fino miglia oltre le loro case. Come negli anni passati, gli adulti di Pleasure facevano le ronde di notte, a caccia dell'autore dei punti rossi.

Una sera, quando Franklin Kirkman camminava per strada con altri genitori che facevano la ronda quella notte, vide qualcuno nel piccolo campo dietro la casa della Signora Galloway. Preoccupato da quello che gli sembrava di aver visto, lasciò il gruppo e tornò indietro per investigare. Quando si avvicinò, si portò la mano alla bocca per evitare che un urlo di terrore ne uscisse.

Robert in qualche modo aveva catturato i pappagallini della Galloway, tutti e otto, e li stava impalando con un tondino. Franklin non poté far altro che riportare il figlio a casa in silenzio, lasciando che qualcun altro trovasse i pappagalli.

Per il resto dell'estate non ci furono più punti rossi. A dire il vero, non ci furono più punti a Pleasure. La vita tornò lentamente alla normalità, ma il gioco del punto era giunto a termine.

I Kirkman continuarono ad essere parte integrante della comunità, ma nessuno chiese di Robert per mesi. Il ragazzino non aveva amici dopo tutto, quindi nessuno si domandò che fine avesse fatto, la cosa più facile era dire che fosse stato mandato in collegio.

Robert era sempre stato una specie di fantasma a Pleasure. Nessuno sospettava di lui per i punti rossi, perché nessuno si dava cura di lui. Alla fine, nessuno si ricordò più della sua esistenza, e i Kirkman facevano in modo di non farla riemergere.

"Ricordavo aveste un figlio, ma forse mi sbaglio," dicevano.

"Non noi. Forse ha in mente qualcun altro," rispondevano i Kirkman. "Decisamente un altro."

CAPITOLO DICIASSETTE

Fragole era sulla copertina dei giornali come al solito, ma questa volta era nella sezione intrattenimento. C'erano due film sul killer già in preproduzione. Le case di produzione erano in gara su chi avrebbe iniziato il film per prima, e con la star più acclamata.

La storia in prima pagina era su come Fragole fosse a quanto pare connesso ad un culto in Nevada. Leggendo alla svelta l'articolo, Sylvia non trovava prove che Fragole avesse in effetti qualcosa a che fare col culto. Non era nemmeno sicura che fosse un culto, o solo un gruppo di persone in giro per il deserto. I media pompati le facevano venire la pressione alta.

Però aveva comprato il giornale, eh? E c'erano solo due copie rimaste nel secchio quando l'aveva preso. Decise che non l'avrebbe comprato più per tutta la durata di quella vicenda.

Melissa le aveva dato il compito prestigioso di organizzare la sua festa di addio a sorpresa. Sylvia non si era dilungata con l'amica sulla definizione di *sorpresa*. La logica non era roba per Melissa.

Aveva passato la mattinata a trovare un luogo per la festa e ad assicurarsi che ci fosse alcol e droga in abbondanza. La festa sarebbe fatta nel locale di un amico di Melissa che Sylvia aveva incontrato un paio di volte. Sylvia lo aveva pagato in anticipo per chiudere il locale al pubblico. Ora restava solo da pensare alle decorazioni. Melissa si aspettava gran fanfara e molta roba luccicante.

La perdita ormai prossima di Melissa stava diventando realtà nella vita di Sylvia. Di conseguenza, voleva assicurarsi che Melissa sapesse quanto ci teneva a lei, e siccome lei non era molto romantica, i brillantini e le stelle filanti avrebbero compensato.

Aveva saccheggiato negozi interi di roba per feste, riempiendo il carrello di tutta la gioia esultante che si potesse acquistare.

La cassiera aveva la faccia piena di metallo, i capelli color big bubble, e probabilmente non aveva nemmeno l'età per comprare alcol. Aveva un grembiule arancione con il logo del negozio impresso. Il cartellino diceva Lucy. Il grembiule le copriva gran parte della gonna, ma Sylvia riuscì a notare i bordi inconfondibili di una fragola sotto le bretelle.

"Dimmi, Lucy," cominciò Sylvia. "Ho visto molte di queste magliette e cose simili. Posso chiederti perché la gente le compra?

La ragazza la guardò con sospetto, come impaurita dall'essere in trappola.

"Non preoccuparti. Sono solo curiosa," la rassicurò Sylvia.

"Non so, signora. Fragole è figo. È fantastico che nessuno sappia chi sia ma il suo simbolo sia ovunque."

"Ma quel simbolo è ovunque solo perché le persone, tipo te, gli hanno dato importanza. Più simboli ci sono, più ce ne saranno."

La ragazza sospirò lievemente, ma Sylvia non

riuscì a capire se era per le domande o perché doveva scansionare tante di quelle cagate.

"È qualcosa a cui si corre dietro, capisci," disse Lucy. "Se ci pensi, è bello il modo in cui Fragole ci unisce. Deve essere stato lo stesso col crocifisso. Cioè, voglio dire, all'inizio solo un paio di persone indossavano la croce, ma poi si è diffusa." La ragazza finì di scannerizzare gli acquisti di Sylvia e li stava imbustando. Ora sorrideva, non aveva più quello sguardo fisso da "morte al mondo".

"Stai dicendo che Fragole è come Gesù?"

"Nah zia, sto solo dicendo che è popolare."

Sylvia diede dei contanti a Lucy, prese il resto e si girò per andar via. Prima ancora che Sylvia avesse fatto due passi, la ragazza la richiamò, "Ehi, signora, prendi questo."

Lucy mise mano dietro al grembiule e tirò fuori una spilla di Fragole. La mise in mano a Sylvia e con l'altra mano chiuse le dita di Sylvia intorno alla spilla. La tenne ferma un momento, come per enfatizzare il gesto. "Non si sa mai," disse, poi cominciò a dedicarsi al cliente successivo.

Fuori, Sylvia si fermò per un istante prima di entrare in macchina. Sapeva che la moda di Fragole non aveva ancora raggiunto proporzioni bibliche e che la cassiera Lucy era in minoranza, ma non si poteva più negare che il caso stesse crescendo. Solo stando in piedi dov'era, vedeva due adesivi e un gadget per antenna che esibivano fragole.

Era conscia che tutti avrebbero lasciato stare una volta che l'assassino fosse stato preso, ma per quanto odiasse ammetterlo, la ragazza aveva ragione. Quanto a lungo deve crescere e ribollire una cosa prima di eternarsi?

Calpestò il terreno. Era un gesto che faceva quando aveva la testa altrove e voleva tornare alla realtà. Doveva concentrarsi. Mise le mani in tasca, afferrò un paio di pillole e le ingoiò. Doveva far presto con le decorazioni.

C'era da lavorare stanotte.

CAPITOLO DICIOTTO

Erano passati due giorni dalla morte brutale e improvvisa dell'impiegato del motel e Harry non aveva fatto molto più che rigirarsi i pollici in quel tempo. Jasper chiamava due volte al giorno e le telefonate si somigliavano tutte.

"Come va col caso, Harry? Grandi scoperte?"

"Ciao, Jasper. Sì, ho trovato un paio di cose su cui indagare," Harry mentiva.

"Ottimo, Harry. Sanno tutti che presto avrai dei risultati. Faccio il tifo per te."

"Grazie. Roba di giorni e lo prendiamo, sono sicuro."

Un'altra bugia.

Poi Jasper concludeva con qualcosa del tipo, "A dire il vero, Harry, meglio prima che poi"

A dire il vero? Come se tutto quello che gli aveva detto negli ultimi giorni fossero cazzate.

"Capito, Jasper."

Schifoso pezzo di merda.

Quel pomeriggio, prima che Jasper avesse avuto modo di chiamarlo per la seconda volta in una giornata, Harry aveva deciso di fare un giro in macchina per schiarirsi le idee, e magari avere una rivelazione salva-carriera. Per il momento aveva caricato Susie di altre tredici miglia e mangiato quattro rotoli alla cannella confezionati comprati dal benzinaio. Aveva anche speso cinque dollari in gratta e vinci sperando di poter mandare al diavolo Jasper e l'FBI. In realtà, aveva solo riempito il cruscotto di Susie di altra immondizia.

Per quanto riguardava i momenti di "illuminazione", per il momento era a zero. A quel punto sperava di beccare qualche soggetto equivoco per strada, così da fermarlo e interrogarlo—e avere la sensazione di star facendo il suo lavoro.

Il grande e potente protettore degli innocenti e difensore dei deboli.

BANG!

Susie gemette di dolore, mentre il fumo si alzava dal cofano anteriore.

BANG! BANG!

Il latrato si levò per aria come colpi di cannone. Il fumo formò una cappa densa e nera e, mentre Susie portava la sua carcassa verso la fermata finale, tossì le sue ultime parole nel tubo di scappamento. Ora restava solo un fusto di metallo al lato della strada e nessuno si sarebbe fatto domande sulla sua vita passata.

Harry valutò le opzioni, poi, prendendo valigetta e tazza di caffè, guardò un'ultima volta il conta-chilometri prima di chiudere la portiera un'ultima volta.

502,819 miglia.

Cercò sul telefono il numero di una compagnia di rimorchio e diede istruzioni per portare la macchina a rottamare. Sperava in una fine più cerimoniosa, ma si era rassegnato a quella quieta. Nella polvere sul telaio, scrisse, "Ciao."

Un ultimo addio ad una vecchia amica.

Harry non voleva ancora considerare la giornata chiusa, quindi fece un giro su se stesso e guardò i negozietti. Si decise per una piccola trattoria lì vicino. Un po' di caffeina gli avrebbe fatto bene.

Un'insegna rumorosa al neon faceva presente a Harry che il nome della trattoria era *Trattoria*, o almeno non gli pareva di vedere altre indicazioni. Un campanello sulla porta di ingresso risuonò al suo entrare.

"Si sieda dove preferisce," disse una voce di donna non localizzabile.

C'erano due signori anziani seduti all'angolo che giocavano a dama e che insieme a Harry erano gli unici nel locale. Si sedette all'angolo del bancone dietro una cremagliera di vetro roteante che esponeva torte. Aveva visto robe del genere nei film, ma nonostante l'età mai di persona. Non riusciva a smettere di guardare la roba esposta, che si muoveva più veloce del dovuto.

"Che prende?"

La voce della cameriera lo distolse dal roteare ipnotizzante delle torte. Era una donna robusta, tra quaranta e i cinquanta, con fare sbarazzino. La sua presenza fece sorridere Henry, che dimenticò per un'istante della macchina perduta.

"Beh, so che ormai è pomeriggio, ma potrei avere la colazione?" chiese Harry gentilmente.

"La colazione è disponibile tutto il giorno," disse la cameriera, indicando un cartello alle spalle, *Colazione disponibile tutto il giorno.*

"OK, bene. Prendo due uova al tegamino, salsiccia, sughetto, e pancake con sciroppo d'acero."

La cameriera sogghignò, schioccò il dito, e si girò

per preparare l'ordine. Harry tornò alle torte roteanti e meno di cinque minuti dopo, tutto ciò che aveva ordinato era ammucchiato in una pila davanti a lui, insieme ad una spremuta d'arancia. Non l'aveva ordinata ma ne fu grato.

"Vuole anche del caffè? Ho appena messo su la caffettiera."

"Assolutamente, signora".

Le uova erano un po' liquide, come piacevano a lui, e mischiò il cibo nel piatto in un turbinio di sapori, ingoiando il miscuglio con grandi bocconi come un bambino maleducato. Quel disastro gli colava sul mento, e fece finta di niente fino all'ultimo boccone, dopo di che si ripulì con un tovagliolo trovato in un dispenser colorato.

Allora la cameriera tornò, come se stesse aspettando la battuta d'entrata per salire sul palco. Harry notò solo allora che aveva un badge con delle ciliegie ricamate e poi il suo nome.

"Maggie, bel nome. È l'abbreviazione di un nome più lungo?

"Magdalena, e grazie."

"Beh, Magdalena, mi sa che voglio un po' di questa torta bellissima."

Si sentiva come il personaggio di una storia che stava solo facendo la sua parte.

Quel pomeriggio Harry Bland farà la parte dell'investigatore che ha solo voglia di una bella fetta di torta.

"Abbiamo lime, cocco, noci e zucca."

Anche se non disse zucca, ma *suca*.

"Prendo sia quella alle noci sia quella alla zucca."

"Vuole la panna sulla suca?"

"Dovrei?"

"Sì."

"Allora certamente, Maggie."

Maggie posò la torta con delicatezza, come se fosse un capolavoro delicatissimo e Harry le lesse negli occhi che davvero vedeva così quella torta. Poi tornò in cucina per un momento e tornò con una ciotola che emanava ancora del vapore. Usò un grosso cucchiaio per versare la panna fresca sulla torta alla zucca.

"Buon appetito. Le torte le ho fatte io in persona".

"Maggie, non dubito che saranno divine. Un'ultima cosa, per favore. Alzeresti di poco il volume della TV?"

C'era un piccolo televisore dietro al bancone, e stava trasmettendo le notizie, senza volume. La grafica dietro l'annunciatrice diceva "L'assassino delle Fragole." Quando Harry poté sentire la voce dell'annunciatrice, quella stava parlano di un musical intitolato *Fragole e Panna* che avrebbe sbancato a Broadway entro un mese.

"OK, puoi togliere il volume Maggie," disse Harry, scuotendo la testa.

"Oh, bene. Devo dire di essere abbastanza seccata da queste sciocchezze."

"Siamo in due, Maggie."

Harry aveva già fatto a pezzi la torta di zucca e si stava tuffando in quella di noci. Il primo morso risuonò in un gemito di piacere.

Maggie sorrideva in modo esagerato mentre puliva il bancone con uno strofinaccio.

"Scommetto che fai queste torte anche a casa per la tua famiglia, eh, Maggie?"

"Certo. I miei ragazzi le adorano, come si vede dal nostro punto vita," rispose Maggie ridacchiando "E lei? Ha moglie e figli a casa ad aspettarla?"

"Nossignora, non sono sposato."

Harry rispondeva sempre così alla domanda sul matrimonio, più tosto che dire più onestamente *divorziato e distrutto*. Ogni volta che diceva a qualcuno del divorzio, lo guardavano con una pietà che lo faceva sentire handicappato, o in alcuni casi, con sguardo d'accusa. Trovava sorprendente come molti dessero per assunto che il divorzio era colpa sua, come se avesse tradito o commesso qualche atto orrendo per cui meritava di essere lasciato da solo.

La verità era l'opposto.

Harry aveva incontrato Sara in discoteca, dove un amico l'aveva trascinato. Non sapeva muoversi in pista ed era una specie di gambo di sedano. Mentre si coccolava con del gin tonic e guardava i suoi amici darsi a grandi danze, una donna gli si avvicinò e lo toccò da dietro sulla spalla.

Harry, allora, non era certo brutto, ma anche così, una donna che lo approcciasse era una rarità; specialmente se si trattava di una bella donna come Sara. Era canonicamente bella, dalla pelle scura e liscia, dai capelli ramati, e le labbra ricoperte dal lucidalabbra che gliele faceva luccicare per tutta la pista.

Quella sera parlarono a lungo. Entro poche settimane erano in una relazione seria e Harry era pericolosamente innamorato. Un anno dopo, erano sposati.

Harry approvava tutto quello che lei faceva e le dava tutto quello che desiderava. Dopo essere entrato nel Distretto, era spesso via, ma quando era a casa faceva il possibile per renderle la vita un sogno. Andò Avanti così per circa tre anni; fino al giorno in cui Harry tornò a casa e trovò Sara a letto con un altro.

Andò via, senza parlare, ma proprio quando pensava che l'universo non potesse fotterlo peggio di così, seppe la storia per intero.

Sara era nata in Messico, e sebbene Harry sapesse delle sue origini, era convinto fosse una cittadina americana. Era nel paese con un visto temporaneo e aveva sposato Harry in tempo per ottenere una green card. Allora, Harry era così felice che aveva lasciato che sbrigasse lei tutte le faccende burocratiche. Lei aveva insistito e le piaceva avere quella responsabilità. Lui avrebbe firmato qualunque cosa lei gli avesse dato.

Prima di arrivare negli USA, era stata sposata ad un tale Juan Garcia, ma avevano divorziato prima del trasferimento. Juan era l'uomo che Harry aveva trovato a scoparsi sua moglie. Era entrato anche lui con un visto temporaneo e Sara lo frequentava in segreto già da mesi.

Avevano pianificato tutto dall'inizio e Harry era solo lo stronzo sfigato che gli serviva. Quando tornò a casa il giorno dopo, lei aveva i documenti del divorzio già pronti. Era stata sposata con lui per più di tre anni e quindi era legalmente una cittadina statunitense. Stava per sposare Juan e avrebbero vissuto per sempre felici e contenti.

Harry entrò in una depressione profondissima. Non aveva la forza di lottare in quella battaglia legale, né gli importava. Lei gli aveva tolto tutto e lui gliel'aveva lasciato fare. Non aveva mai detto agli amici il motivo di quella separazione e per quanto ne sapesse lui, ancora non lo sapevano

Erano passati quattordici anni.

Sara ogni tanto lo chiamava per sapere come stava, ma Harry sapeva che era solo per alleviare il senso di colpa. Era quasi impossibile passare tutto quel tempo insieme e fingere di non avere niente di vero, immaginava, ma risponderle al telefono gli ricordava solo che aveva passato così tanto tempo cercando di dimenticare, così di solito lasciava che rispondesse la segreteria telefonica. Ascoltava i messaggi quando era sbronzo e di buon umore.

Maggie capì che Harry non stava raccontando tutto, ma non disse niente e non fece più domande.

"Maggie, sei una donna d'altri tempi. È stato un piacere conoscerti." Mangiò l'ultimo pezzo di torta e si alzò per andar via.

"Faccia attenzione là fuori," disse Maggie.

Harry fece un breve cenno con la testa verso Maggie e cominciò ad incamminarsi verso il motel.

CAPITOLO DICIANNOVE

La connessione funzionava in una stanza sola, quindi Shelley doveva condividere gli spazi con Jake, che a quanto pare era un maniaco della pulizia. Shelly invece no. Shelly era più zozza del porno che i padri nascondono nell'armadio per le serate in cui le madri sono fuori con le amiche. Quando si trovava la carta di una caramella in tasca, la gettava a terra. Jake era lì a recuperarla e buttarla nel bidone dell'immondizia. Lei lo aveva torturato a quel modo finché non aveva scoperto che non riusciva a dire di no a niente.

"Se non puoi ridurre allo schifo la tua camera d'albergo, che senso ha essere una rockstar?" disse Shelly.

"È un motel, e non siamo rockstar."

"Parla per te, Sorella."

Shelly chiamava Jake *Sorella* or *Tesoro* da moltissimo tempo. Da non molto dopo il loro primo lavoro insieme al Lincoln Hospital, in una situazione abitativa non molto diversa da quella presente, aveva cominciato a sospettare che Jake fosse gay. Non lo era palesemente però, e allora non poteva esserne certa. Aveva alcune qualità femminili e ogni tanto diceva delle cose che suonavano, beh—gay. In verità, la ragione principale del sospetto era che erano spesso molto vicini e lui non le prestava affatto attenzione, almeno da un punto di vista sessuale.

Per trovare una risposta, una volta aveva lasciato la porta del bagno aperta mentre faceva la doccia. Dopo, ne uscì indossando solo un paio di mutandine, col seno ancora gocciolante e i capezzoli turgidi.

"Se ti interessava sapere se sono gay, bastava chiedere," disse.

Si fermò, imbarazzata e all'improvviso vergognandosi molto del suo corpo. Si coprì il seno con le braccia e chiese "Dunque lo sei?"

"Affermativo. Ora rivestiti, stupida sgualdrinella."

Da allora la loro amicizia era diventata più intima. Non faceva fatica a definirlo il suo migliore amico se non era lì a sentire. Era l'unica persona con cui si sentiva a suo agio nell'essere ridicola. Quella parte di lei che voleva ascoltare *Poison* e saltare sul letto veniva fuori solo quando era con Jake. Non si sentiva a suo agio nemmeno a farle da sola. Quando lo era, aveva sempre l'impressione di dover fare qualcosa di costruttivo per promuovere la causa del *non* essere da sola.

I due si erano rintanati in quel motel per più di quanto fosse salutare. Avevano ottenuto una stanza nello stesso motel dell'agente dell'FBI Harry Bland. La loro stanza era dal lato opposto dell'edificio a forma di U, al secondo piano. Dalla finestra della stanza, riusciva a vedere direttamente nella stanza di Bland.

Avevano parcheggiato il furgone nel parcheggio sul retro, vicino a un bidone della spazzatura blu. Non era completamente nascosto, ma a meno che l'agente Bland avesse deciso di portar fuori la sua spazzatura, il furgone non sarebbe stato notato, come del resto loro due fino ad allora. Spostavano il furgone solo se strettamente necessario, in ogni caso; per tutto il resto, avevano affittato una Corolla parcheggiata sul davanti.

Shelly sospirò a fondo mentre guardava dalla finestra. Jake era steso sul letto che si dilettava nella settimana enigmistica. L'aveva quasi finita, dopo averne finite altre due, che aveva poi infilato nel cassetto insieme alla Bibbia.

Jake non aveva idea che Shelly sapesse di Robert Kirkman e lei non aveva intenzione di rivelare nulla. Per quanto fossero diventati amici intimi, lui era francamente una brava persona e lei non voleva invischiarlo nelle sue faccende losche. Shelly sapeva mentire quando si trattava di roba grossa, l'importante era non ferire le persone che amava. Era assolutamente fedele ad un certo numero di persone che aveva lasciato entrare nella sua vita e avrebbe anche ucciso per proteggerle, ma tutti di gli altri—incluse le persone che Robert avrebbe potuto uccidere—non le importava niente. Era tipa da rimanerci solo appena male per gli uragani che uccidevano migliaia di persone, o per un incidente nucleare che aveva effetti su mezzo mondo, ma quando il gatto di Jake era morto l'anno prima, aveva pianto con lui tutta la notte.

Aveva provato a cercare Robert da sola. In gran parte servendosi del web e facendo telefonate per individuare varie località, ma la ricercar non aveva dato frutti.

Aveva lo stesso problema delle autorità; Robert si spostava di continuo. Alla fine, capì che non poteva trovarlo da sola, ma avrebbe fatto da ombra all'uomo che aveva il compito di farlo. Da allora, si era appicciata a Harry Bland come velcro coperto di colla.

Quando seppe che Bland avrebbe avuto il caso, chiese al suo capo di essere l'unica a seguirlo. Gli altri aspetti meno essenziali della storia poteva seguirli qualcun altro, ma aveva accettato di fare piccoli servizi di tanto in tanto. Avrebbe trovato uno sfondo generico e raccontato la storia come se fosse stata dal vivo. Il pubblico era piuttosto ingenuo.

L'omicidio dell'impiegato del motel era stata la sua prima opportunità di buttarsi su quella storia. Sperava di poter trovare qualcosa, qualunque cosa, che le svelasse un indizio. Sapeva che dopo ogni omicidio la polizia avrebbe pattugliato l'area. Sapeva che Robert era a piedi e non poteva essere andato lontano, ma ogni volta se la cavava.

La scena del crimine al motel era troppo piena di persone. C'erano troppi poliziotti che tenevano la gente lontana e non era nemmeno riuscita ad entrare nel parcheggio. Aveva lasciato Jake a cercare di fare foto come poteva, ed era uscita a fare ricerche da sola.

Nessun risultato.

Aveva comunque il presentimento di essere sulla buona strada. Doveva solo essere paziente.

CAPITOLO VENTI

Con gli anni, Sylvia aveva usato infinite identità. Ancora prima di fare il suo lavoro, era ossessionata all'idea di diventare qualcun altro. Quando era solo una ragazzina, spesso firmava i compiti a casa con un nome diverso facendo impazzire gli insegnanti. Si abbonava a riviste chiamandosi Maria Chiquita Espinoza o Denise Slobbernob.

Si era iscritta al Columbia House music club con dozzine di nomi buffi. Usava l'indirizzo dei vicini e poi guardava con attenzione le loro caselle postali. Era diventata brava a prevedere quanto ci volesse perché la roba arrivasse, e una volta che l'aveva anche rubata, passava al vicino successivo.

Quando era cresciuta, aveva iniziato a fare lo stesso giochetto con le carte di credito. A quei tempi, era molto più facile falsificarle. Una volta che aveva le carte, ne traeva il massimo nel minor tempo possibile, poi le buttava. A Sylvia non era mai importato della roba che aveva. Certo, ascoltava la musica e indossava vestiti che non pagava, ma ciò che le importava era il gioco; l'idea che per un breve lasso di tempo, poteva fingere di essere un'altra persona e lasciarlo credere agli altri.

Victoria Pluto aveva degli stivali nuovi e poi si era volatilizzata.

Kacy Westerhamshire aveva ricevuto tredici copie di *Thriller* e le aveva distribuite ai pazienti della casa di cura Pleasant Stay. Era sparita senza lasciare traccia prima che la potessero ringraziare.

Una donna dall'aspetto giovane di nome Carol Ann Blutarski beveva di continuo al bar O'Malley's il mese scorso. La sua leggenda vivrà nei nostri cuori in eterno.

Eccetera eccetera.

Il giorno in cui incontrò Melissa, era in un locale a bere Margarita sul conto di altri. Melissa aveva chiesto a Sylvia di guardarle la borsa mentre andava in bagno, e non intendeva fare altro. Mentre i secondi scorrevano sull'orologio, però, la sua curiosità aumentava. Aveva provato a tirare gentilmente l'apertura della borsa con un dito, ma i cocktail che avevano in mano le avevano reso le mani poco utili. Invece di investigare con dolcezza, aveva fatto cadere tutta la cazzo di borsa a terra.

Ne erano venuti fuori vari passaporti, insieme ad altrettante patenti di guida, tenute insieme da un elastico per capelli. Mentre Sylvia rimetteva tutto in borsa, guardò in alto e vide Melissa dal basso.

"Trovato quello che cercavi?"

"No. Cioè, è caduta. L'ho fatta cadere. Stavo curiosando. Mi dispiace."

"Dovresti scegliere le parole con più cautela; respireresti meglio."

Melissa aiutò Sylvia ad alzarsi e le offrì un altro drink. Passarono un paio di ore bevendo e raccontandosi storie. Sylvia sviluppò un debole per lei dall'inizio, e quando Melissa le chiese come si chiamasse, si sorprese di se stessa nel darle il suo vero nome.

"Sylvia. Mi chiamo Sylvia."

"Sicura? Non sembri sicura."

"Sì. Sylvia. È solo che... Di solito sono più riservata, semplicemente."

"Col tuo nome?"

"Con tutto."

Melissa girò il fondo congelato del suo daiquiri con la cannuccia, e guardò Sylvia come per scrutarla; per decidere se valesse la pena spenderci altro tempo. "Hai visto cosa avevo in borsa e non hai fatto domande."

"Le uniche informazioni che voglio avere sulle persone sono quelle che loro vogliono darmi," disse Sylvia, prima di prorompere in un rutto così rumoroso da attirare l'attenzione del barista. Lo scacciò via con la mano. Di una cosa era sicura: non voleva un altro drink.

"Mi piaci," le disse Melissa. "sei il mio tipo di topa."

"Vale lo stesso per me."

"Lavori?"

In quel periodo, Sylvia lavorava in un call center dove vendeva cavi per TV. Leggeva lo stesso copione centinaia di volte al giorno senza contare quelli che le chiudevano subito il telefono in faccia.

"No no," disse.

"Potrei avere un lavoro per te, se ti interessa. Non è proprio roba ortodossa, però, quindi potrebbe non essere per te."

"Potrei provare qualcosa di diverso nella vita.

Non si tratta di fare il sicario, vero?" Sylvia disse scherzando.

"Sicario? No," Melissa disse risucchiando il resto del daiquiri. "Quanto ti piace il sesso?"

Fu allora che l'istruzione di Sylvia iniziò.

Melissa le insegnò l'arte della doppia vita e ad essere indipendente. La presentò a gente che campava di documenti falsi. Le mostrò cosa ci voleva per affittare un appartamento, pagare le bollette, e avere dei risparmi in banca senza mai usare il suo vero nome.

Ormai aveva accumulato così tanti documenti illegali, passaporti e patenti di guida falsi che dovette aprire una seconda cassetta di sicurezza; in una banca diversa e con un nome diverso, ovviamente. Tutta la sua posta andava a tre diverse caselle postali. Tutti i suoi telefoni cellulari erano prepagati. Non aveva più dichiarato i redditi né votato. Non aveva carte di credito, tranne quelle che teneva sotto pseudonimo per le emergenze. La maggior parte della sua vita era rigorosamente un'operazione in contanti.

Sylvia aveva affittato il suo appartamento con il nome di Sasha Edmonds. Aveva affittato solo posti che includevano le utenze, quindi non doveva mai mettere il suo nome sulle bollette e non sarebbe rimasta in nessun posto per più di un paio d'anni. Tutto ciò le dava un'immensa libertà. I passi meticolosi che aveva fatto per dare forma alla sua vita l'avevano resa meravigliosa: "Il tuo mondo andrà in frantumi, ma significa solo che potrai rigirartelo come vorrai," aveva detto Melissa, senza sapere quanto avrebbe condizionato Sylvia.

L'unico effetto collaterale di una vita fatta di possibilità illimitate era il facile disincanto.

Al momento, stava viaggiando a migliaia di metri

in alto nell'atmosfera sul jet privato più lussuoso che avesse mai visto. Indossava della biancheria più costosa di un mese di affitto, nonostante il poco tessuto. Era circondata da uomini ricchi e attraenti, che tuttavia non riuscivano a pensare ad altro che all'enorme televisore che veniva fuori dalla parete del jet, intanto Sylvia si annoiava. Fragole dominava ancora le notizie.

Si stese sulla poltrona.

Nessuna reazione.

Aprì le gambe.

Ancora niente.

Portò le mani fra le gambe, tirò via un po' della seta della biancheria e lasciò che tutto si vedesse.

Nada.

Fragole poteva aggiungere alla lista delle sue specialità "inibitore di uccelli".

Gli uomini dicevano cazzate su cosa avrebbero fatto a Fragole se l'avessero beccato. Per Sylvia, potevano benissimo star scavando una buca con le nocche. Incrociò di nuovo le gambe e fece dei colpetti di tosse. Un ultimo tentativo di attirare l'attenzione. Non che le importasse, l'avrebbero pagata comunque, ma in tutta onestà, moriva di noia.

Sylvia si scusò e andò in bagno, dopo aver preso la borsa d'emergenza. Non era in pericolo, ma ne aveva comunque bisogno. Dentro, dopo aver chiuso a chiave la porta, tirò fuori la boccetta di pillole. Se ne riversò un bel mucchio sul palmo per ammirare i mille colori della farmacia. Amava guardarli, come un appassionato di lettura ammira i suoi scaffali di libri. Ne mise insieme un paio e le ingoiò. Almeno così probabilmente non si sarebbe annoiata ancora a lungo.

Uscita dal bagno, gli uomini avevano spento la

televisione e avevano iniziato a fare battute razziste da ragazzacci. Il cliente la vide, toccandosi la gamba la invitò a sedersi con lui. Lei fece come richiesto e col passare del tempo, quelle battute orride si trasformarono da frasi patetiche a divertentissime chicche. Si sentiva la testa più leggera dell'aria e il corpo le formicolava.

Rideva istericamente.

Il cliente la guardò in modo strano e lei si sentì in imbarazzo prima di tornare a ridere. Lui aveva una mano sulla sua gamba e accarezzava il nylon che le copriva la coscia. La mano si muoveva fra le gambe di lei, che inarcava la schiena a quel tocco. La toccava con delicatezza. Piano. Come per testare fino a che punto poteva spingersi.

Il che lasciava intendere delle cose. Quel tipo non era lì per scopare; cercava l'intimità.

Per Sylvia l'intimità era ben più faticosa del sesso. Avrebbe dovuto fargli credere di averla conquistata. Di averla per sé a prescindere dal portafoglio. Guardò gli altri due uomini, che le sedevano di fronte con i pantaloni abbassati. *Guardoni*, pensò.

Prese il controllo della situazione.

Sylvia, spinto l'uomo contro la poltrona, si mise a cavalcioni su di lui. Il corpo si mosse più velocemente degli occhi, e sembrò scivolare nell'aria creando una specie di arcobaleno. Lui si tirò su, iniziò a morderle il collo a toccarle la schiena. Lei si lasciò andare, col corpo che andava all'indietro, le braccia lasciate molli, tenuta su soltanto dalla forza di lui. Sentiva gli uomini lì dietro darsi da fare.

Si sentì libera, bagnata e viva.

CAPITOLO VENTUNO

Un fienile così immenso che la mente gli giocò uno scherzetto, bloccandogli la notte. Fatto di legno antico, era forte quando lui. La luce filtrava appena dalle fessure e lui riusciva a sentirne l'energia come se fossero gli spazi nell'esoscheletro di una bestia.

Sebbene fosse buio da un pezzo, sentiva che qualcun altro si muoveva nel fienile.

Era in cammino da due giorni. Almeno così gli sembrava; forse era più tempo. Era passato da una foresta e circumnavigato laghi. Ora era in un campo di grano, con le spighe alte quanto lui. Ne toccava le punte con i palmi delle mani, concentrandosi sulla sensazione. Il solletico del grano rendeva il dolore alle braccia più evidente. Gli serviva la protezione dell'energia.

Solo un singolo getto di luce illuminava il davanti del fienile, ma il resto era buio. Ricominciò a camminare, e per quanto avesse passato molto tempo al buio, con gli occhi ormai abituatisi alla caligine, era in realtà guidato principalmente dal dolore.

Bruciava e prudeva sempre più. Smise di camminare. Con gli occhi chiusi, si concentrò sull'agonia.

Più si concentrava, più era facile controllarla. Però non riusciva mai a scacciarla. Mai da solo, almeno.

Gli serviva aiuto.

Raggiunto il retro del fienile, intravide l'intelaiatura di una porta. In quel punto del fienile non giungeva luce, ma vedeva il luccichio sulle sue braccia. Il colore del suo tormento illuminava di arancio la notte, dando prova che l'energia era vicina. Tastò il bosco e riuscì ad entrare.

Dentro, l'unica fonte di luce era una lampada da notte dal lato opposto. Si fece strada verso la luce, tastando le pareti con le mani. Alla luce, riuscì a vedere un luccichio sotto la porta che prima non aveva visto. Era lì che doveva andare.

Spinse la porta fino ad aprila e sentì un crepitio leggero. In piedi vicino al tavolo, un banco da lavoro, c'era un uomo che gli dava le spalle. Non aveva sentito la porta. La luce veniva da larghi infissi sul soffitto del fienile. Molto alto. Tutto intorno il lato opposto, c'erano balle di fieno. Migliaia, esposte al cielo.

Guardò verso la luce, i raggi fluorescenti gli inondavano le iridi. Vicino alla luce c'era un furgoncino per agganciare e spostare oggetti. Il gancio pendeva verso terra, attaccato ad un cavo spesso. Seguì il furgoncino con gli occhi fino alla parete, e notò una casella di controllo. C'era una piccola leva e due bottoni, uno giallo e uno rosso.

Tirò giù la leva.

Il motore del furgoncino si mise in moto, risuonando per tutto il fienile, creando una sinfonia simile al tuono. Finalmente l'uomo lo notò.

Lo guardò con sgomento e gli si avvicinò. Lui fece lo stesso. L'uomo corse al lato del tavolo da lavoro, afferrando un rastrello che era lì e resto in piedi.

"Non avvicinarti, tu. Non so cosa ci faccia qui, ma ti suggerisco di andartene prima di metterti nei guai."

"Oh, ma non c'è problema."

"Cosa?"

Sorrise all'uomo. Voleva che l'uomo sapesse che era felice per lui.

"Che cazzo sta succedendo?" chiese.

"C'è una cosetta con cui puoi aiutarmi. Lo ammetto sempre quando mi serve aiuto."

L'uomo corse verso la porta. Velocemente. Inciampò, rischiando di cadere a terra per la fretta. Era davvero davvero veloce.

Però, lui era più veloce.

CAPITOLO VENTIDUE

Sylvia si sentì meglio del solito quando fu a casa. Di solito quando si chiudeva alle spalle la squallida porta viola, provava solo sollievo e un certo disgusto. Non per senso di colpa o vergogna, non si abbassava mai a tanto, ma perché si sentiva male fisicamente.

Oggi era calma mentre chiudeva la porta; perfino scatenata. Dopo aver posato le chiavi nell'apposita ciotola di cristallo, si svestì, lasciando nella sua stanza una scia di indumenti sexy che nessuno avrebbe seguito, se non qualche fantasma.

Per la prima volta da tantissimo tempo, stava per farsi un bagno per il solo piacere di farlo, e sentiva già quella gioia sulla pelle. Tirò fuori le candele d'ambiente dal cassetto e le piazza tutt'intorno alla stanza da bagno. Mise su un CD di chitarra classica, e al risuonare delle prime note sorrise per la gaiezza del momento. Era esattamente ciò che le serviva. Versò i sali da bagno e guardò le venature liquide frizzare nell'acqua.

Entrò e si lasciò sprofondare nell'acqua, lasciando fuori solo occhi e naso. Aveva messo così tanta acqua nella vasca che poteva galleggiare quasi completamente.

Ripensò alla sera prima. A quel cliente, Richard, e a come l'aveva fatta sentire. Il solo fatto di ricordare il suo nome era un segno del potere che aveva avuto su di lei. Raramente aveva orgasmi sul lavoro e si rifiutava di fingere, ma Richard sapeva quel che faceva. Essere guardati aveva dato alla serata un tocco extra di piacevole perversione.

Se non avesse avuto la regola ferrea di non vedere i clienti fuori dal lavoro, avrebbe tenuto il biglietto da visita che la aveva dato con l'indirizzo sul retro. Invece, l'aveva buttato nel primo cassonetto trovato all'uscita dall'aeroporto. Le regole sono regole.

Pensava alle sue mani. Le sue labbra. I suoi occhi. Con la mano sinistra sott'acqua si accarezzò fra le gambe. Lasciò che il suo corpo sprofondasse ancora, e mentre tratteneva il respiro, si masturbò sull'onda dei ricordi.

Alla fine di quel bagno, Sylvia si asciugò e si mise un asciugamano in testa. Infossò la biancheria e si mise a guardare la TV. Oggi, era uguale a qualunque altra donna. Magari avrebbe anche comprato dei salatini.

I suoi piani andarono a monte quando trovò Melissa stesa sul suo letto. Era coperta fino al mento e sbatteva le ciglia, come un personaggio dei cartoni animati.

"Ciao, Bellezza," disse, canterina, "Vedo che ti mantieni davvero bene."

Sylvia non aveva fatto cenno di volersi vestire. Melissa l'aveva vista nuda così tante volte che se anche ci fosse stata una scintilla tra le due, era ormai morta. Poi Sylvia notò dei movimenti sotto le coperte che non provenivano da Melissa. Prima ancora che aprisse bocca, un'altra testa spuntò dalle lenzuola.

"Bill!"

"Ehi, ricordi il mio nome," disse.

"Che cazzo ci fai nel mio letto?" gli chiese prendendo la vestaglia appesa alla porta. "Melissa, Dio! Scopavate nel mio letto?"

"Wooo, no," urlò Bill, "Siamo completamente vestiti. Niente sesso. Melissa pensava sarebbe stato divertente sorprenderti. L'ho incontrata al bar l'altra sera e mi ha detto che lei raccontato che siamo stati bene insieme e ha pensato che ti avrebbe fatto un gran piacere."

"Oh, un grandissimo cazzo di piacere." Con la vestaglia addosso, Sylvia tornò in bagno e fece partire la doccia. "Dovete andarvene. Devo farmi una doccia. Vi voglio fuori quando ho finito."

"Cara, hai appena fatto un bagno, non essere melodrammatica," disse Melissa.

"Vattene e basta. Cazzo!"

Lasciò che la doccia scorresse per un po', seduta sul gabinetto, muovendo i piedi sul pavimento. Non aveva idea del perché quel tizio avesse pensato fosse una buona idea presentarsi lì, sebbene con l'incoraggiamento di Melissa, visto il modo in cui si erano lasciati. Forse era davvero così presuntuoso, o forse amava farsi punire. Doveva essere così. Probabilmente gli piaceva essere sculacciato o ricevere calci nelle palle.

Quando fu passato abbastanza tempo, appese la vestaglia al gancio, aprì la porta e trovò Bill nudo davanti al letto. Aveva un fiore in mano e stava in piedi con il cazzo che ondeggiava da un lato. Sembrava non sapesse cosa fare con la sua nudità.

Ormai incurante della sua stessa nudità, gli andò incontro e gli tirò uno schiaffo.

"Chi cazzo ti credi di essere?" ringhiò.

Sembrava offeso.

"Mel ha detto che dovevo restare. Che mi stavi solo prendendo in giro. Che ti piacciono I giochini, ma in realtà mi volevi qui. Speravo che, non so, mi sarei distinto un po'. Dagli altri. Vado via. Scusami, davvero."

Prese i vestiti e si voltò per andar via. Era fuori dalla sua camera e quasi alla porta, ed ecco l'occasione di far uscire Bill dalla sua vita per sempre. Ci sono momenti così importanti nella vita di ognuno.

"Bill, aspetta. Non andartene, mi vesto. E dovresti anche tu. Aspettami in soggiorno, possiamo parlare."

Prese dei pantaloni del pigiama stropicciati e una maglietta larga. Ce l'aveva da quando andava a scuola, l'aveva rubata ad un fidanzato. Era sbiadita, ma si riusciva ancora a leggere *Iron Maiden* stringendo gli occhi.

Bill si era seduto sulla sua poltrona preferita. Lei camminò verso di lui e fece cenno con la mano verso l'altra. Capì e si spostò. Non era pronta ad affrontarlo se non seduta comodamente nel suo posto preferito e non lo guardò in faccia finché non si fu sistemata.

Aveva gli occhi tristi; niente a che fare con lo sguardo che aveva al ristorante quando lo aveva conosciuto.

Il piano era di dargli una rassegna ben educata delle ragioni per cui non potevano vedersi più. Era onorata, ma aveva troppo da fare. Le vecchie scuse, usate e abusate. Invece cominciò così: "Non sei la persona sicura di te che mostravi di essere, eh Bill?"

"Nessuno lo è. Intendo fra gli uomini. Si sa che le

donne sono sicure di sé, e noi proviamo a fare finta che sia lo stesso per noi. Ci sono solo due tipi di uomo. Quelli che se la fanno sotto dalla paura con le donne, e quelli presuntuosi —I presuntuosi nascondono qualcosa."

"Dunque, tu te la fai sotto?"

"Oh, sì. Sono uno dei più fortunati, perché so fingere bene la sicurezza. Per una notte. Dopo di che, divento una patata."

Aveva ancora il fiore in mano, anche se lo stelo si era piegato e i petali cominciavano ad appassire.

"Che fiore è?" gli chiese.

"Un giglio di calla. Non sapevo quale fosse il tuo preferito ma questo mi sembrava adatto a te."

"Non l'ho mai sentito. Non è un personaggio in Peter Pan?"

"Quella è Giglio Tigrato."

"Oh. È un bel fiore. Mi dispiace si sia rovinato."

Bill allungò la mano verso il punto in cui giaceva ancora la bottiglia di champagne.

"La governante è in vacanza," scherzo Sylvia.

"Devi essere messa piuttosto bene per avere una governante."

"È solo un cazzo di modo di dire, Bill. Non ho una cameriera."

"Oh, beh, non lo sapevo. L'ho pensato per via della bottiglia. È molto costosa questa roba? Tipo migliaia di dollari o una cosa del genere?"

"Dodicimila. E li vale tutti."

Bill mise il fiore dentro la bottiglia vuota e la risistemò dove l'aveva trovata.

"Non sono uguali queste due poltrone?" chiese.

Non sbagliava. Le aveva comprate al paio ed erano identiche. "Sì, Bill, ma questa qua mi fa sentire più comoda più di qualunque altra poltrona. Una comodità che *quella* poltrona non mi dà. Non hai qualcosa del genere nella tua vita, Bill? Un tuo posto?"

"Ora che ti ricordi come mi chiamo, mi nomini spesso," disse, ignorando la domanda. "Sta per William, comunque."

"Beh, Bill, il tuo nome ha dato origine a varie elucubrazioni nella mia mente di recente, quindi non posso esimermi dal nominarti," Sylvia rispose. Poi si beccò da sola. Era arrabbiata per nessun motivo. Era solo infastidita e non era nemmeno colpa dell'uomo davanti a lei. "Mi dispiace per ciò che ti ha fatto Melissa," disse, calmandosi. "è *lei* a cui piace fare giochetti. Adora tormentarmi e non si dà pena se qualcuno ci finisce in mezzo. Anzi, no. Non è che non le importa, è che nemmeno si accorge di quello che combina."

"OK, quindi non sei stata bene con me durante il nostro appuntamento come ha detto, capisco."

"Il nostro appuntamento è stato ok."

"Ah."

"Cosa?" chiese.

"OK. Una parola che non significa niente. Sta per qualcos'altro. Qualcosa di più chiaro e più netto. Come terribile o disgustoso."

"O meraviglioso o stupendo."

"Davvero?"

"No."

"Infatti, non mi pareva."

Sylvia si alzò e prese dalla soda dal frigo. Aveva quasi chiuso il frigorifero quando si ricordò delle buone maniere e ne prese una anche per Bill. Gliela lanciò, passando, senza preoccuparsi che la volesse davvero. Doveva trovare un modo per mandarlo via senza ferirlo. Non voleva sentirsi una stronza tutto il giorno. Una parte di lei, ad essere completamente onesti, quasi voleva che restasse, ma respinse quei pensieri.

"È stato un bell'appuntamento, Bill. Se fosse stato terribile o disgustoso, sarei andata a casa."

"Forse è stato solo per via dell'alcol."

"No, non è mai solo per via dell'alcol. Il liquore può rendere più facili decisioni sbagliate, ma solo se volevi prenderle a prescindere."

Sylvia guardò il telecomando e lo vide leggermente impolverato. Da quanto non era a casa da sola abbastanza a lungo da guardare la TV? "Dunque, come dicevo," continuò, "Mi dispiace per come si è comportata Melissa, Ma..."

"Usciamo di nuovo," disse lui, bloccando il suo rifiuto.

"Cosa?"

"Mi hai sentito."

Sembrava di nuovo sicuro di sé. Era dritto sulla schiena e sedeva sul bordo.

"Bill, Io..."

"Una volta sola. Se fa schifo, sparisco. Ti ho detto che l'autostima non mi poteva durare più di una notte. Non ho avuto molti primi appuntamenti negli ultimi anni, e mai secondi appuntamenti. Quindi o non volevo mostrare il mio magico fascino o semplicemente quelle donne non mi piacevano molto. Tu mi piacevi. *Mi piaci.* Voglio mostrarti la mia vera personalità."

In parte si sentiva obbligata a dire di sì a Bill per come lo aveva torturato Melissa. Quello era già abbastanza per dargli una seconda opportunità, ma forse c'erano altre ragioni. In qualche modo le piaceva.

Non sapeva in che modo, ma magari poteva scoprirlo. La verità era che anche Sylvia non ricordava di essere andata ad un secondo appuntamento da molto tempo.

"Va bene," disse

"Sì?"

"Sì. Sii te stesso. Io sarò me. Facciamo una cosa semplice, niente tempeste emotive. La mia vita ha bisogno di calma ora come ora. Portami a cena. Ma niente dopo. Non questa volta, OK?"

Lui le sorrise. Il suo sorriso le piacque.

"Domani?" chiese Bill, alzandosi in piedi.

"Domani," disse, accompagnandolo alla porta. Prima che lei la chiudesse, lui la guardò ancora e lei gli vide una luce vertiginosa negli occhi.

CAPITOLO VENTITRÉ

Le balle di fieno erano accatastate per un massimo di ventiquattro unità una sull'altra. Harry le aveva contate, più di una volta. I suoi mocassini ogni tanto scivolavano sulla paglia sotto i piedi, le suole consumate non facevano nulla per aiutare la trazione. In alto, c'era una finestra dove il soffitto formava una V capovolta. Il sole del mattino era ancora all'opera su una sola, ampia trave che terminava ai piedi di Harry. Seguì il raggio, osservando le costellazioni di polvere turbinare lungo la strada.

Una famiglia di fringuelli aveva fatto il nido sotto la finestra e giocava alla luce, sfrecciava dentro e fuori come bambini con una pompetta. Harry li guardò finché poté. Quella vista del fienile era serena e tranquilla. Pittoresca.

Non aveva alcuna voglia di voltarsi indietro.

Harry era arrivato sulla scena del crimine un'ora prima, grazie al passaggio di un poliziotto locale di nome Jesse. Jesse aveva solo ventidue anni. Amava le ragazze bionde e la musica hip-hop. Alla guida, si era mostrato un fascio di nervi, ansioso di vedere la sua prima scena del crimine. Ora, era piegato in due vicino al fienile, abbracciato ad una balla di fieno come se rischiasse di morire senza. La sua colazione aveva formato una pozzanghera per terra, pochi passi più in là.

C'erano solo due poliziotti locali sulla scena, quando erano arrivati, ma ora erano più di una dozzina. Alcuni si muovevano freneticamente come scarafaggi, mentre altri stavano in piedi e osservavano. Frank Gambon apparteneva alla seconda categoria e fece un cenno di approvazione a Harry. Il pavimento del fienile era coperto di tendoni di plastica gialla, numerati come potenziali indizi. Ricordavano a Harry quelle assegnate nei fast food per designare il numero d'ordine. Era come se cinquanta schifosi insetti avessero ordinato porzioni giganti tutti insieme.

C'era del nastro adesivo bianco a terra nella forma di una specie di cerchio che circondava una piscina di sangue rappreso. Harry, solo guardando i poliziotti, era in grado di dire chi avesse visto del sangue prima. Aveva sempre pensato che le nuove reclute dovessero sentire quella puzza per almeno un'ora prima di ricevere distintivo e pistola. Harry ne aveva sentita tanta, aveva le narici ormai robuste.

Il proprietario di tutto quel sangue era Clyde Hefferman, gestore del maneggio Circolo H, di cui il fienile era la parte centrale. Al momento era impiccato ad un grosso gancio metallico sei metri più in alto. Il gancio gli entrava dalla bocca e dal collo, e già a distanza, Harry riusciva a vedere molte altre ferite, verosimilmente l'esito dei colpi del rastrello insanguinato che giaceva contro la parete. Era difficile calcolare i danni finché restava appeso lassù.

Il corpo era nudo. I vestiti erano stati rimossi, piegati a casaccio e posati sul tavolo da lavoro.

Uno degli aiutanti di Hefferman aveva trovato il corpo e chiamato subito la polizia. La moglie di Hefferman era ancora a casa e per fortuna non aveva visto il corpo del marito. I figli non vivevano più con loro e sarebbero stati contattati dopo.

I Blue Bloods erano già lì a fare il loro lavoro. Harry guardava Love di sbieco mentre lei dava ordini perentori ai due omini. Ordini che, in gran parte, erano già in esecuzione.

Il suolo principale dell'essere a capo era dare una narrazione decisa agli eventi.

Love era intenta a fare mille foto. A quel punto, si era arrampicata sulle balle di fieno, quasi in cima, per ottenere uno scatto a volo d'uccello. I fringuelli cantarono di dispiacere per quell'invasione e a Harry non piaceva molto che lei fosse lì. L'aveva pregata di fare attenzione e questo lo faceva sentire fiero di sé. Aveva mostrato preoccupazione; un'interazione normale fra persone empatiche, e non aveva sudato neanche un po'.

"Sei davvero carino, Harry," aveva detto, "ma è tutto a posto."

La polizia locale stava sul lato, in modo da lasciare i Blue alle loro cose. Questa carrellata di omicidi era la cosa peggiore che fosse mai successa a quella città addormentata, e niente di vagamente paragonabile probabilmente sarebbe mai successo in quel luogo. Quella cittadina era allo stesso tempo inorridita dalla mattanza e galvanizzata all'idea di poter che ci si trovava lì in quel momento.

Quella cittadina.

Com'è che si chiamava?

Harry era lì da due settimane e non si ricordava dove diavolo fosse. Era in Iowa, di quello era certo.

Oh, Harry, la tua attenzione per i dettagli è senza pari.

Provò a mentire a se stesso; a dirsi che era troppo preso da cose più importanti che non c'era tempo per ricordarsi il nome della città, ma sapeva bene che erano tutte scuse.

Havorford. No aspetta, Heatherford. Ecco.

No idiota, Heather Ford era la tipa che hai portato al ballo delle superiori.

Mentre provava a solleticarsi la memoria, Love scese e gli stesse vicino. Era così vicina che gli toccò il braccio, e per lui questo fu sufficiente per scordarsi i nomi di Tokyo, Londra era New York tutti in una volta.

"Penso di avere tutto quello che mi serve. Ora possiamo tirarlo giù," disse lei.

Harry fece cenno a uno degli ufficiali di sganciare il morto, ma l'uomo non fece nulla finché Frank non diede il suo consenso. Nemmeno lì lo riconoscevano come autorità

Il furgoncino faceva un rumore infernale, e quella cacofonia metallica riverberava sulle pareti del fienile.

"Che fai dopo?" Harry chiese timidamente a Love, guardando davanti a sé.

"Come scusa?" chiese lei ad alta volta, il rumore era troppo forte per poter avere una conversazione normale.

"Cosa fai dopo?" chiese lui, questa volta a voce più alta, anche se ancora non la guardava negli occhi.

"Ancora non ti sento."

"Vuoi bere qualcosa dopo tutto questo?" Urlò proprio nel momento in cui il corpo impalato venne giù sul pavimento.

Nel fienile c'era silenzio.

Rimase in piedi stoicamente, troppo imbarazzato e impaurito di guardare chi lo aveva sentito. Era certo che non se lo fosse perso nessuno, ma sperava che almeno alcuni attribuissero la frase ad un invito amichevole fra colleghi.

Le sue speranze furono infrante quando Nicky parlò. "Eccoti, Harry! Finalmente ti metti in gioco."

Slick si espresse come un bambino, "Woooooooo!" Dopo, lui e la polizia locale iniziarono ad applaudire e fare il tifo.

"Oh finitela," disse Love, cercando di salvarlo da ulteriore imbarazzo. Gli si avvicinò e sussurrò, "Ne parliamo dopo, OK?"

Harry annuì appena, grato che non lo avesse rifiutato lì di fronte a tutti. Disse agli altri di mettersi al lavoro, anche se aveva la voce rotta.

Harry Bland: Super Stallone.

Con il corpo laggiù, Love cominciò a fare foto e tutto tornò alla normalità. Per quanto una scena del crimine possa essere normale, si intende. Harry si accorse allora che il corpo aveva patito più ferrite di quanto immaginasse prima. C'erano segni di percosse sulla maggior parte della pelle, allineate in file ad angolo. Sembrava fosse stato colpito col rastrello decine, se non centinaia di volte. Le ferite erano irregolari e probabilmente inflitte alla svelta.

Fragole normalmente non era così poco meticoloso. Sebbene i suoi omicidi fossero tutti diversi, erano fatti con criterio. Come pezzi di un puzzle cruento, tutti gli elementi erano sistemati nel modo che Fragole voleva. Quel corpo non era un puzzle; era un puntaspilli.

"Ehi," disse Harry a nessuno in particolare, "abbiamo già trovato la fragola?"

"Non ancora," rispose Nicky.

Harry cercava il solito disegno. Se non era lì, doveva essere lontano dalla scena del delitto. Mentre cercava, incappò in macchie di sangue e non erano segnate come prove e le fece notare agli altri. Lavorò in modo circolare, poi tornò nella stanzetta sul retro del fienile.

La stanza era piena di strumenti da lavoro e attrezzatura da ranch. Una lampadina ondeggiava dal soffitto. Un tempo era salda, molto tempo prima. Aprì la porta sul retro e fu sorpreso dalla lunghezza dell'ombra del fienile. Era davvero una costruzione immensa. Harry uscì e ispezionò le terre intorno. Oltre alla fila di alberi che cominciava un centinaio di metri più in là, non c'era nient'altro da vedere che cavallette.

Fu quando si rigirò verso l'interno che lo trovò.

Il disegno era più grande di tutti gli altri trovati prima e fatto in modo sciatto. Sembrava disegnato con una mano intera invece di un dito. Il contorno era tremolante e interrotto. Era fatto di fretta come l'omicidio stesso.

Harry distese le braccia più che poteva per riuscire ad arrivare all'estremità del disegno. La punta del suo dito medio era quindici centimetri più in basso.

Fragole è uno stronzo gigantesco, eccoti un indizio, Harry.

Vicino al confine del fienile c'era un secchio sporco di sangue rappreso da un pezzo. Fragole doveva aver preso ciò che gli serviva e lasciato cadere il resto sul pavimento.

Harry guardò il disegno da lontano. Non riusciva bene a dire cosa, ma qualcosa non andava. O un altro omicida seguiva il copione di Fragole, o lui aveva cambiato umore. Per qualche ragione stava diventando impaziente, e forse per la prima volta, Harry nutriva un barlume di speranza che forse Fragole avrebbe commesso un errore.

Dopo, quando il medico legale ebbe finito, il corpo fu portato via e i Blues ebbero raccolto tutto quello che potevano, il fienile fu sigillato. Il che vuol dire che nastro adesivo giallo fu messo all'esterno a formare una X

Jesse lo aspettava alla macchina, e mentre Harry si avvicinava a lui, si sentì chiamare.

"Harry!" gridò Love.

Harry la raggiunse a metà strada, con gli occhi sulle sue scarpe e non su di lei. Si stava preparando per l'imminente di scorso da "onorata, ma no grazie".

"Ehi. Scusa, ma non posso uscire con te stasera."

"Nessun problema, non preoccuparti," disse, rigirandosi in fretta. Voleva allontanarsi il più in fretta possibile e trovare un cumulo di sabbia sotto cui seppellire la capoccia.

"No, Harry. Non essere stupido. Devo scrivere il resoconto stasera, non lo sai? Che ne dici di domani sera? Sempre che non ci sia un altro morto."

"Oh. Certo," disse.

"Sì?"

"Sì. Usciamo domani. Senza morto."

"Sei bravo a chiacchierare, Harry. E sei adorabile," aggiunse, poi lo baciò sulla guancia prima di affrettarsi verso il lato opposto.

Harry non ebbe modo di riflettere su quanto appena accaduto perché lo sceriffo Gambon camminava con fare deciso verso di lui, gridando forte, in modo da essere sentito da tutti.

"Bland! Voglio sapere che stai facendo per fermare..."

Harry alzò la mano verso Frank, e lo sceriffo smise di parlare

"Vaffanculo, Frank, vaffanculo di brutto" disse Harry poi dandogli le spalle, si avviò averso macchina di pattuglia di Jessi.

Quello era uno dei giorni migliori di Harry da un bel po' di tempo.

CAPITOLO VENTIQUATTRO

Shelly stava guardando la porta di Harry Bland dalla sua stanza dal momento in cui lo aveva visto scappar via, ancora nell'atto di abbottonarsi la camicia mentre si affrettava verso una macchina di pattuglia che lo aspettava nel parcheggio.

Reagendo d'istinto, disse a Jake che usciva per comprare della roba in un negozio, poi sgattaiolò via senza che lui potesse fare domande o richieste. Nella fretta assoluta, dimenticò il taser, ma non pensava comunque che le sarebbe servito.

Seguì la macchina, attenta a non avvicinarsi troppo. Non era il suo primo inseguimento, anche se questo le sembrava diverso. Più selvaggio, come una battuta di caccia.

Quando la sua preda girò verso una stradella abbattuta, esitò, sapendo che sarebbe stato difficile restare inosservata. Corse il rischio, ma si tenne a distanza. In certi momenti non vedeva affatto la macchina, a causa di certe curve o di alberi voluminosi. Ad un certo punto, era convinta di averli persi, che avessero girato in qualche svincolo minore, ma poi le luci rosse e blu apparirono dietro un colle.

Shelly sorpassò tutte le machine della polizia cercando di non dare nell'occhio. Sicuramente non era consueto guidare in quelle stradine e non voleva farsi notare in modo eccessivo in quell'auto a noleggio. Passò velocemente, cercando di nascondersi la faccia, ma non così velocemente da attirare l'attenzione. Quando avvertì di essere abbastanza lontana, parcheggiò la macchina e cominciò la lunga passeggiata di ritornare in quel punto.

Passò rapidamente attraverso una foresta fitta cercando di non slogarsi una caviglia. Cercò di ignorare i graffi che continuava a farsi camminando tra rami e arbusti, i lividi dovuti a tronchi e sassi, e le punture degli insetti affamati della foresta.

Improvvisamente, gli alberi finirono, come bloccati da una barriera invisibile, e dall'altro lato c'era del grano; un vasto campo di grano con spighe che le arrivavano al petto. Sparsi per il campo c'erano steli più robusti che guardavano dall'alto i cugini più bassi. Oltre, riusciva a vedere il roteare erratico delle luci della polizia, ma erano ancora ben lontane.

Avanzò nella distesa marrone chiaro, attenta a mantenere il passo sulle zolle di terra irregolari sottostanti. Di tanto in tanto allungava la mano per spezzare il collo degli steli più alti. Il sudore le scivolava sui graffi che aveva sulle braccia e pungeva peggio delle punture di insetti, e ora minuscoli pezzi di grano ed erba le cadevano nei vestiti e davano così prurito che nessuna quantità di graffi poteva calmare. Si chiese se ne valesse davvero la pena.

Quando fu sufficientemente vicina da vederli, ma non da essere vista, si fermò. Si piegò, ma lasciò che la testa le restasse al livello del grano come quella di un leone nella savana. Li guardava, ma non c'era molto da vedere; solo polizia che entrava e usciva da un enorme fienile. Dunque, aspettò.

Stanca, fece fuori quel che bastava del grano per avere un posto dove sedersi e si sedette. Il sole cocente le passava sopra la testa e l'orologio nella sua mente continuava a ticchettare. Le cavallette erano in abbondanza e lo sfrigolare delle loro zampe sembrava fondersi con il calore in un unico, rumoroso inferno. Più di una volta fu sul punto andarsene, ma ogni volta la sua testardaggine le riportava il sedere a terra.

Quando il pomeriggio si tramutò in crepuscolo, minacciando di sparire dietro gli alberi ad ovest, finalmente sentì abbastanza baccano da poter andare lì e guardare che stava succedendo.

La polizia se ne stava andando. Vide perfino Harry Bland di sbieco che entrava in una macchina di pattuglia. Una ad una, se ne andarono in fila, con le luci ancora accese. Guardò la parata sparire dietro il primo angolo e la fattoria fu di nuovo silenziosa.

Esitava ad emergere dal grano. Anche se aveva oltrepassato il campo, attraversando la strada sterrata, e avviandosi verso il fienile, si manteneva bassa. Solo quando fu all'ombra del fienile torno in posizione eretta.

Le porte erano larghe e solide, e c'era una croce di scotch giallo davanti. Le porte si aprivano verso l'interno, quindi fu facile accucciarsi sotto lo scotch ed entrare.

Quando chiuse la porta e si girò, ogni traccia di luce del sole era sparita. Considerò l'idea di lasciare la porta aperta per poter vedere meglio, ma non era una buona idea. Potevano sempre ritornare.

Il buio era fitto. Mentre alla luce, è facile ignorare il peso dell'aria, quando la vista è obnubilata e gli altri sensi sono rafforzati, la si può sentire. Lei ora la sentiva, la spingeva verso il basso, come se stesse trasportando il respiro d'ebano del fienile su di lei.

Si allungava di fronte a lei, spingendo contro l'oscurità mentre si spingeva su di lei. Shelly mise le mani su quelle che potevano essere solo balle di fieno e le seguì come fossero un muro. Sembravano essere dappertutto e doveva per entrare ulteriormente nel fienile. Era come un labirinto tridimensionale che stava attraversando alla cieca. Due volte, il piede le cadde nella fessura tra le balle. La sua unica consolazione quella di essere già coperta da un fastidioso prurito, le cose non potevano peggiorare molto, a che se alcune balle le entravano nei polmoni abbastanza da farla tossire incessantemente. Cercava di trattenerne il più possibile il rumore.

Quando finalmente ebbe sorpassato il fieno, sentì di nuovo il grande vuoto davanti a sé. Le serviva un interruttore della luce; uno qualsiasi. Nel tentativo ti trovarne uno, camminò con cautela, un piede dietro l'altro, in linea retta. Stava iniziando a pensare che le pareti del fienile stessero magicamente indietreggiando.

Poi inciampò.

Si sarebbe rotta qualcosa se non si fosse retta con la mano destra a terra. Si rialzò e pulì il fango del fienile come meglio poteva.

Alla fine, trovò una parete, la seguì finché non trovò un quando elettrico, lo tastava con le mani come se fosse brail e quando trovò una leva la tirò. Un forte rumore ruppe il silenzio della notte, metallo contro metallo, sferzando l'aria con il suono. Shelly ritirò su la leva, e anche se il suono era cessato, continuava a fischiarle nelle orecchie.

Un interruttore vero era poco più in là sul muro e quando lo premette, linee di luci fluorescente apparvero lentamente ad illuminare la stanza. Man mano che la luce si faceva più intensa, vide che non era caduta sulla paglia come pensava, ma sopra del sangue, e che si era lasciata dietro la striscia della scarpa e l'impronta della mano. Si guardò la mano rossa, e il segno che si era lasciata sulla blusa.

Cercò di tenere la mente distaccata dallo stomaco, che minacciava di rivoltarsi. Stava per cedere ad un certo punto, ma riuscì a trattenersi.

Il prurito aiutava. La sua pelle le sembrava fatta di stelle filanti del Giorno dell'Indipendenza: sfrigolava, crepitava e scoppiettava dappertutto. Si sbottonò la camicia per grattarsi, dimenticandosi del sangue che la macchiava. Quindi si tolse completamente la camicia e la agitò per aria, lasciando che la paglia, il grano e la polvere cadessero via. Pensò di fare la stessa cosa con I jeans, ma decise di no. Se l'avessero beccata nel fienile, cosa ormai inevitabile col casino che aveva fatto, era meglio non farsi trovare nuda. Indossava un reggiseno viola di raso, sottile abbastanza da far intravedere I capezzoli. Realizzò che aveva indosso delle mutande coordinate, e si chiese per quale cavolo di motivo indossasse della biancheria alla *scopami* nel mezzo di una scena del crimine. Si ricordò che a Robert piaceva il viola.

Allora rise. Fragorosamente. La situazione era diventata così assurda che smise di essere inquietante e diventò divertente.

Ancora ridacchiando, si mise la camicia sulla spalla. Se questa fosse stata una missione in territorio nemico, e lo era abbastanza, l'avrebbe fallita miseramente. Se il rumore e le luci non avevano avvertito nessuno della sua presenza, semplicemente era perché non c'era nessuno in giro da allertare.

Si guardò intorno, chiedendosi cosa potesse essere successo, cercando di cogliere cosa Robert avesse fatto e facendo mente locale mentre camminava. Sul retro, trovò una stanzetta e accese le luci. Era piena di arnesi, e dietro di esse c'era un'altra stanza. Quando l'aprì, c'era dell'altro nastro giallo. Era ormai piena note e tutto davanti a lei era nerissimo. C'era una brezza superficiale che muoveva delle foglie lontane, ma si trattava dell'unico suono.

Prese il cellulare dalla tasca e lo usò come torcia; il massimo della luminosità rese il prato luccicante. La luce improvvisa fu uno shock per gli occhi, ma quando si concentrò di nuovo, mosse la torcia per guardarsi intorno. Ciò che vide la sorprese meno di ciò che si sarebbe aspettata. Forse la situazione era diventata troppo inquietante per spaventarla oltre.

La luce mostrò degli alberi a schiera distanti quanto un campo da calcio, e in piedi di fronte ad essi Robert Kirkman.

Nonostante il buio e lo spazio fra loro, Shelly era certa si trattasse di lui. Non aveva più capelli, ma quegli occhi erano indimenticabili. Quando lei lo guardò, lui iniziò a sorriderle. Anche a quella distanza, riusciva a vedere il suo ampio e potente ghigno tanto quanto il sangue sulle sue stesse mani. Lo stesso sorriso che l'aveva tormentata ed eccitata fin dal primo momento che l'aveva intravisto.

Aveva pensato a questo momento e lo aveva aspet-

tato da così tanto e adesso non sapeva che fare. Non è
che avesse pianificato di offrirgli un caffè, o che fosse
perfettamente inconscia del pericolo, ma non si era
mai immaginata che il loro incontro sarebbe avvenuto
così.

Come se avesse colto la sua indecisione, Robert
andò da lei.

Improvvisamente impaurita, si chiese perché non
lo era da sempre. Quest'uomo, da cui era così ossessionata, l'avrebbe uccisa. Shelly fece marcia indietro, arrabbiata con se stessa per essere stata così stupida. Lo
guardò avvicinarsi e, sebbene stesse solo camminando,
il suo passo era rapido. Adesso era a metà strada verso
la porta della stalla. Indietreggiò ulteriormente, la sua
paura le diceva di scappare, di andarsene da lì e di
non voltarsi più indietro. Tuttavia, c'era sempre quel-
l'altra parte di lei. La parte curiosa. La parte ambi-
ziosa. La parte che vinceva sempre.

Robert era quasi alla porta door, ma Shelly smise
di indietreggiare. Sarebbe andata fino in fondo, a costo
di farsela sotto. Si accorse solo allora di essere quasi
nuda. A quanto pare la pudicizia ce l'aveva ancora da
spaventata. Spostò la camicia sul davanti, imbraccian-
dola come uno scudo. Poi guardò su di nuovo, lui si
trovava a fianco al nastro giallo.

La scrutò con curiosità, e il suo sguardo le sembrò
quello di chi stava decidendo come uccidere una
donna del genere. Si stava grattando le braccia e
questo le fece notare che lei stava facendo lo stesso.
La sua mente aveva temporaneamente dimenticato il
prurito, ma il suo corpo no. Pensava che lui la stesse
prendendo in giro, imitando i suoi movimenti, ma poi
vide il rivolo di sangue scorrere lungo il suo braccio.
Non si grattava, scavava.

"Per favore, non avvicinarti. Voglio solo parlare," disse, più calma del previsto.

Non entrò nel fienile, invece prese e tirò via gentilmente il nastro della polizia.

"So chi sei, so che puoi farmi del male," continuò.

"Chiunque può fare del male," dille lui. Il suono della sua voce rese quella presenza più minacciosa, eppure stranamente di conforto. Come se il dono della parola confermasse che Robert era un uomo, non un mostro senza nome.

"Ci siamo già incontrati. Ricordi? Al Lincoln Hospital."

"Ricordo una donna piena di domande."

"Sì, ero io."

Lui fece due passi in avanti and e si trovò ora giusto dentro il fienile. Shelly lo vide a figura intera, illuminato dalla luce. Non si era accorta delle profonde cicatrici sul suo corpo. Era cambiato tantissimo da quel giorno al Lincoln.

"Penso di poterti aiutare," gli disse.

"Uno chiede aiuto quando ne ha bisogno."

Si grattava più forte e in profondità ora, il sangue scorreva dalla ferita con più velocità.

"So il tuo nome, Robert, penso di sapere cosa cerchi. Posso aiutarti a trovarli."

Guardò il pavimento del fienile e allentò la presa su quella sua carne smembrata. Lasciò andare il braccio, e senza niente a fermarlo, il sangue gli dipinse presto il braccio di rosso. Stava in silenzio, ma Shelly percepiva i suoi pensieri quanto l'umidità nell'aria.

"Ti chiami Robert Kirkman."

"Ricordo quel nome, ma non mi appartiene più. L'energia ha lasciato quel nome come ha lasciato me."

Scavò ancora nella pelle.

Shelly pensò che avesse raggiunto le ossa.

"È questo che cerchi? L'energia?"

"Devo recuperarla. Forse la tua sarà abbastanza. Quella dell'ultimo non lo era."

Fece un passo verso di lei, col volto visibilmente sofferente.

Shelly non aveva più spazio per indietreggiare. Si era stupidamente rintanata in un angolo invece che vicino alla porta che dava sul resto del fienile.

Ora, Robert bloccava la sua unica via di fuga e le era quasi addosso.

"Penso... Penso tu voglia la tua famiglia, Robert. Cerchi loro. O sbaglio? Posso portarti da loro."

Si fermò.

"Ad un uomo serve la famiglia."

"Sì, è vero. È verissimo," disse Shelly, liberando un sospiro che non si era resa conto di aver trattenuto.

"Portamici," disse lui.

Ce l'aveva fatta. La paura di trasformò in sicurezza. Era suo e Shelly avrebbe ottenuto ciò che voleva.

"Lo farò, Robert, prometto che lo farò. Però anche tu devi fare una cosa per me. È quanto meno equo."

"Che devo fare?"

"Sono una giornalista, Robert, ricordi? E tu sei la mia storia. Voglio solo farti qualche altra domanda, voglio andare in onda. Dopo, Andiamo direttamente dalla tua famiglia."

"Niente telecamere," disse con decisione.

"Va bene. Andata. Non devono esserci telecamere, ma mi serve registrare la tua voce."

"Ho visto quelle storie in TV. Non mi piacciono. Sono bugie. Schifose, schifosissime bugie."

"Sarò onesta, Robert, la maggior parte lo sono, ma

voglio che questa non lo sia. Questa storia avrà le tue parole e tu non mi sembri affatto un bugiardo."

"Io dico la verità. Risponderò alle tue stupide domande per farti avere la tua storia, ma non prima di essere dove devo essere. E se mi inganni non ci saranno più belle sorprese per te."

"OK, ma devo far venir fuori la storia prima."

"Venir fuori?"

"Intendo che devo far sapere che ci sarà una storia. Per entusiasmare la gente. Userò il tuo nome. Voglio essere la persona che dice il tuo nome al mondo."

"Te l'ho detto, il mondo in cui mi chiami non è il mio nome."

"Allora non importa se lo dico, giusto?"

"Molto bene, abbiamo contrattato," disse Robert.

"Shelly. Mi chiamo Shelly."

"Non ha senso."

"Oh, beh, ci stringiamo la mano per questo patto?"

"No," Robert si girò, uscì dal fienile e girò a destra. Shelly lo seguì, facendo fatica a seguire quel passo lungo e fluido. Shelly non sapeva come Robert sapesse dov'era la sua macchina, ma stava andando nella direzione giusta.

"Perché eri qui?" gli chiese.

"Dove?"

"Perché eri ancora qui? Al fienile? Non avevi paura di essere preso?"

Robert fece una faccia strana e Shelly quasi gli cadde addosso. Con la faccia a pochi centimetri dal corpo dell'assassino, guardò in alto. La luna era dietro la testa di, e anche al buio, riusciva a vederne i denti formare un sorriso.

"Resto sempre, non mi vedono mai. L'energia mi nasconde e mi guarisce."

"Rimani ogni volta?"

Senza rispondere, si girò e continuò a camminare. Shelly gli stava dietro, ma faceva attenzione a non avvicinarsi troppo.

CAPITOLO VENTICINQUE

La scena si apre nello stesso ristorante italiano dell'altra volta. Sylvia siede da sola, chiedendosi il motivo per cui Bill abbia scelto lo stesso posto della prima volta. È quasi un quarto d'ora in ritardo e Sylvia se ne sarebbe andata alle 8:20 prima di passare a pascoli più verdi. Dopo due minuti di silenzio quasi totale, entra in scena.

BILL

Scusami, scusami, scusami. Colpa del lavoro. Sono scappato più in fretta che potevo. Aspetti da molto?

SYLVIA

Aspetto esattamente da quanto può aspettare una persona arrivata puntuale.

I denti di Sylvia mentre parlava si stringevano con forza.

BILL

Oddio. Sei arrabbiata. Ti prego, perdonami. Il capo proprio non mi lasciava andare.

SYLVIA

Dunque, avevi tante scartoffie da gestire?

Bill sembrò confuso.

BILL

Cosa? Oh, aspetta, no. A dire il vero, ti ho mentito l'altra volta. Ho detto una bugia sul mio lavoro. Non ho un lavoro d'ufficio. Di solito dico così perché lascia spazio all'immaginazione e crea mistero.

SYLVIA

Pensavi che dirmi che avevi un lavoro d'ufficio ti avrebbe dato un'aura di mistero.

BILL

Stupido, eh?

SYLVIA

Stupido è un buon aggettivo per descriverlo. Che fai davvero?

. . .

Lo aveva fatto di nuovo. La domanda sul lavoro. Avrebbe mai imparato la lezione?

BILL

Il proiezionista. Proietto film in un teatro di nicchia in centro. Per lo più roba straniera.

SYLVIA

Lavori al Grande?

BILL

Sì. Lo conosci?

SYLVIA

Già, ci vado ogni tanto, quando voglio stare da sola e allontanarmi dalla mia vita per un po'. Mi piacciono I film francesi e giapponesi. Il mese scorso ho visto *La Petite Lili*. Bellissimo.

BILL

È un gran bel posto. Lavorando lì vedo un sacco di bei film, il che è la mia passione. Provo a scrivere sceneggiature di mestiere. Naturalmente, non ho ancora sfondato. Dimmi di te. Com'è fare l'assistente di volo? Non devo dire hostess, vero? È uno di quei termini tipo nani o ritardati.

. . .

Eccoci qua. Voleva sapere di più. Stava indagando nell'unico posto che lei non voleva condividere. Forse avrebbe dovuto farselo lì sul tavolo, nuda e arrapata, solo per vedere come la prendeva. Quel gesto avrebbe potuto abbreviare la serata e lasciarla dormire un po' più a lungo.

SYLVIA

Ci sono nomi peggiori con cui essere chiamate, fidati. Tipo puttana, per farti un esempio.

BILL

Oh, ma non ti chiamerei mai così.
Sylvia
Mai dire mai.

BILL

Quindi tu dai i segnali, giusto? Dici alla gente come allacciare le cinture. Gli mostri le uscite di sicurezza?

SYLVIA

A dire il vero, il mio lavoro ha più a che fare con le entrate.

Rise da sola alla sua battuta. Le uscì quasi il vino dal naso. Quelle risate erano così evidenti che attirarono l'attenzione della gente. Ci furono scambi di occhiate.

BILL

Chiaramente non ho capito la battuta.

SYLVIA
(ricomponendosi)

Ebbene, Bill, ecco la verità. Mi pagano un sacco di soldi per fare feste e molto spesso anche fare sesso con uomini ricchi mentre volano sui loro jet privati.

Pausa.

BILL

Quindi fai... la prostituta?

SYLVIA

Ora non ci siamo, Bill. Puoi essere chiaro e chiamarmi puttana. Il termine non mi dispiace. Non chiamerei comunque nano un nano se fossi in te. Inoltre, nessuno si allaccia mai la cintura di sicurezza sui jet privati a meno che non stia per schiantarsi. Vuoi andare via?

Bill si ricompose sulla sedia e prese un sorso copioso di vino. Faceva avanti e dietro sulla sedia come se stesse aggiustando un cuscino per le emorroidi. Comunque, sorprendendo Sylvia, non se ne andò.

BILL

Nah, non c'è problema.

SYLVIA

Davvero?

BILL

Non sono mai stato contro il mercato del sesso. Penso sia un servizio ben più utile di altri, invero. Tutti lo vogliono, no?

SYLVIA

Oh, sì. Decisamente.

BILL

Già, molte persone lo vogliono più di altre. Perché non pagare per averlo?

SYLVIA

Beh, è una reazione molto matura, Bill. Ma davvero, usciresti con una donna che lo fa per lavoro? Il tuo ego maschile non ne uscirebbe distrutto?

BILL

Sono con una donna che lo fa di lavoro proprio adesso e non ho nessuna voglia di andarmene. La verità è: come faccio a sapere in che modo mi condizionerà nel tempo? Non posso ancora saperlo. Immagino l'amore non abbia alcun ruolo nel tuo lavoro e immagino anche che questo tipo di lavoro non abbia vita lunga. Quindi se per caso in futuro le cose si evolvessero fra noi, se per esempio l'amore entrasse in gioco, starei certo che ameresti solo me, e che dopo che avrai fatto un sacco di soldi anche il tuo corpo sarebbe mio soltanto. Anche se non penso che vorrei sentire tutti i dettagli, non potrei sopportarlo, almeno credo.

Il cameriere si avvicinò, interrompendo quel momento tra loro. Sylvia ordinò per prima mentre Bill dava una rapida occhiata al menu che doveva ancora prendere. Dopo aver ordinato per sé, ordinò un altro bicchiere di vino per Sylvia. Lei dubitava che lui realizzasse quanto quella cosa per lei fosse sexy. Se avesse ordinato del cibo per lei, lo avrebbe definito un maschilista, ma il semplice fatto che lui avesse notato che lei aveva finito il vino, e probabilmente ne voleva di più, l'aveva conquistata. Sesso e vino erano quasi la stessa cosa per Sylvia.

BILL

Allora, c'è qualche altra grande rivelazione che vuoi fare?

SYLVIA

Sono transessuale.

Pausa.

SYLVIA (CONTINUANDO)

Con questo fai problemi? Posso succhiare un cazzo ma non posso avere un cazzo?

BILL

Oh, parliamo di bocca ora. No, pensavo solo che bella transessuale che saresti e che ho già visto cosa c'è fra quelle gambe snelle che hai. Ricordi?

Sylvia rise ancora.

SYLVIA

Ah! Vero, avevo dimenticato.

BILL

Fa piacere averti impressionata.

SYLVIA

Scemo. Sai cosa intendo.

Si sedettero in silenzio per alcuni minuti, durante i quali il cameriere portò a Bill un bicchiere di vino e riempì quello di lei.

SYLVIA

Mi chiedevo, una persona trans che commette un crimine va in una cella di uomini o di donne?

BILL

Non sono sicuro, penso dipenda dallo stato della prigione e dal genere sul certificato di nascita.

SYLVIA

Cavolo, ci pensi proprio bene alle cose, eh Bill? Vedi, vedi pensavo che se vanno nella prigione dei maschi, diventano le più grandi puttane di prigione che ci siano.

Bill rise. Era uno che faceva rumore col naso mentre rideva il che fece ridere Sylvia. L'alcol stava facendo effetto.

SYLVIA

Intendo davvero. Pensa quanti si farebbero ammazzare per stare con lei! Numeri astronomici. Più ci penso, più sono sicura che in prigione sarebbe comunque la stessa donna.

Bill rise di nuovo, ma Sylvia notò che si stava guardando intorno. Era imbarazzato da lei? Si accorse di essere diventata rumorosa, ma se si imbarazzava per così poco, allora era il caso di chiuderla lì. Peccato, le stava piacendo davvero.

BILL

Devi ammazzare una puttana per farti una puttana, capisci che intendo?

Sylvia rise a perdifiato e rimase a bocca aperta, senza emettere suoni, con le guance rosse. Era ubriaca, vero, ma non c'era da preoccuparsi con Bill. Bill era una brava persona.

SYLVIA

Non ho più tanta fame, Bill.

BILL

No?

SYLVIA

Per niente. Hai rimosso le tarme dal letto?

BILL

Le tarme?

SYLVIA

Non fa niente, non ci farò caso. Ce ne andiamo?

BILL

Ti ritroverò domani mattina?

SYLVIA

Sarebbe stupido se ti importasse.

Bill sorrise e richiamò il cameriere. Si scusò, ma c'era stato un imprevisto e non sarebbero potuti restare per Il resto della cena. Mentre Sylvia mandava giù l'ultimo sorso di Pinot e guardava l'uomo di fronte a lei, avvertì sensazioni positive rispetto a quella serata. Poi, inclinò il bicchiere all'indietro a qualche centimetro dalle sue labbra e il vino le colò sulla camicetta. Fece cilecca di brutto, se fosse stata all'esterno a guardare, l'avrebbe creduto intenzionale.

BILL

Oh no! Ecco.

Le diede un tovagliolo e il cameriere le diede un fazzoletto dal taschino. Tamponò la macchia ancora un po' e poi lasciò stare.

SYLVIA

Sai che c'è? Fanculo. Ho un'altra maglia a casa tua.

Quando aprì gli occhi e sentì il braccio di lui intorno alla vita, Sylvia non schizzò via come avrebbe fatto di solito. L'intimità non la metteva ancora a suo agio, ma voleva che funzionasse. Rimase così qualche momento e guardò la stanza di Bill. Era disordinata, ma non il posto più incasinato in cui era stata. Allora vide i suoi vestiti, questa volta ammucchiati vicino ai piedi del letto.

La notte precedente, non erano semplicemente saltati sul letto come aveva programmato. Si era calmata un po' prima che fossero tornati a casa sua, e avevano solo parlato. Per ore non c'erano state nient'altro che chiacchiere. Non aveva parlato con un altro essere umano per così tanto tempo forse in tutta la sua vita.

Poi, ovviamente, il sesso. Era stato epico.

Il respiro di Bill le accarezzò la nuca e il suo russare era molto leggero, come il russare di un coniglio, pensava. Dopo qualche altro minuto, chiuse di nuovo gli occhi. Si concentrò sul calore del suo collo e lasciò che il russare del coniglietto la facesse riaddormentare in pace.

CAPITOLO VENTISEI

Simon era ancora piuttosto irritato con Larry per non avergli permesso di chiacchierare con la squillo all'ultima fermata. Larry gli metteva sempre fretta, ma in quel viaggio pareva particolarmente nervoso. Non sembrava mai stare fermo; come se avesse del pepe nel sedere. E masticava sempre quei dannati semi di girasole. Simon li odiava, ma in questo viaggio decise di non lamentarsi, non voleva turbare Larry.

In quel momento, Simon aveva davvero bisogno di dormire un po', ma aveva scelto di sedersi davanti a suo fratello, invece. Voleva assicurarsi che Larry sapesse quanto ci fosse rimasto male. "Togliti quel broncio", disse Larry irritato dopo che Simon ebbe emesso un sospiro particolarmente esagerato, "Abbiamo solo un paio di giorni davanti a noi. Prometto che ci rilasseremo sulla via del ritorno ".

Larry si era sempre riferito al sesso a pagamento con l'espressione *rilassarsi*.

"Va bene, Lar, ma devi ammetterlo, non ne hai azzeccata una durante questo viaggio. Che razza di pepe in culo hai?"

"Dio, non ne ho idea," disse, sputando ancora un altro guscio sul pavimento, "Sono solo ansioso, immagino. Voglio lasciarci questa storia alle spalle. Non so se voglio tirare di nuovo così lontano."

"È solo strada, dovunque andiamo," esclamò Simon.

"Sarà anche così, ma preferisco le strade della costa orientale. Qui c'è troppo spazio. Me lo sento sulla pelle. Troppo nulla mi si attacca addosso come l'erbaccia. Cazzo, a volte passiamo dieci ore senza posare gli occhi su nient'altro che l'aria."

"Un po' mi piace. È tranquillo."

"È pacifico quanto le pareti bianche in una casa di matti, e con questo intendo che è snervante."

Simon aveva acceso la radio proprio mentre suonavano le ultime note del piano di una canzone.

"Questo era Supertramp con Asylum, dall'album Crime of the Century. State ascoltando "Deep Cuts on the Eagle ", disse il DJ, con il rumore di un uccello da preda che urlava sulle sue parole.

"Dannazione, l'ho persa. Adoro quella canzone", affermò Simon. Abbassò nuovamente il volume per saltare la pubblicità.

"Non capirò mai la tua ossessione per Supertramp", disse Larry.

"Fanno rock!"

"Così continui ad affermare."

Larry sorrise a suo fratello e Simon ricambiò lo sguardo. Si era già dimenticato del castoro all'ultima fermata.

Larry continuò a rompere i semi di girasole e Simon tornò ai suoi pensieri. Ecco com'era la vita sulla strada. Un argomento sarebbe emerso e avrebbero discusso fino alla fine prima di rimettersi a tacere. Non puoi parlare con un'altra persona ventiquattro ore al giorno.

Nessuno è così interessante, pensò Larry.

"Forse sei tu", disse Simon, di punto in bianco.

"Che cosa?"

"Forse il mio scopo è vegliare su di te, e il tuo è vegliare su di me."

"Può essere così, ma poi, quando saremo morti e sepolti, non avremmo lasciato alcun tipo di segno nel mondo. Per quanto mi piaccia badare a te, fratellino, voglio pensare che avremo una sorta di impatto che rimarrà dopo che ce ne saremo andati. Anche se è solo minimo."

"È vero. Continuerò a pensarci."

Poi Simon voltò di nuovo la testa, guardando nel vuoto.

"Cosa ti fa pensare che ne abbiamo solo uno comunque? Un solo scopo intendo", chiese Larry.

"Sono contento che tu me l'abbia chiesto, perché ci ho pensato anche io."

"Oh?"

"Sissignore. Immagino che se ne avessimo più di uno, diciamo molti altri, allora significherebbe che tutta la nostra vita è già stata decisa per noi. Come se non avessimo potuto scegliere di fare nulla, perché avremmo semplicemente adempiuto costantemente al nostro dovere. Potrei capire, invece, se ne avessimo solo uno, perché così potremmo lasciare il segno e per il resto del tempo potremmo fare quello che vogliamo. Deve esserci una ragione per stare al mondo. Ne sono sicuro ora, ma non riesco a credere che tutto quello che faccio non sia una mia idea. "

"Ha senso. Credo."

"Persino Dio dice che dobbiamo scegliere cosa fare, giusto? Non so molto di lui, ma sono sicuro di averlo sentito dire".

"Giusto. Ha concesso agli umani il libero arbitrio".

"Vedi? Secondo me compiamo tutte le nostre scelte fino a quando non facciamo ciò che davvero dobbiamo fare."

"E dopo ci resta solo morire?" chiese Larry.

"No, non necessariamente. Non è come i maialini. Se morissimo subito dopo, ciò significherebbe che lo scopo di tutti era solo morire, e non può essere così. Avrebbe senso se qualcuno ci mangiasse dopo, ma non succede, non credo. Dopo che il nostro scopo è stato raggiunto, penso che torneremmo a fare quello che vogliamo subito dopo."

"Ti seguo. Mi sorprende quanto tu ci abbia riflettuto, fratellino."

"Grazie, Lar."

Simon era raggiante. Non avrebbe potuto nascondere il sorriso sul suo viso nemmeno se si fosse coperto la faccia con una busta. Poi si chinò e riaccese la radio. I Talking Heads cantavano Qu'est-ce que c'est?

"Oh no," il sorriso di Simon svanì e spense completamente la radio.

"Cosa c'era di sbagliato in quella canzone?"

"Semplicemente non mi piace come riescono a scappare da un killer psicopatico così accattivante."

"Fa fa fa fa fa. Fa fa fa fa fa," cantò Larry, beffardo.

"Stai zitto, Larry! Penso che ci siano alcune cose di cui non vale la pena scrivere".

"Sai anche che la canzone dei Supertramp che ami parla di uno psicopatico?"

"Sì, beh," disse Simon, aprendo un'altra lattina di soda, "gliela lascio passare".

"Sai anche che la canzone dei Supertramp che ami parla di uno psicopatico?"

"Sì, beh," disse Simon, aprendo un'altra lattina di soda, "gliela lascio passare".

CAPITOLO VENTISETTE

Harry non voleva indossare uno degli abiti che stava alternando da quando era arrivato a Hennington - il vero nome della città, a quanto pare. Love lo aveva già visto in entrambi gli abiti più di una volta, e sebbene Harry si fosse rassegnato al fatto che il loro appuntamento era probabilmente solo una cena amichevole tra colleghi, voleva comunque apparire il più elegante possibile. Alla sua età, dava il meglio di sé quando copriva il più possibile quel suo corpo con vestiti nuovi ed eleganti.

E, chissà, forse a Love piaceva davvero un pochino. Solo un pochino. Lo sciocco dà sempre una speranza all'impossibile. Harry pensava di averlo sentito dire prima da qualcuno più intelligente di lui, anche se molto probabilmente stava solo parafrasando.

Hennington non offriva molto in fatto di bei vestiti da uomo oltre a Macy's e un Wal-Mart, quindi Harry prese in prestito la Miata personale dell'agente Jesse per andare a Davenport. Il centro commerciale di North Park aveva un Dillard's e alcuni dei negozi specifici più nuovi e alla moda in cui Harry non aveva mai messo piede. Quando ebbe finito, aveva tre grandi borse piene di più vestiti di quanti ne avesse acquistati negli ultimi dieci anni. Sara comprava tutti i suoi vestiti e non era mai stato grato come in quel momento. Era esausto e probabilmente la maggior parte di ciò che aveva nelle valigie era inutile.

Tornato nella sua stanza di motel, i vestiti nuovi sparsi sul letto, i suoi sospetti furono confermati. Tutto ciò che sembrava creare un outfit coerente nei negozi ora sembrava più appropriato per una carriera nel circo. Perché aveva comprato così tanto verde? Non ricordava di aver mai indossato un solo capo di abbigliamento verde in tutta la sua vita.

Hai bisogno di aiuto, Harry. È possibile che tu sia cieco.

Seduto sulla poltrona, con le mani sulla testa, pensò di annullare tutto. Poteva dire che non si sentiva bene o che aveva troppo lavoro da fare. Ah! Love avrebbe saputo con certezza che l'ultima scusa non era vera.

Poi ebbe una proverbiale illuminazione. Non ne aveva mai nella sua vita professionale negli ultimi tempi, ma ora era lì che aleggiava sopra la sua testa e brillava come un faro di speranza.

L'addetta alla reception del suo motel era una giovane donna. Non si era mai preso la briga di chiederle il nome, ma se avesse sorriso e magari le avesse fatto avere dei soldi, lei avrebbe potuto raggiungerlo e dirgli cosa indossare.

Sì, o forse penserà che tu sia un vecchio stupratore inquietante e chiamerà la polizia.

Doveva correre il rischio e poi la polizia era lui. Harry si precipitò così in fretta nell'atrio anteriore che andò a sbattere con tutto il corpo contro la porta a vetri prima di riuscire ad aprirla. Stava spingendo quando avrebbe dovuto tirare, e questo gli ricordò una band che aveva visto dal vivo una sera mentre lavorava a un caso ad Austin, in Texas. Il cantante era stato tranquillo e aveva una band al completo che lo accompagnava, tutti in abiti neri. Il nome della band gli sfuggiva, ma facevano una canzone chiamata Pushin' on the Pull Bar. La musica andava e le ragazze ne andavano pazze.

Cosa non avrebbe dato Harry per essere quel cantante.

Si precipitò verso la ragazza alla scrivania così velocemente che lei balzò dalla sedia.

"Mi dispiace di averla spaventata, signorina. Sono alloggiato nella stanza 3A."

"Sì, mi ricordo. Lo sbirro. "

"Sono io," disse Harry, ignorando l'appellativo, "Ascolti, ho intenzione di spiegarle tutto e chiederle un favore di dimensioni mostruose. Ho un primo appuntamento con una ragazza che mi piace da molto tempo e, in tutta onestà, non ho appuntamenti da ancora più tempo. Oggi sono uscito e ho comprato un sacco di vestiti nuovi, ma non ho idea di cosa indossare."

"OK."

"Mi può aiutare?"

"Oh, non lo so. Non dovrei lasciare la mia scrivania a meno che non ci sia qualcuno che mi dia il cambio, cosa che non c'è al momento."

"Prometto che ci vorrà solo un minuto, e se il suo capo ti dà fastidio, digli solo che l'FBI ti ha costretto ad aiutarla con un caso."

"Beh, non lo so, signore."

"Ti do venti dollari."

Quello funzionò.

Tornata nella stanza, guardò il mare di camicie, cravatte, scarpe e pantaloni più a lungo di quanto Harry si aspettasse. La sua prima mossa fu prendere una maglietta blu a maniche corte con un motivo floreale. "Bruciala", disse.

"Pensavo che forse, per essere più informale..."

"Bruciala."

Harry lanciò la maglietta verso alla porta. Dopo, la ragazza scelse un paio di pantaloni neri, poi scartò un altro paio di pantaloni neri insieme alla camicia a fiori.

"Pieghe mai", disse.

Harry non fece domande questa volta, anche se pensava che avrebbe voluto scriversi queste cose.

L'impiegata poi spostò tutto il resto dei vestiti ad un lato del letto tranne una camicia blu scuro, ancora nella confezione, e un paio di mocassini neri nuovi.

"Indossa questi. E procurati una cravatta blu ceruleo. Nessun disegno, solo blu semplice. Macy's dovrebbe averne uno. "

"Qual è blu ceruleo?"

"Pensa al celeste, ma solo un po' più scuro."

"Qual è il blu di Prussia?"

"Quella è una tonalità molto più scura e profonda."

"Oh."

"Sapevi che nel creare il blu di Prussia, viene creato anche il cianuro?"

"Non lo sapevo no," disse Harry, scuotendo la testa. "Qualcosa di nuovo ogni giorno, giusto?"

Lo ignorò. "E procurati dei calzini nuovi. Neri. Forse pensi di poterla cavare con vecchi calzini e un vestito nuovo, ma non puoi. Lei lo saprà."

"Grazie mille. Cosa dovrei fare con il resto di questa roba?"

"Indossali quando non stai cercando di scopare."

"Non sto..."

Alzò la mano per fermarlo. "Per favore" fu tutto ciò che disse.

Harry le diede due banconote da venti invece della cifra concordata, poi lei lo ringraziò e tornò al lavoro.

Harry aveva dimenticato di chiederle il nome.

Si cambiò il più velocemente possibile. Se si fosse affrettato, avrebbe fatto giusto in tempo arrivare al grande magazzino.

Love stava in un bell'albergo a Des Moines, a circa quarantacinque minuti da Hennington. Si era offerta di andare da lui, ma lui aveva detto che non aveva senso. A Des Moines si mangiava meglio.

Si era impuntato per andar a prendere Love alla porta, un dettaglio che credeva mancasse alla cultura moderna. Quando ebbe comprato la cravatta e le calze, si fermò al motel, imparanoiato all'idea di aver confuso i blu. Quando l'impiegata sbirciò dall'alto del suo libro e gli diede il pollice in su, l'autostima gli salì alle stelle, e così rimase per tutto il percorso fino alla porta di Love.

Adesso riusciva a malapena a ricordare il proprio nome, figuriamoci cosa fosse l'autostima, e poteva sentire il sudore accumularsi nel colletto della camicia. Harry aveva deciso di non portare fiori o regali di alcun genere. Aveva pensato che un appuntamento amichevole non richiedesse cose del genere. Ora, la parte di lui che aveva ancora una speranza in qualcosa di più dell'amicizia pensava che non portare fiori avrebbe potuto far saltare la sua unica possibilità. I fiori potevano creare o distruggere una relazione in erba? Dio, sperava di no. Comunque, Love non sembrava tipa da fiori.

Smettila di esitare e bussa alla dannata porta!

Bussò due volte, ma temeva che i colpi fossero stati troppo deboli. Lo aveva sentito? Forse doveva bussare ancora una volta per essere sicuro. Ma così non sarebbe sembrato troppo eccitato o impaziente? Non aveva ancora aperto. Doveva bussare più forte.

Mentre alzava la mano per bussare ancora una volta, la porta si spalancò e quasi le bussò sul naso.

Love era davanti a lui con una gonna nera lunga e aderente e una camicetta di raso rosso con una scollatura profonda abbastanza da indurlo in tentazione, ma abbastanza contenuta da trattenergli la mano. Harry si rese conto che questa era la prima volta che vedeva Love senza il suo vestito di plastica blu.

"Tu ... sei mozzafiato", balbettò.

Gli posò delicatamente la mano destra sul petto e poi gli aggiustò la cravatta.

"Sei piuttosto carino anche tu", ribatté e prese una piccola borsetta nera. Quindi, fece strada lungo il corridoio. Harry chiuse la porta e lo seguì.

Amava il fatto che lei avesse preso l'iniziativa e, proprio in quel momento, pensava che l'avrebbe seguita fin su un precipizio se era lì che voleva andare.

CAPITOLO VENTOTTO

"Non ti avrei mai immaginato un tipo da Miata, Harry. Che fine ha fatto quella vecchia carcassa che guidavi?" chiese Love.

"Susie è morta ed è stata sepolta. Questa è in realtà l'auto personale di una dei poliziotti locali, che è stato così gentile da prestarmela. Immagino che presto dovrò comprarne una mia."

"Mi sembri un tipo da fuoristrada. Forse una Dodge o una Toyota."

"Ci penserò."

"Così forse potresti portarti la poltrona in giro."

Harry non sapeva che Love, o quasi chiunque del resto, sapesse della sua poltrona. Lasciò che l'argomento cadesse, però, perché sentiva che parlare dell'importanza di una poltrona in qualche modo lo faceva sembrare vecchio.

Entrarono nel parcheggio di un ristorante chiamato Mercuzio. C'era il parcheggiatore e Harry lo pagò, anche se normalmente avrebbe cercato da solo il posto. C'era qualcosa nell'idea che un'altra persona gli parcheggiasse la macchina che lo faceva sentire come il proprietario di una piantagione.

"Wow, hai scelto il locale più elegante della città, eh?" Love fece una domanda retorica.

Esatto, Harry. Stasera fai l'uomo. Non puoi sbagliare.

All'interno i soffitti erano alti e ricoperti di lampadari. Era il genere di posto che era tutto tavoli e niente banconi. Il tipo di posto che richiedeva almeno tre forchette.

Il portiere rimase impassibile al suo posto chiese tranquillamente: "Prenotazione?"

Fu allora che il cuore di Harry, che in precedenza aveva battuto alla velocità di quello di un bambino, si fermò improvvisamente, gli esplose dal petto ed atterrò sul podio di mogano. Tatuate nella carne del suo cuore erano le parole "non ho prenotato".

"Sono terribilmente dispiaciuto, signore, è tutto pieno", disse il portiere, prima far cadere il cuore di Harry a terra e di voltare immediatamente lo sguardo. Sebbene non ci fosse nessuno dietro di lui, Harry era improvvisamente svanito gli occhi del guardiano.

Harry si odiava. Aveva preso questo ristorante dalle pagine gialle e non aveva pensato un solo attimo di dover prenotare. Non sapeva nemmeno che aspetto avesse Mercuzio prima di allora.

Ritiro tutto quello che ho detto sul fatto che tu sia l'uomo. Non sei l'uomo. Non sei nemmeno un uomo.

Le sue possibilità con la ragazza erano distrutte. Si era messo in ridicolo e, tutti avrebbero concordato, non c'era modo di uscirne, ma poi Love fece una cosa meravigliosa.

Andò direttamente al portiere e gli fece cenno di avvicinarsi. Quando lo fece, lei lo baciò sulla guancia e disse: "Vaffanculo. Scommetto che ti piace prenderlo in culo come una ragazzina".

Poi prese dal podio un cesto di menta piperita dall'aspetto costoso, strinse le braccia a Harry e iniziò a spargere le mentine sul pavimento mentre i due si dirigevano verso l'uscita.

Fuori, lui le prese la mano, e poi la fece voltare per guardarla in faccia. "È stato fantastico", disse.

"Sono contenta che anche tu la pensi così. In realtà odio posti come questo. Dammi una buona tavola calda o una caffetteria piuttosto."

"Beh, se non ti dispiace tornare con me a Hennington, conosco un posto fantastico."

"Ti seguirò ovunque, capitano," scherzò. "Hennington, eh? Non ho mai saputo come si chiamava quella cazzo di città."

Harry rise mentre salivano sulla Miata, ma lei non chiese perché.

Guidarono con la cappotta abbassata. Jesse aveva una custodia piena di CD per terra. La maggior parte della musica era hip-hop, e Harry era felice che Love li scartasse mentre sfogliava la custodia. In fondo c'era qualcosa che non si aspettava di trovare, Johnny Cash a Folsom Prison.

Love mise su l'album e cantò ogni canzone nel vento mentre guidava. Conosceva ogni singola parola. Gli ci vollero un paio di canzoni prima di trovare il coraggio di cantare con lei, ma quando lo fece, si lasciò andare. Erano entrambi stonatissimi e Harry non ricordava metà delle parole, ma al cielo notturno non sembrava importare. Anche dopo che Harry entrò nella trattoria di nome *Trattoria*, rimasero seduti in macchina a cantare finché le ultime note Di Greystone Chapel non furono passate e gli applausi ei fischi dei detenuti finirono.

"Questo posto è perfetto", disse Love.

L'insegna al neon tremolò e il campanello sulla porta fece tintinnare il suo caloroso rintocco mentre entravano nella tavola calda. In un angolo, gli stessi due vecchi sedevano a giocare a dama nel loro separé. Questa volta, uno di loro fece a Harry un cenno di saluto, che lui ricambiò gentilmente.

Sebbene questa fosse solo la seconda volta che era lì, *Trattoria* era diventato uno dei suoi posti preferiti.

"Ehi ciao, tesoro", gridò una voce familiare. Maggie era gioviale come l'ultima volta, se non di più. "E vedo che hai portato con te una bellissima amica."

"Maggie, questa è Love. Love questa è Magdalena, la più raffinata pasticcera che abbia mai conosciuto. "

"Piacere di conoscerti", disse Love, "Hai un posto davvero meraviglioso."

"Grazie cara, davvero. Posso offrirvi un caffè? Ho appena messo su la caffettiera. "

Harry ebbe la sensazione che Maggie fosse il tipo che aveva sempre appena messo su una caffettiera.

"Oh mio Dio, Harry! Hanno una di quelle piattaforme roteanti per torte! "Love era frizzantissima. Era come un folletto che si stupisce delle meraviglie del mondo umano, e mentre Harry la guardava osservare le torte roteanti, poteva sentire il rumore del suo cuore che batteva.

Nessun altro momento della sua vita era stato così semplice e chiaro come quello.

Prese lo sgabello accanto a Love.

Si fermò mentre il vassoio era a metà rotazione e poi si voltò a guardarlo. "Mi piace qui", disse.

"Anche a me."

Poi Harry si chinò e la baciò dolcemente. Fu solo un lieve bacio sulle labbra, ma lei lo ricambiò e sorrise.

Le sue labbra sapevano di un ricordo fruttato che aveva dimenticato. Come una canzone di un'altra vita.

"Il maestro dice che è Mozart", disse.

"Ma suona come una gomma da masticare", rispose.

"Mi piaci", disse.

"Lo so", rispose.

Harry si rese improvvisamente conto che Maggie stava aspettando dietro le quinte con in mano due tazze di caffè. Aveva aspettato che Harry potesse avere il suo momento, e ora gli faceva l'occhiolino prima di posare il caffè. "Cosa posso portare per voi amorini questa sera? Oh! Guarda cosa ho fatto lì. Ho detto amorini e il tuo nome è Love, che significa amore. Non fa ridere?"

Sorrisero entrambi, ma nessuno dei due sapeva come rispondere.

"Penso che prenderò solo caffè e torta", disse Love.

"Sembra un'ottima scelta," concordò Harry.

"Noci e suca con panna montata, giusto?".

Harry sorrise, ma desiderò che Maggie non l'avesse detto.

Ora lei pensa che tu sia un maiale grasso e ciccione, Harry. Un vecchio maialone malato di diabete.

"Solo zucca, per favore."

Love lasciò che il vassoio girasse e disse: "Voglio provarle tutte... e anche lui".

"Bene bene", cinguettò Maggie, "vi porto una fetta di ognuna e due forchette."

Harry voleva dire qualcos'altro a Love, ma sapeva che con ogni parola che usciva dalla sua bocca c'era un rischio maggiore di scavarsi la fossa. Decise di rivolgere la sua attenzione a Maggie per ora.

Le ragazze adorano quando sei gentile con la cameriera.

"Ehi, Maggie, mi stavo chiedendo. Questo posto ha un nome o si chiama davvero *Trattoria*? "

"Non gli ho mai dato un nome", disse dalla cucina.

"Perché?'

"Questo posto era il sogno di mio marito, ma è morto poco prima che lo aprissimo. Si stava scervellando sul nome, ma non ne aveva mai scelto uno, poi è morto. Non mi sembrava giusto scegliere un nome al posto suo. "

"Oh, Maggie, mi dispiace. Se l'avessi saputo, non avrei mai tirato fuori l'argomento. "

"Non essere sciocco. È stato secoli fa e, inoltre, le persone qui intorno lo chiamano semplicemente la trattoria, comunque. "

"Beh, mi piace venire qui" disse Harry.

"So che è così, ma ascoltami, se tu e la tua bella amica non date una tregua al mio gira-torte, potreste dovermene comprare uno nuovo."

Love, che aveva fatto girare la rastrelliera più velocemente che poteva, interruppe bruscamente il gioco.

"Oh cielo, sto scherzando! Vedi quanto veloce può andare quella cosa. Voglio vederla decollare." Maggie stava ridacchiando mentre usciva dalla cucina portando sei fette di torta, ciascuna su un piccolo piatto separato che aveva appoggiato sul braccio.

Proprio in quel momento Harry si rese conto che Maggie non prendeva mai le fette dalle torte dalla griglia. Si chiedeva quanti anni avessero quelle torte lì.

"Oggi abbiamo mirtilli, more, mele, suca, noci e cioccolato."

Mise le fette davanti a loro come se stesse disponendo il suo primogenito perché tutti potessero vederlo.

"Maggie, sembra tutto squisito," disse Harry mentre afferrava la forchetta.

Love aveva già preso un boccone di torta alle more, ma annuì in segno di approvazione.

L'orgoglio di Maggie le si leggeva in volto mentre li guardava godersi il suo lavoro. Sembrava più felice di guardare che loro di mangiare.

"Lasciate che ve lo dica, in tutta serietà", disse, in tono diverso, "Voi due mi sembrate perfetti insieme. Non voglio mettervi in imbarazzo, ma ve lo leggo negli occhi. La meraviglia che le persone hanno l'una per l'altra si può sempre vedere dagli occhi. Comunque, voglio solo dirvi di farne tesoro, e non darlo mai per scontato. "

Harry ci pensò un secondo prima di rispondere. "Sarò completamente onesto con te", disse, "penso di aver sempre dato tutto per scontato. È stato solo nelle ultime due settimane che ho scoperto che le cose possono essere sorprendenti se glielo permetti".

"Andrà tutto bene", disse Maggie. "Io queste cose le sento. Starai bene."

Poi Harry e Love mangiarono fino all'ultimo boccone di torta che avevano preso.

CAPITOLO VENTINOVE

"Non devi dire nulla finché non sei completamente pronto, intanto io vado avanti e parlo, ok? Potrei fare una o due domande, perché dopotutto è per questo che mi pagano. Ma rispondi solo quando ti senti a tuo agio, non è necessario che sia oggi" disse il dottore.

Robert guardò di fronte a sé con aria assente. Lo studio del dottore si registrava a malapena nel suo campo visivo.

"Come ti senti oggi?"

Silenzio.

"Anch'io ho un enorme mal di testa. A proposito, come ti fanno sentire i tuoi farmaci? "

Silenzio.

"È importante che ti diamo dosaggi giusti. Questo farà la vera differenza".

Robert si ricollocò.

"Parlami dei tuoi genitori, Robert. Ho bisogno che tu sappia che questo è un posto sicuro per parlare. Sono il tuo dottore, ma posso essere anche tuo amico. Puoi parlare con me, perché non lo dirò mai a nessun'altra persona. Hai qualche motivo di rabbia verso di loro per averti messo in questo posto? "

Robert si concentrò, badando alle parole adesso.

"La rabbia e l'odio sono emozioni forti, Robert. Sarebbe naturale per te provarle per i tuoi genitori. Potresti sentirti abbandonato. Pensi che sia così?"

Quando ancora una volta non ottenne risposta, il dottor Willis cambiò argomento.

"E le ragazze, Robert? Adesso hai quindici anni, pensi mai alle ragazze?"

Nessuna risposta.

"Forse pensi ai ragazzi, e andrebbe benissimo se lo facessi."

"Non penso a nessuno", disse il ragazzo, "a nessuno".

"Ricordi cosa è successo diversi anni fa? Ti ricordi perché sei dovuto venire qui?"

"Stavo giocando a un gioco."

"È vero, ma sei diventato violento, Robert. Non hai seguito le regole del gioco."

"Mi è stato detto di giocare. Non mi è stato detto che c'erano delle regole." Il ragazzo iniziò a grattarsi leggermente l'avambraccio.

"Su, Robert, abbiamo già parlato del graffio."

Si fermò.

"È molto importante che tu segua le regole della vita, Robert. Un uomo ha bisogno di qualcosa che dia struttura alla sua vita. Altrimenti, può perdersi. Ti senti perso, Robert?"

"Se lo fossi, mi troveresti?"

"Beh, è mio compito aiutarti a trovare la tua strada. Sei quasi un uomo adesso, e un uomo ha bisogno di uno scopo, un obiettivo."

"Un uomo ha bisogno di uno scopo", ripeté Robert, e le dita presero a grattare di nuovo, piano.

CAPITOLO TRENTA

Bill aveva trascorso le ultime due notti a casa di Sylvia. Lei subodorava una conversazione che non voleva avere. Presto lui avrebbe voluto sapere a che punto fossero – cosa fossero. Le persone sembravano sempre aver bisogno di un'etichetta per tutto, come se la vita non potesse progredire ulteriormente senza un presente chiaramente contrassegnato con adesivi al neon.

Sylvia aveva avuto quella conversazione un paio di volte, ma l'ultima era stata molti anni prima, quando il mondo le sembrava nuovo e lei era all'università. Quelli erano tempi semplici, quando non c'erano appuntamenti. C'erano solo due persone che in qualche modo si erano unite. Di solito sbronze a una festa.

Ora, Sylvia stava avendo la sua prima relazione adulta e non aveva la più pallida idea di come procedere. Bill non aveva chiesto di restare, l'aveva semplicemente fatto, e a lei non dava fastidio. Per quanto ne sapeva, era tutto ciò che rendeva una relazione vera.

Aveva formulato la risposta alla sua inevitabile domanda per più di ventiquattro ore perché voleva essere preparata. Finora, il suo miglior tentativo di trovare una risposta era stato: manteniamo le cose senza impegno e vediamo dove vanno. Secondo Sylvia, questo comunicava non solo che non voleva fare sul serio, ma anche che non voleva avere parlare di quando avrebbe voluto fare sul serio.

Il fatto che avesse avuto quella stessa conversazione con se stessa per più di un giorno non le era sfuggito. Mentre raccoglieva i fondi di caffè in un filtro, si ripromise di non parlarne più con nessuno, inclusa se stessa. Tuttavia, mentre si sedeva e osservava distrattamente il caffè che gocciolava, ruppe il suo voto.

Quanto era capace di essere seria?

Si alzò e controllò il frigorifero, ma proprio come le due mattine precedenti era vuoto. Se le utenze non fossero state incluse nell'affitto, si sarebbe chiesta perché mai avere la corrente attaccata. Sapeva che anche gli armadi erano spogli e si rifiutava di aprire le ante e lasciare che la prendessero in giro con la loro desolazione.

Si infilò le pantofole pelose a forma koala, afferrò le chiavi e si diresse a prendere dei bagel dal panificio tre isolati più in là. Venti minuti dopo, con un sacco di bagel assortiti in mano, trovò Bill sveglio e al bancone della cucina che leggeva il giornale.

"Fragole ha ucciso un contadino", disse piegando il giornale e appoggiandolo di lato.

"Oh cazzo, non iniziamo la giornata parlando di quello stronzo. Stavano vendendo tre diversi libri su di lui su un banco del panificio. Quella fottuta pasticceria," disse mentre spargeva abbondante formaggio spalmabile su un paio di bagel ai mirtilli. "E comunque, chi diavolo ha abbastanza informazioni su quel tipo per scrivere un libro su di lui? Non sanno nemmeno chi sia lo stronzo. A scuola ero brava a dire stronzate in un compito per il quale non avevo fatto alcuna ricerca, ma questo è un altro livello."

Porse a Bill un piatto con uno dei bagel, poi si sedette sullo sgabello accanto a lui con l'altro in mano.

"Sembri piuttosto accesa sull'argomento," disse Bill.

"È solo fastidioso, tutto qui. Per quanto triste sia che le persone continuino a essere uccise, è più fastidioso continuare a sentirne parlare."

"Mi assicurerò di inviare i tuoi saluti alle famiglie. Sono sicuro che apprezzeranno i tuoi sentimenti in questo periodo difficile. "

"Oh zitto, sai cosa intendo."

Entrambi divorarono i bagel, come se la colazione sincronizzata fosse uno sport olimpico. Poi Bill prese di nuovo il giornale mise a fare il cruciverba.

"Dove hai preso quel giornale?" chiese Sylvia. "E chi legge ancora il giornale? Puoi usare il mio computer. "

"Beh, ho provato il tuo portatile, poi dieci minuti dopo ho rinunciato. Penso che gli uomini delle caverne abbiano inventato quella cosa subito dopo il fuoco e la ruota. Hai bisogno di un computer nuovo. "

"Sì, lo so."

"Comunque, dopo sono uscito in corridoio e ho rubato il giornale del tuo vicino."

"Oh, l'hai fatta grossa. Non pensare che quel vecchio pelle e ossa non ti abbia visto prendere quel pezzo di carta. Non smette mai di guardare fuori da quello spioncino. Penso che lo spioncino potrebbe letteralmente essere il suo bulbo oculare. Probabilmente le autorità sono già per strada. Correrei via se fossi in te. Giuro che negherò che tu sia mai stato qui." Si sorrisero a vicenda e poi si baciarono. Fu un bacio intenso. Il tipo che le faceva venire i brividi lungo la schiena.

"Il sette verticale è *mutevole*", disse, indicando il cruciverba

"Sei sicura?"

"Se non cambio idea."

La baciò di nuovo.

"Stiamo fuori tutto il giorno, che ne dici? Oppure, potremmo andare a fare shopping di portatili", disse Sylvia.

"Mi vanno bene entrambi."

"Perfetto."

Lei guardò oltre la sua spalla, con. le braccia intorno alla sua vita. Rimasero così per un po', solo facendo cruciverba e sentendo il calore l'uno dell'altra.

"Oh," disse Bill, "mi ero quasi dimenticato. C'era una nota dell'addetto alla manutenzione attaccata alla tua porta quando ho strappato il foglio, ma era indirizzata alla persona sbagliata. L'ho appoggiato vicino alla ciotola delle chiavi. L'hai visto quando sei tornato? "

"No. Devo averlo perso. Per chi era? "

"Qualcuno di nome Sasha, credo. Chiunque sia, pare che la loro doccia non sarà aggiustata oggi. "

"Uh, sì. Sono io. Sono Sasha. "

Sylvia non sapeva perché avesse deciso di essere così aperta ogni volta che era con Bill. Glielo faceva venire naturale.

"Bene, sto per conoscere un'altra parte della tua vita", disse, posando la matita sul cruciverba quasi completato.

Si voltò sullo sgabello e gli mise le mani sulle ginocchia. Poi iniziò a raccontargli tutto su come viveva. Gli disse più di quanto avesse mai detto a chiunque altro, fatta eccezione per Melissa. Non disse dove fossero tutte le sue scorte di denaro, o cose del genere, ma vuotò quasi interamente il sacco.

"Sasha Edmonds, eh? Buono a sapersi nel caso qualcuno nel tuo edificio mi chieda mai di te. "

"Dubito che qualcuno sappia chi sono, tranne il padrone di casa e l'addetto alla manutenzione."

"Quindi sei come ... un fantasma."

"Stai avendo una reazione molto pacata."

"Che cosa speravi?"

"In realtà non lo so, ma sembra il tipo di informazione che fa scappare la gente. Ti ho già parlato del mio lavoro e ora ho aggiunto tutto questo. Quanto puoi sopportare? "

"Non lo so, ma te lo dirò quando arriverò a quel punto."

"Beh, merda, Bill."

"Ho una domanda", disse.

"Qualunque cosa."

"Tu. Tu adesso. Questa sei tu, vero? Qualunque sia il nome che ti è stato assegnato in questo momento, voglio solo sapere che conosco te e non una versione inventata. "

"Questa sono io. Ma molti dettagli della mia vita sono inventati ".

"I dettagli di tutti sono inventati. Rappresenti solo un esempio molto efficace. Finché la ragazza di fronte a me è quella che penso che sia, i dettagli non contano e non me ne importa. Potrei avere una domanda di tanto in tanto, per curiosità, ma tutto ciò che ti riguarda conta solo perché ti rende quello che sei. Mi sto innamorando di te, non del tuo nome. "

"Prendo anche molte pillole."

Scoppiò a ridere più forte di quanto lei lo avesse

mai sentito ridere, poi l'afferrò e la attirò a sé. "Ho notato", disse.

"Ho pensato che visto che ho buttato fuori tutto il resto là fuori, potevo anche dirti quest'ultima."

"Ti ho visto prenderle, non sei molto cauta. Ho notato che non presti molta attenzione neanche a quello che prendi. E in tutta onestà, probabilmente è anche piuttosto pericoloso, ma ora lo comprendo. Stai vivendo una vita piena di regole e strutture. Se non le prendessi, allora tutto potrebbe crollare. Se io vivessi come te, penso che avrei bisogno di un po'. di incertezza, qualunque sia il modo di ottenerla."

"Sì."

"E non sono qui per cambiarti."

"Probabilmente io ti cambierò un po'," disse lei ridendo.

"Già fatto."

Poi la spina dorsale di Sylvia formicolò di nuovo quando le loro labbra si incontrarono.

"Merda!" esclamò Sylvia, allontanandosi.

"Che cosa?"

"Oggi è la cazzo di festa di Melissa."

"Oh sì, è vero. Sei gasata?"

"Se per gasata intendi che voglio evitarla, allora sì."

"Ti odieresti se perdessi l'occasione di dire addio alla tua migliore amica", disse Bill.

"Lo so. Hai ragione."

Imbronciata, Sylvia finì il resto del suo bagel e poi prese il flacone di pillole dalla borsa.

CAPITOLO TRENTUNO

Bill andò a prendere vestiti puliti e a fare alcune commissioni. Sylvia aveva promesso di essere pronta per andare quando sarebbe tornato a prenderla. Le fece persino giurare col mignolo, anche se lei immaginava che la sua preoccupazione non fosse tanto quella di aspettarla, quanto il pensiero che lei potesse tirarsi indietro del tutto. Stava imparando a conoscerla bene e aveva ragione a preoccuparsi. Sebbene sapesse che si sarebbe pentita se non avesse rivisto Melissa, un'enorme parte del suo cuore voleva risparmiarsi lo stress.

Quando lo sentì bussare alla porta, non aveva nemmeno scelto un reggiseno da indossare. Lui fece un sorriso da bambino quando Sylvia aprì la porta in topless e lo vide arrossire. Non sapeva se fosse per via della pazienza di lui o per le sue tette, ma Bill non le fece pressioni per il fatto che fosse in ritardo. Lui aveva mostrato una tale accettazione di quello stile di vita che probabilmente non avrebbe dovuto sorprenderla che non fosse il tipo da fissarsi con la puntualità.

"Prenditi il tuo tempo", disse.

Lui era bello. Veramente bello. Indossava solo i jeans e una giacca sportiva, ma gli stavano a pennello.

Il bell'aspetto di Bill, unito alla quasi nudità di Sylvia, le portò altri venti minuti di beatitudine prima che iniziasse a prepararsi di nuovo. Pensò di fare un'altra doccia per eliminare l'odore del sesso dalla pelle, ma decise di lasciarselo addosso. Preferiva che altre persone fiutassero il suo piacere piuttosto che sopportare le lagne di Melissa per il suo ritardo.

Alla fine, Sylvia optò per il reggiseno del giorno prima e per un semplice vestito nero che non indossava da anni. Bill la stava aspettando, sempre imperturbabile, in soggiorno. Non era seduto sulla sua poltrona preferita e non l'aveva toccata nemmeno una volta da quando lei lo aveva ammonito il primo giorno. Mentre guardava le due poltrone praticamente identiche, una con Bill seduto, a gambe incrociate, che leggeva l'ultima copia di Cosmo, e l'altra, leggermente più logora e vuota, quella connessione irrazionale alla sua poltrona preferita si spezzò improvvisamente.

"Penso di voler comprare dei nuovi mobili", disse.

Alzando gli occhi dalla rivista, Bill disse: "Sei stupenda".

"Grazie."

"Pensavo ti piacesse la tua poltrona."

"È ora di cambiare. Forse puoi aiutarmi a sceglierne di nuovi quando finalmente andremo a fare acquisti di computer. "

"Affare fatto", disse, ora in piedi proprio di fronte a lei. Le mise le mani sui fianchi e le baciò dolcemente la punta del naso. "Pronta per andare?"

"Sì, devo solo prendere la borsa."

Bill gliela prese e la accompagnò alla porta d'ingresso. Poco prima di chiuderla, lei fece un salto e lo fermò.

"Devo prendere le chiavi", disse, afferrandole dalla loro ciotola. "Dovrei farti una copia così devo stare a pensarci tutto il tempo."

"Mi hai appena offerto le chiavi di casa?" chiese.

Lei non ci aveva nemmeno pensato prima di pronunciare quella frase, ma non riusciva a trovare nessuna ragione che le impedisse di desiderare che lui avesse una sua chiave. "Sì, mi sa di sì. Ti va?"

"Sì."

"Bene allora. Problema risolto. Non trasformiamola in una grande scena madre. Dopotutto, stiamo andando ad una festa. "

In tutte le sue fantasticherie su come sarebbe potuta andare *la* conversazione, non aveva mai immaginato che si sarebbe ridotta a poche parole e una chiave.

Il bar che Sylvia aveva affittato per la festa si chiamava Mounds, e lei poteva vedere il sorrisetto del tassista nel suo specchietto retrovisore mentre li faceva scendere. Il bar aveva quel nome per la sua associazione con il baseball, così come per il seno quasi esposto delle sue cameriere. Non rientrava nei suoi gusti, ma l'amico di Melissa glielo aveva affittato a un prezzo di favore.

Odiava il sorrisetto di quel tassista e quando le passò il conto non fu generosa con la mancia. Non c'erano altre situazioni nella vita oltre alle interazioni coi tassisti in cui si sentiva così a suo agio nell'esercitare la propria vendetta. Era un'abitudine di cui non andava orgogliosa, ma fino a quel momento non aveva mai tentato di rimediare.

Era un aspetto della sua personalità di cui Bill era ormai entrato conoscenza e, come ogni altra cosa, aveva semplicemente accettato senza domande. Mentre scendeva dal taxi, Bill diede di nascosto altri soldi all'autista e questo la fece sentire meglio. Era in grado di sfogare la sua frustrazione con uno sconosciuto senza un cenno di senso di colpa. "Grazie", gli disse.

"Non so di cosa stai parlando", rispose Bill.

Quando finalmente entrarono nel bar, erano in ritardo di mezz'ora, cosa che Sylvia considerava non troppo maleducata. Una giovane ragazza che pareva un bastoncino con le tette li salutò, ma Sylvia la spinse oltre nella folla che si era già radunata.

Era consapevole di essere molto più acida del normale e la cosa la infastidiva. Si fermò di colpo in mezzo a un gruppo di persone e si rivolse a Bill che aveva tenuto il passo. Gli appoggiò la testa sul petto e lui la cullò delicatamente con la mano. Una lacrima minacciò di scivolarle dall'angolo dell'occhio, ma lei la ricacciò. Baciò Bill, e di nuovo si fece largo tra la folla. Sylvia non si era aspettata un simile risultato. Aveva fatto alcune telefonate a persone che Melissa conosceva per informarle della festa, e aveva detto a tutti di portare chiunque volessero, ma sicuramente non si era aspettata le centinaia di persone che ora le bloccavano la strada per il bar.

L'alcol gratis ridurrebbe allo schifo anche il più civilizzato di noi.

Fattisi strada tra la folla, trovarono Melissa seduta a un tavolo allestito in fondo al bar. Sylvia aveva preparato la tavola speciale per loro e l'aveva ricoperta di palloncini e stelle filanti luccicanti. Anche il resto del bar era coperto di roba, ma c'erano così tante persone che non la si poteva notare.

C'erano poche altre persone sedute al tavolo con Melissa, ma lei le cacciò quando vide che Sylvia si avvicinava.

"Beh, era ora! Pensavo che ti saresti persa il giorno più importante della mia vita, Syl, buon Dio! "

"È colpa sua," disse Sylvia, indicando Bill.

Bill si limitò a sorridere e ad annuire.

Era meraviglioso potersi sedere ad un tavolo lontano da quei corpi bollenti di sudore, e Sylvia trovò dello champagne freddo ad aspettarla al suo posto. Il tavolo VIP aveva un assortimento di stuzzichini, che includeva Cheetos e noci miste, ma non solo. Prima che Sylvia si sistemasse, Melissa fece tintinnare un coltello sul suo flûte di champagne. Ci vollero un paio di minuti prima che la folla fosse messa completamente a tacere.

"Come tutti sapete," iniziò Melissa, "questa è l'ultima notte che la maggior parte di voi mi vedrà. Ho trovato quello che tutti sperano di trovare e lui mi aspetta a Panama. È stato fantastico conoscervi tutti, ne sono sicura. Per favore, divertitevi. Tutto l'alcol è gratuito e c'è un tavolo vicino al bar per i regali di addio." Poi Melissa alzò il bicchiere, dopo aver chiesto dei regali a una folla di cui conosceva solo una minima parte, e aspettò che anche tutti i bicchieri di plastica di birra fossero ugualmente alzati. Quando fu soddisfatta del fatto che un numero adeguato di persone partecipasse, gridò "Salute" e il DJ suonò Seal's Kiss from a Rose - una canzone del 1995 che il mondo aveva ormai dimenticato, ma che rimaneva la preferita di Melissa.

Bill iniziò a cantare a bassa voce tra sé, ma dopo aver notato che Sylvia non cantava con lui, si attenuò e le lanciò uno sguardo come per mostrarle che non aveva proprio cantato.

"Ti ho visto", disse.

"Non hai visto niente", fu la sua risposta.

Quando Melissa si fu crogiolata a sufficiente nel suo pubblico luccicante adorante, tornò al tavolo e si unì a loro, e per il resto della serata, a parte qualche saluto, furono solo loro tre.

Davvero le persone più importanti.

"Allora come si chiama? Carlos, giusto? Sa che stai per arrivare? "

"Oh, Sylvia, sempre così diretta. Si potrebbe anche perfino dire scortese, ma ti conosco abbastanza, eh? Hai ragione, si chiamava Carlos. "

"E il cognome?"

"Beh, non lo so, né voglio saperlo. Carlos e io non ci guardiamo più in faccia e non ci incontreremo mai più."

"Oddio Melissa, mi dispiace. Cosa diavolo è successo? Stai bene?"

Melissa finì il suo bicchiere di champagne e poi chiamò la cameriera.

"Basta con le bollicine, mia cara", disse Melissa allo stuzzicadenti, "è bene bere come uomini. Whisky. Tutta la cazzo di bottiglia dalla mensola più alta. E tre bicchieri, per favore e grazie. "

La cameriera tornò con una bottiglia piena di Johnnie Walker blu su un vassoio.

Melissa versò tre bicchieri pieni, rovesciando quel costoso liquore un ogni bicchiere.

"Bevi", disse.

"Oh, Mel, non so se io ..."

"Bevi", ripeté.

Poi i tre fecero cin cin e buttarono giù il whisky. Sylvia sentì il liquido caldo finirle sul fondo e si preparò al bruciore, ma rimase piacevolmente sorpresa quando lo sentì scorrere giù dolcemente.

Ognuno di loro ne prese altri tre prima che Melissa dicesse un'altra parola. "Vi dirò un segreto. Poi, a dire la verità, non ho davvero nessun altro a cui dirlo. Sylvia, tu ed io viviamo un'esistenza così solitaria. Quanti amici hai? Te lo dico io. Solo la persona di fronte a te, e non ti piaccio nemmeno troppo. "

"Io ti voglio bene, Melissa," ribatté Sylvia.

Questa non era una bugia. Amava davvero la sua amica. Tuttavia, a volte si chiedeva se fosse amore meritato, oppure obbligato per mancanza di persone migliori da amare. Molto probabilmente era un misto di entrambe le cose.

"Lo so tesoro, ma non è questo il punto. Il punto è che Carlos ha una famiglia a Portland. Non è nemmeno di Panama. "

"Bene, ma è perfetto, non devi andartene allora", disse Bill.

"Oh, Bill, sei così caro. Sono contenta che Sylvia abbia te ora perché io devo davvero andarmene. Vivrò comunque a Panama, anche se da sola. "

"Per quale diavolo di motivo?" chiese Sylvia.

"Lo champagne, cara. Lo champagne. Devo andarmene o mi sventreranno come un pesce o qualcosa del genere. "

"Quella bottiglia che hai rubato?"

"Proprio quella. La rivuole indietro. Gli ho detto che non poteva riaverla perché l'avevo già bevuta, ma insisteva. Se non gliela restituisco, mi ammazza. Rimpiango solo di non aver bevuto un altro po' di quella roba."

"Avevi detto che il proprietario era una persona molto gentile."

"Lo avevo detto. Un delinquente molto, molto gentile. Ma sembra che la sua personalità sia fatta a strati. "

Questa volta fu Sylvia a versare il whisky. "è tutta colpa mia."

Sylvia si accasciò sulla sedia e guardò il suo bicchierino vuoto, la vista già cominciava a offuscarsi.

"Oh stai zitta, Sylvia!" insistette Melissa. "Tu continua ad andare avanti. Oggi non si parla di te e della tua coscienza sporca. Questo è il mio giorno e stiamo festeggiando; anche se con alcol decisamente più economico di quello per cui morirò". Melissa bevve un altro cicchetto e poi sbatté il bicchiere. Parte del whisky le gocciolò da un lato della bocca e cadde sul tavolo, mescolandosi alla pozzanghera già accumulata. Fece roteare il dito sull'alcol versato mentre continuò a cambiare argomento per ore. La mente di Melissa saltava di scena in scena come un potente film d'azione hollywoodiano, e tutti gli altri dovevano tenere il passo e tacere.

Sylvia si chiedeva spesso come sarebbe stato fare una lunga passeggiata sulla spiaggia che era nel cervello di Melissa, guardando le nuvole del pensiero che turbinano e le sinapsi arcobaleno che si infiammano.

CAPITOLO TRENTADUE

La notte prima, Harry e Love erano andati a fare una passeggiata.

Era stata molto impegnata con il lavoro dopo il primo appuntamento, ma aveva trovato del tempo per lui. D'altro canto, Harry non aveva fatto assolutamente nulla di produttivo con il suo tempo. Ogni tanto apriva un file nel tentativo di trovare qualche indizio che poteva aver perso, ma presto la sua mente iniziava a vagare. Diverse volte al giorno, ordinava perquisizioni in determinati edifici o campi, ma principalmente per mostrare all'ufficio che stava facendo di tutto per catturare l'assassino. Sapeva benissimo che era tutto solo un continuo brancolare nel buio.

Si era sentito un idiota per tutte le volte che aveva chiamato Love, ma non riusciva mai a rilevare alcun fastidio nella sua voce. Le scriveva quando si prendeva delle pause e per la prima volta comprese l'amore che le persone nutrivano per i loro telefoni. Si bloccava su ogni parola che lei gli scriveva, analizzando ogni sillaba fino all'eccesso. Così decisero di fare una passeggiata. Come aveva fatto a non capire il valore della tecnologia?

Si tenevano per mano mentre camminavano nei quartieri di Hennington. Tenevano le dita intrecciate e lui strofinava delicatamente il pollice sul dorso della mano di lei. Harry non si era mai tenuto per mano in quel modo prima. "Non sarebbe male vivere qui", le disse.

"Oh sì? Pensi di poter appendere l'uniforme al chiodo e smetterla di catturare i cattivi? Perché una volta che Fragole sarà fuori dalla scena, questo posto probabilmente non vedrà un altro cattivo per un secolo."

"Lo farei", disse, "temo di aver perso la passione. Sento che le mie priorità stanno cambiando."

Love non aveva detto nulla di rimando, e continuarono a camminare, mano nella mano, finché lei dovette andarsene. Lo baciò con intensità e lo lasciò in piedi davanti alla porta della sua vecchia e polverosa stanza di motel.

Dormì come un sasso per la prima volta da quando gli era stato assegnato quel caso.

Cavolo, Harry, da quando Sara se n'era andata.

Quando si svegliò, era quasi mezzogiorno. Invece di occuparsi delle sue responsabilità, aveva deciso di andare a piedi fino alla trattoria di nome *Trattoria* e rimase seduto lì tutto il giorno.

Giocava a dama con i vecchi nell'angolo, che a quanto pare erano fratelli di nome Felix e Jerry. Molti anni prima si erano innamorati della stessa donna e lei aveva spezzato il cuore a entrambi.

Dopo, Maggie disse a Harry che si erano odiati a vicenda per decenni, e poi un giorno, dopo che entrambi erano diventati vecchi e grigi, si erano perdonati. Da allora giocavano a dama in quel separé ogni giorno. Maggie aveva molte storie da raccontare e

Harry le ascoltava con piacere. Lo fece entrare in cucina mentre preparava le sue torte, e gli diede persino un compito o due nel frattempo.

Prima che se ne rendesse conto, il sole era calato all'orizzonte ed era ora che Harry tornasse a casa. Non aveva inizialmente intenzione di restare così a lungo, ma adesso perfino era riluttante ad andarsene.

"Posso prendere un caffè d'asporto, Maggie?"

"Certo, dolcezza, ma sei sicuro di non volere che ti accompagni in macchina?"

"No, va bene così. Mi piace passeggiare."

Mentre Harry prendeva la tazza di polistirolo piena di caffè caldo, la televisione attirò la sua attenzione e lo fermò di colpo.

"Maggie, potresti alzare il volume per favore? Penso che la mia vita sia appena stata gettata nel cesso."

Con sguardo preoccupato, Maggie alzò il volume. Sullo schermo, Shelly Cervantes stava parlando, e proprio sotto di lei c'era una grafica che diceva, Fragole IDENTIFICATO.

"Ancora una volta, posso confermare che il nome dell'assassino delle fragole è Robert Kirkman. Il nome mi è stato dato da una fonte anonima e ne ho confermato la veridicità."

"Oh, merda," disse Harry.

"Bada a come parli", disse Maggie, rimproverandolo.

"Scusa. Ma ragioniamo. Non può davvero sapere chi è, vero? Questa è probabilmente solo una sorta di trovata pubblicitaria. Forse il pubblico è in calo o qualcosa del genere."

Stavano ribadendo ciò che aveva detto la signorina Cervantes quando improvvisamente tornarno a lei. "Sì, John, mi dispiace interromperti di nuovo, ma ho appena ricevuto informazioni dalla mia fonte. Tra due giorni avrò un'intervista esclusiva con lo stesso Robert Kirkman. Non mi è stato ancora detto quando o dove, John, ma non appena lo saprò, lo saprai anche tu."

"Puoi rivelare dove sei ora, Shelly?" chiese l'ancora.

"No, John, non posso rivelare niente. Mi è stato detto che se lo faccio, Robert non accetterà di incontrarmi. E John, non serve che ti dica quanto sia importante questo incontro. "

"Assolutamente Shelly," disse John, "abbi cura di te." Poi si voltò verso la telecamera e assicurò a Harry che, non appena fossero venute alla luce nuove informazioni, sarebbero stati i primi a dirglielo.

Harry si sentì come se la mascella gli fosse caduta sul pavimento e ora ci fosse in piedi sopra. Quando deglutì, tutto ciò che gli cadde in gola erano i grumi del suo stesso fallimento. Non sapeva nemmeno da dove iniziare a ragionare, quindi per un po' la sua mente si trovava in un limbo. Non sentiva niente. Non pensava niente.

Non era durata.

Harry. Oh, Harry. Che brutta fine.

Prese il cellulare, posò il caffè e chiamò l'ufficio dello sceriffo Gambon. Dopo un ampio ammonimento da parte di Frank, Harry ordinò una ricerca su vasta scala sia per Robert Kirkman che per Shelly Cervantes. Quindi fece una seconda chiamata all'ufficio del Distretto ordinando di trovare qualsiasi informazione su chiunque si chiamasse Robert Kirkman. Mentre Harry era al telefono, il sistema aveva già trovato più di seicento nomi, e ordinò che tutti fossero esaminati da chiunque l'ufficio avesse a disposizione. Poi si sedette al bancone e sorseggiò il caffè, con la testa appoggiata su un palmo.

"Stai bene, dolcezza?" Chiese Maggie.

"No, Maggie, sono fottuto."

Maggie aggrottò la fronte e poi si calmò.

"Lascio correre."

"Grazie."

Harry appoggiò la tazza di caffè vuota, salutò e iniziò la passeggiata per tornare al motel. All'improvviso si rese di nuovo conto del dolore al ginocchio e desiderò di avere la forza di volontà necessaria per godersi quel tempo senza pensarci. L'aria era calda, ma la paura e la rabbia gli avevano fatto gelare il sangue. La brezza notturna sembrava fatta di spilli di che gli pugnalavano la pelle.

CAPITOLO TRENTATRÉ

"Non puoi semplicemente ripagarli?" Sylvia aveva evitato l'argomento dello champagne rubato per tutta la notte. Lasciò che Melissa portasse avanti la conversazione in modo schizofrenico fino a quando non si fece tardi e il Johnny Walker fu terminato, dopo di che tornò a preoccuparsi per la situazione della sua amica.

"Come, tesoro?" Chiese Melissa, le sue parole come nebbia nell'aria. Le ci volle molto per raggiungere il limite, ma quando accadde, Melissa divenne fluida e leggera, come se volesse semplicemente fluttuare nell'aria, se non fosse per il peso del liquore.

"Non potresti semplicemente pagare il gangster per la bottiglia? Magari dargli anche piccolo extra."

"Non ho idea. È da molto che non ci prendiamo un tè. Ma comunque non ho i soldi."

"Che cosa? Dovresti avere cinquanta volte la roba nascosta, ormai. Me lo hai insegnato, cazzo!"

"Beh, mi hai sgamata, amore. Sono un insegnante migliore di quanto pratichi."

Sylvia restò di stucco. Di tutti i problemi di Melissa, Sylvia non avrebbe mai immaginato che la gestione del denaro fosse uno di questi. Nei primi tempi, aveva fatto una testa così a Sylvia su soldi e responsabilità, così tante volte che poteva facilmente essere scambiata per una versione fissata col fisco di Pinhead di Hellraiser.

"Anche se vedo doppio, so che entrambi mi state giudicando in silenzio", disse Melissa.

"Non è vero. Lascia che ti aiuti. Lascia che li ripaghi."

"Non te lo permetterò."

"Perché no?"

"Sei sicuro di voler essere coinvolta con i gangster?" Bill intervenne.

"Questo non è il film. Le persone non vengono picchiate. Vogliono solo indietro i loro soldi ", disse Sylvia.

"No, Syl," disse Melissa.

"Cazzo, Melissa, me lo devi lasciar fare", gridò Sylvia, con la testa annebbiata. "Se devo pagarli dieci volte il valore di quella stupida bottiglia, lo farò. Non mi importa dei soldi. È solo che non voglio che te ne vada."

Malgrado le sue abitudini, Sylvia piangeva e l'ebbrezza le faceva cadere le lacrime come piccole cascate dagli suoi occhi. Melissa si allungò barcollando, tirò Sylvia verso di sé e l'abbracciò stretta. Rimasero così per un po', sia per l'emozione che per l'effetto stabilizzante che l'abbraccio dava alle loro menti sfatte. Poi Melissa la baciò, e le loro fronti si toccarono, si guardarono negli occhi. "Sei molto meglio di me, piccola. Ti voglio bene."

Sylvia si ritrasse, come se all'improvviso si rendesse conto che mille occhi l'avevano colta in un momento imbarazzante. Poi vide che il bar aveva un numero notevolmente inferiore di persone rispetto a prima. Quando controllò il cellulare, scoprì che erano quasi le due del mattino. Pochi istanti dopo, le luci si accesero e il barista gridò che stavano per chiudere.

I restanti partecipanti alla festa iniziarono a fluire verso l'uscita come lo sciacquone del bagno.

Bill si alzò per sgranchirsi le gambe e Sylvia riportò la sua attenzione su Melissa. "Dammi un numero di telefono", disse.

"Quale? O uno qualunque? "

"Quello del tipo a cui hai rubato, dammi solo il suo cazzo di numero."

Melissa fece una smorfia, come per protestare, ma invece tirò fuori il telefono. Qualche istante dopo Sylvia stava chiamando.

"Non chiamare ora, cogliona!"

Sylvia fece cenno a Melissa di stare zitta mentre squillava il telefono.

Al quarto squillo, un uomo rispose. "Chi cazzo credi di essere?" ululò l'uomo.

"Rappresento Melissa Cayman. Mi sembra che sia debito con lei. "

"Mi deve tutto il sangue che posso far uscire dalla sua gola sottile."

"Vorrei trovare un patto che impedisca quel risultato", disse Sylvia, sorprendentemente sobria.

"E come cazzo pensi di farlo?"

"Mi è stato detto che la bottiglia valeva dodicimila. Lo raddoppierò in contanti. "

Ci fu una breve pausa prima che l'uomo parlasse, e Sylvia pensò di poter effettivamente sentire le rotelle nel cervello dell'uomo girare.

"Cinquanta e la vacca può tenersi il suo sangue."

"Affare fatto. Il denaro aspetterà te, o qualcuno di

tuo gradimento, alla reception del Ritz Carlton a Stockton. Sarà lì domani alle 17 sotto il nome di Matusalemme. Dopo il ritiro, confido che possiamo considerare la questione risolta. "

"Porta i soldi lì senza stronzate eccentriche, e abbiamo finito."

"Grazie, buona serata", disse Sylvia prima di terminare la chiamata.

Aveva impiegato ogni atomo della sua resistenza mentale per fare quella telefonata, e ora che era finita, il mondo aveva ricominciato a girare. Gli scintillii delle stelle filanti tracciavano nell'aria luminose linee circolari che sembravano un piatto di spaghetti al neon.

"Dove cazzo hai imparato a parlare così?" chiese Melissa.

"Non lo so nemmeno io", rispose Sylvia, "immagino che questo genere di cose assomigli più ai film di quanto pensassi."

Melissa chiamò la cameriera per farsi portare due bicchieri d'acqua. Mentre Sylvia fissava lo spazio sfocato, intravide Bill. Era in piedi con la testa sollevata. Sylvia non poteva vedere quello che stava guardando, ma lui improvvisamente la guardò e le fece cenno di avvicinarsi. Non sentendosi minimamente grado di muoversi, fece un gesto per dire no grazie, camminare mi potrebbe ammazzare. "No, Sylvia," rispose Bill. "Devi venire assolutamente qui. È molto importante".

Sylvia si alzò lentamente e iniziò l'eterna lotta per restare in piedi. Quando si fu avvicinata a Bill, gli mise un braccio sopra la spalla e si appoggiò a lui.

"Guarda lassù", disse.

Poteva vedere che Bill stava guardando un televisore sopra il bar. Il suono era acceso, ma la musica ancora riprodotta attraverso gli altoparlanti del bar rendeva difficile l'ascolto. Bill chiese al barista se poteva abbassare la musica, e quello fu obbligato, ma l'attenzione di Sylvia era già scemata e guardava lo schifo che copriva il pavimento del bar. Era contenta di non aver scelto di tenere l'evento nel suo appartamento.

"Sylvia, guarda," disse di nuovo Bill.

La notizia era arrivata e quelle immagini la fecero tornare sobria.

"Come abbiamo segnalato per tutta la notte, l'assassino Fragole è stato identificato."

La frase *Chi è Robert Kirkman?* Era scritta in sovraimpressione.

"Eh, fico," mormorò Sylvia.

Bill chiese: "Cosa?"

Ma poi, mentre la scritta scorreva, Bill non ebbe più bisogno di lei per rispondere alla domanda.

"Abbiamo anche parlato di Sylvia Kirkman, ritenuta la sorella di Robert Kirkman. Le autorità chiedono che se qualcuno sappia dove si trova, per favore lo riferisca immediatamente. La sua posizione attuale è sconosciuta. "

E lì, a riempire metà dello schermo televisivo, c'era una fotografia di Sylvia poco più che ventenne.

"Oh cazzo," disse Sylvia. Non in tono esasperato, ma in un modo che era come se tutto ciò che sapeva della sua vita fosse stato cancellato istantaneamente.

"Sylvia, cosa sta succedendo?" chiese Bill.

"Lo ero. Voglio dire, credo di esserlo ancora. Lo ero. Merda!"

Le gambe cedettero sotto il peso del suo stesso shock. Senza rendersene conto, era sul pavimento con Bill, Melissa e il barista che la guardavano dall'alto.

Guardando oltre la testa del barista, poteva ancora vedere la sua foto sullo schermo.

"Sylvia," disse Bill, "Stai bene? Cosa posso fare?"

Poi Melissa disse: "Se volevi i riflettori, bambola, avresti potuto semplicemente chiedere. Ora, rimettiti in sesto e spiegaci".

Bill aiutò Sylvia a rimettersi in piedi e poi a sedersi su uno sgabello. Il barista le porse un bicchiere d'acqua, che lei bevve avidamente.

"Sono nata Sylvia Kirkman, ma non ho un fratello."

"Beh, vedi, niente per cui alterarsi troppo" disse Melissa.

"Sei sicura? I tuoi genitori potrebbero avertelo tenuto nascosto?" chiese Bill.

"Non lo so. Immagino che chiunque sia in grado mantenere un segreto se lo vuole davvero. Ne sono la prova vivente. "

Si accasciò, guardando la propria faccia al telegiornale e chiedendosi dove avessero preso la foto.

"Sto per vomitare", disse.

"Tesoro," disse Melissa, dandole una pacca sulla spalla. "Mentre lo fai, controllerò il tavolo dei regali."

CAPITOLO TRENTAQUATTRO

Shelly si sentiva piuttosto soddisfatta di se stessa. Anche compiaciuta. Aveva mandato in onda il video; tutto progettato per sembrare in tempo reale. Aveva annunciato l'intervista e persino menzionato la sorella per creare ulteriore mistero.

Era stato difficile rintracciare una foto di Sylvia Kirkman. Non sembrava essere da nessuna parte in rete. Shelly aveva fatto delle telefonate ed era riuscita a scoprire alcuni nomi di amici che Sylvia poteva avere all'università, e poi era stata fortunata. Uno di quegli amici aveva scattato una foto con Sylvia molto tempo prima e l'aveva pubblicata sulla loro pagina Facebook. Un'indagine veloce e Shelly aveva ciò di cui aveva bisogno.

Quando qualcuno avrebbe trovato Sylvia o la città di Pleasure, Shelly sarebbe già stata lì, avrebbe ottenuto la sua intervista e avrebbe fatto arrestare lo psicopatico. Non solo la sua carriera avrebbe subito una svolta, ma sarebbe stata anche un'eroina. Ora tutto quello che doveva fare era accompagnarlo dai suoi genitori.

Gioco da ragazzi.

Chiese Jake di riportare il furgone in sede. Aveva protestato, ma lei aveva insistito sul fatto di sapere cosa stesse facendo.

Ora, mentre aspettava in fila per pagare la benzina, guardando l'auto a noleggio e vedendo l'assassino incrollabile e coraggioso seduto sul sedile del passeggero, ebbe la sua prima fitta di paura. Era dalla notte nella stalla che non aveva paura di Robert, ma ora si rese improvvisamente conto del suo autocompiacimento.

Ne valeva la pena?

Mentre prendeva il resto e tornava a pompare il gas, decise che era la cosa più stupida che si fosse mai chiesta.

Certo che valeva la pena.

CAPITOLO TRENTACINQUE

"Mi è stato detto che non passi ancora molto tempo con gli altri pazienti. C'è una ragione per questo, Robert? Ci sono persone molto carine là fuori. Lo so perché parlo con loro tutto il tempo. Un uomo ha bisogno di amici, Robert. "

"Un uomo ha bisogno di amici", ripeté.

"Esatto, gli amici e la famiglia sono molto importanti. Ci danno una ragione per vivere. Cavolo, una ragione per tutto, davvero. "

Gli avambracci di Robert erano coperti da spesse maniche elastiche per evitare ulteriori lesioni, ma comunque tentava di scavare.

"Vuoi una famiglia un giorno, Robert?"

"Quando sarò uomo. Un uomo ha bisogno di una famiglia", disse sorridendo.

"Beh, ora sei un uomo e penso che se continuiamo su questa linea, possiamo tirarti fuori da qui. Forse entro il tuo ventiduesimo compleanno. Che ne pensi, Robert?"

"Non lo so, dottore."

"Ti sei comportato molto bene nel corso degli anni, Robert. Penso davvero che abbiamo fatto grandi progressi per la tua guarigione. Non dai segni di comportamento violento da oltre otto anni, e questo è notevole."

"Quando fa male, cerco di ricordare cosa mi hai insegnato."

"Ciò è molto bene", disse il dottor Willis, quasi distrattamente mentre prendeva appunti.

Robert attese pazientemente.

Alla fine, il dottore parlò di nuovo. "Allora hai qualcosa in mente? C'è qualcosa che mi vuoi chiedere?"

"Crede davvero che potrei avere una famiglia, dottore?"

"Sì, Robert. Lo voglio davvero. Sei un giovane molto simpatico. Devi solo ricordare che quando esci, ci sarà sempre qualcuno che cercherà di intralciarti. Questa è la natura delle persone. Gli umani non sono molto gentili tra di loro. Ma ti meriti le stesse cose di qualsiasi uomo, Robert. Se vuoi una famiglia, non permettere a nessuno di ostacolarti. Vai per la tua strada e fallo. Alla fine, avrai ciò che desideri e di cui hai bisogno. Te lo prometto."

"Non permetterò a nessuno di intralciarmi."

"Giusto. Non lasciare mai che nessuno ti dica che non meriti ciò che ogni uomo merita. E sono proprio sicuro, Robert, sono proprio sicuro che quando raggiungerai i tuoi obiettivi, tutto ciò che annebbia la tua mente svanirà. Ricordi come abbiamo parlato del dolore che senti nella testa? Ebbene, quando gli uomini raggiungono i loro obiettivi, quel dolore viene sostituito da pura gioia".

"Grazie, dottore", disse Robert, sorridendo. Le sue labbra si estesero in un sottile orifizio ricurvo di gioia e soddisfazione.

Se il dottor Willis avesse prestato attenzione piuttosto che scrivere appunti, avrebbe potuto notare un luccichio negli occhi di Robert che prima non c'era. Il tipo di bagliore che si ottiene solo quando la mente capisce qualcosa in modo istantaneo e violento.

CAPITOLO TRENTASEI

L'alcol le stava giocando uno scherzo crudele. Nonostante ne avesse consumato in abbondanza, l'effetto
sedativo che il liquore di solito aveva su di lei che non
stava funzionando. Le ore passavano e Sylvia era seduta su uno degli sgabelli del bancone della cucina
cercando di capire cosa fare dopo. Metà del suo cervello voleva agire, ma l'altra voleva farle chiudere le
palpebre. La testa cominciava a pulsare. Il liquore non
l'aveva privata di quel meraviglioso effetto collaterale.

Erano le cinque del mattino, e ancora l'orologio
continuava ostinatamente a ticchettare.

Afferrò la boccetta e si mise alcune pillole in
mano, ma proprio mentre stava per buttarle giù con
del caffè tiepido, Bill la fermò.

"Sei sicura di volerlo fare?"

"Hai detto che non mi avresti fatto la morale per
le mie abitudini con la droga", disse, innervosita.

"Io non sono la narcotici", disse lui, "voglio solo
farti notare che questo potrebbe essere un momento
in cui essere lucida può servirti."

"Non mi trovi d'accordo, temo. Penso che questo
sia il momento ideale per entrare in coma."

"Quante ne hai lì?"

"Non lo so. Quattro. Che ne dici va bene prenderne due?"

"Affare fatto. Prendo io le altre due."

Bill prese due birre dal frigo e poi entrambi buttarono giù le loro pillole con quel drink da dopo sbronza.

"Odio tutto questo", disse Sylvia, "Ho bisogno di uscire di qui. Devo fare qualcosa in questo momento, piuttosto che stare seduta qui a non fare niente".

"Bene, il TG ha detto che i poliziotti volevano interrogarti. Forse dovremmo andare a loro e fargli risolvere la situazione"

"Dio, no. Non ne verrebbe nulla di buono. Pensa se scoprono della mia vita. Non so se hai lo hai già notato, caro, ma infrango un sacco leggi ".

"Hai ragione."

"Ci vorrà un po' di tempo per trovarmi, ma alla fine lo faranno. Ho intenzione di lasciare questo posto al più presto."

"Allora facciamo i bagagli."

"No, non ho bisogno di mettere niente in valigia. Tutte il necessario è già pronto. Posso essere fuori di qui in cinque minuti."

"E tutte le tue altre cose? Letto, sedie, vestiti, tutto".

"Sono solo oggetti. Ne posso prendere altri."

Si sedettero. Sylvia batté il piede così velocemente che anche un colibrì avrebbe avuto le vertigini se lo avesse guardato troppo da vicino. Ogni dieci secondi sospirava ad alta voce, come se stesse cercando di esalare tutto quello che stava impedendo al suo cervello di trovare soluzione perfetta. Tra i sospiri, stava trattenendo il respiro senza accorgersene, e la pelle le stava cambiando colore. "Ho bisogno di parlare con i miei genitori", disse bruscamente.

"A che ora li hai chiamati l'ultima volta?" chiese Bill.

"Circa un'ora fa, ma possono volerci giorni prima che controllino i messaggi. I miei genitori tendono a stare lontani dalla tecnologia. Non possiedono nemmeno una TV, quindi probabilmente non hanno la più pallida idea di cosa stia succedendo e chissà se i loro telefoni sono carichi".

Bill, probabilmente intuendo il suo bisogno di cibo, andò al panificio a prendere dei bagel. Era passato un bel po' di tempo dall'ultima volta che Sylvia aveva mangiato, e anche se le possibilità di vomitare erano alte, voleva provare a fare colazione.

Camminando per il soggiorno, controllava continuamente il telefono, anche se era certa di non essersi persa nulla. Si sentiva come se avesse di nuovo tredici anni, quando pregava che la sua cotta del momento dalla faccia brufolosa momento la chiamasse.

Quando Bill tornò, Sylvia si ficcò tre bagel pieni in gola prima ancora che lui avesse la possibilità di iniziare il suo primo. Saltò perfino il formaggio spalmabile. Con lo stomaco ormai pieno e minacciando passivamente di implodere, iniziò a battere il piede. "I miei genitori non chiameranno. Devo andare da loro", concluse, il cibo le fece prendere questa nuova decisione.

"Possiamo farlo. Vuoi che controlli gli orari dei voli sul tuo computer? La pagina dovrebbe essere pronta fra circa un'ora", disse Bill, cercando di alleggerire l'atmosfera con quella battuta.

"Non posso prendere un aereo. Se mi stanno cercando, non voglio lasciare traccia. E tu non vieni."

"Cosa vuoi dire che non vengo? Certo che vengo." Sylvia non aveva nemmeno preso in considerazione l'idea di portare Bill con sé. Era così abituata a occuparsi dei suoi affari da sola che non fece il salto mentale di considerarsi la compagna di Bill. Era in modalità sopravvivenza, ed era sempre stata una tipa solitaria, ma ora si chiedeva se sarebbe in effetti riuscita a sopravvivere meglio con dell'aiuto. Il concetto di squadra le era estraneo quanto il maiale mu shoo.

"A meno che tu non lo proibisca espressamente, verrò con te", disse Bill.

Sylvia fece un respiro profondo ed espirò lentamente.

"Ti voglio con me. Inoltre, ho bisogno della tua macchina. "

"Molto romantico."

"Zitto. Ti voglio con me. Ma incontrerai i miei genitori ed è possibile che io abbia un fratello che ci ucciderà tutti ".

"I genitori li so gestire. I fratelli assassini sono una novità, quindi improvvisiamo. "

Le avvolse le braccia intorno alla vita.

"Una novità anche per me", disse.

"Prendi la tua roba e poi ci fermiamo a casa mia così posso preparare una valigia."

"Dobbiamo passare anche dal Ritz."

"Ehm, ok. Perché?"

"Per salvare Melissa," disse Sylvia mentre si inginocchiava sul tappeto sul pavimento. Capovolse il tappeto polveroso e poi tirò su due assi che non erano inchiodate. Sotto il pavimento c'erano un borsone e una piccola sacca. Afferrò entrambi.

"Cos'è quello? Mi vuoi dire anche che sei una specie di spia adesso? "

"Soldi e passaporti. Alcune patenti di guida. Non sono una spia. Semplicemente non uso le banche ".

Bill la guardò con soggezione mentre prendeva dal borsone pile di denaro avvolte con elastici e le metteva in una vecchia scatola di Amazon prima di chiuderla con del nastro adesivo. Poi, con un pennarello indelebile nero, scrisse Matusalemme in alto.

"Quanti sono?"

"Cinquantamila. Lo lascio alla reception del Ritz in modo che Melissa non venga picchiata. "

"Pensavo avessi detto che nessuno è stato mai davvero picchiato."

"Potrei aver fatto qualche errore di valutazione," ammise Sylvia.

"Quanto è rimasto nella borsa?"

"Più o meno lo stesso."

"Santo cielo, Sylvia! Sei riuscita a risparmiare centomila dollari? "

"Oh dio, no. Si tratta solo di questa borsa. Fammi un favore. Nel mio armadio ci sono un mucchio di scatole di scarpe su uno scaffale. Portami quella pesante, ok? "

Bill fece come gli era stato chiesto, e pochi istanti dopo tornò con una scatola con la scritta Sketchers stampata sul lato. Tolse il coperchio ed emise un bagliore estremo.

"Quanto costa?"

"Settantacinque, credo."

Mise la scatola sul tavolo e si sedette su uno sgabello da bar, poi la guardò mettere insieme tutto in ordine. Quando ebbe finito, aveva una borsa da viaggio picna di soldi, uno zaino pieno di vestiti e articoli da toeletta e una vecchia scatola di Amazon sotto il braccio.

"Sono pronta", disse, "ma potresti portare quella piccola borsa vicino alla porta.

"Cosa c'è qui?"

"Questa è la mia borsa di emergenza. Te lo racconterò più tardi. "

"Quella roba è uno degli spettacoli più sorprendenti che abbia mai visto", disse Bill. "Non voglio essere scortese, ma lo chiederò comunque. Quanto vali al momento?"

"Poco più di trecentocinquantamila, dopo aver lasciato questa scatola."

"Come è possibile?" chiese, calmandosi.

"Lavoro quasi costantemente e vivo in modo frugale. Comunque, ho a malapena il tempo per spendere qualcosa. Il mio compenso è elevato e spesso i clienti danno ottime mance. Il piano era sempre quello di fare un milione e poi ritirarsi. Questo è quello che mi aveva insegnato Melissa. "

"Beh, devo confessarti che il tuo ragazzo è un povero."

"Il mio ragazzo. Sembra così strano a dirsi. "

"Non avrei dovuto dirlo?"

"No, mi piace."

"OK, bene", disse Bill. Poi, appena prima di chiudere la porta, chiese: "Sei sicura di non aver bisogno di nient'altro?"

"Sono sicuro. Non c'è niente lì dentro, tranne il DNA, che è collegato a me. Metti la chiave nella ciotola e chiudi la porta. Non torneremo più qui. "

"Sembra triste in un certo senso", disse Bill.

"Beh, amore, fai tu il sentimentale per tutti e due. Io ho la testa impegnata."

Bill lasciò cadere la chiave nella ciotola, che tintinnò e poi cadde a terra. Pensò per un momento di raccoglierla, ma poi lo lasciò lì; aspettando il giorno in cui qualcun altro la avrebbe trovata.

CAPITOLO TRENTASETTE

La mattina approcciò Harry di soppiatto pugnalandolo al petto. Non aveva dormito molto, ma aveva ancora abbastanza fiato mattutino da sentirsi offeso. Mentre usciva dal letto dolorante, il ginocchio si fece notare. La sua tregua dal dolore era sicuramente finita.

Il telefono squillò,

Harry si aspettava quella chiamata e sarebbe stato uno sciocco a non farlo. Lasciò suonare il telefono sette volte, poi i trilli smisero, e l'apparecchio impiegò solo mezzo minuto per ricominciare a suonare.

La campana suona per te, Harry Bland.

"Harry, ti ho tirato fuori dalla doccia o qualcosa del genere?" chiese Jasper.

"Ti stavo solo ignorando."

"Bene, allora, immagino tu sappia che ho delle brutte notizie."

"Immagino di sì. Vai avanti."

"Non ti indorerò la pillola, Harry. Sei stato rimosso dal caso. "

"E quindi?" Chiese Harry.

"E potrebbe essere un buon momento per pensare alla prossima fase. Esci e vivi un po', no? Magari prenditi una vacanza. "

"Vuoi dire andare in pensione, trovare un buco, rannicchiarmici il più comodamente possibile e morire."

"Andiamo, Harry, non fare così. L'idea non mi piace più di quanto piaccia a te. "

"Ah, davvero? Non pensi che magari potrebbe avere un effetto leggermente peggiore su di me che su di te? Mi hai rubato il lavoro, Jasper, non provare a prenderti anche la mia miseria. "

"OK. So che non è facile, ma avrai la pensione completa. Trova un hobby, Harry. "

"Oh vaffanculo, Jasper," disse Harry e riattaccò. Stava diventando una persona più assertiva, ma ancora non abbastanza da restare a vedere come si reagiva a un fanculo.

Si appoggiò allo schienale della poltrona, il caldo abbraccio che ne ricevette fu meno confortante del solito. In quel momento, non sapeva esattamente come sentirsi, figuriamoci cosa fare. Gli venivano in mente i vecchi cartoni animati di Wyllie il coyote, quando lui correva fino al bordo di una scogliera, si fermava sul bordo senza cadere come lo spettatore si aspettava, ma poi il pezzo di roccia dietro di lui cadeva e veniva lasciato su una roccia a mezz'aria. Un enorme pezzo di roccia era appena caduto dietro Harry, e ora gli toccava prendere delle decisioni serie.

Qualcuno bussò alla porta – rumorosamente.

Perché l'universo non può lasciarmi da solo?

"Non sei ancora vestito." Disse Love, spingendolo oltre nel momento in cui girò la maniglia.

"Tecnicamente non sono neanche nudo."

"Sai cosa intendo. Dovresti essere pronto a partire adesso. Raccogli le tue cose. "

"Partire? Per andare dove? Sono appena stato licenziato. Non c'è nessun posto dove andare. "

"Certo che sei stato licenziato, cos'altro poteva succedere? Sapevi che sarebbe andata così, quindi hai avuto tutto il tempo per prepararti. Adesso smettila di crogiolarti nel dolore e prendi le tue cose. "

Non sapendo perché, Harry iniziò a riempire i bagagli con i suoi vestiti sporchi. Voleva semplicemente lasciare che tutto rimanesse dov'era e rannicchiarsi sulla poltrona. Voleva lasciare che le ore passassero e non muoversi di un centimetro. Perché stava facendo i bagagli adesso? Dove stava andando?

Quando iniziò a fare le valigie, Love fermò.

"Lascia quelli. Non ci servono e comunque ne ho delle copie. Un paio di agenti saranno qui tra un'ora o due per pulire la stanza, quindi buttali per terra. "

"Dove stiamo andando?" chiese, riempiendo la sua seconda borsa.

"Pleasure, Wisconsin."

"Che diavolo c'è là?"

"Fragole, molto probabilmente. O immagino che dovrei chiamarlo Robert Kirkman adesso. "

"E come fai a saperlo?"

"Harry, c'è una ragione per cui Nicky, Slick e io siamo stati scelti dal Distretto. Possiamo trovare tutto ciò che può essere trovato con un computer, il che può essere abbreviato così: possiamo trovare qualsiasi cosa. È come un gioco in cui siamo però davvero molto bravi. L'ufficio è impegnato a controllare i media. Non faranno niente finché non saranno sicuri che le informazioni della giornalista siano legittime. Sono sicuro che Pleasure sia già sul loro radar, ma abbiamo un paio di giorni prima che arrivino."

"E non pensi che dovremmo dirglielo?"

"No, non credo assolutamente che dovremmo dirglielo. Non sei l'unico che non ha catturato il tizio, Harry. Nemmeno io l'ho fatto. Inoltre, rischiano di riempire la città di gente in giacca e cravatta e spaventarlo. Prendiamo noi lo stronzo e ce ne usciamo con il botto."

Harry aveva dei dubbi. C'erano mille ragioni per cui l'idea di Love era la peggiore possibile, eppure tutto ciò a cui Harry riusciva a pensare era: "OK".

"Questo è tutto? OK?"

"Sì, andiamo a prenderlo."

"Bene. Mi aspettavo più resistenza", disse. "Mettiamoci alla guida ".

"Non vuoi andare in aereo?"

"No. Sono abbastanza sicura che quella giornalista lo stia portando lì. Non ho alcuna prova, solo un'intuizione. Non sono sicura di quando se ne siano andati, ma se abbiamo fortuna, forse possiamo prenderli prima ancora che arrivino a Pleasure. "

Harry indossò una delle sue nuove camicie e un paio di jeans. Poi stipò il resto della sua roba nell'ultimo spazio rimasto nella valigia".

"OK. In marcia. "

"In marcia? Mi fai ridere, Harry. "

"Immagino sia una cosa negativa, giusto?" chiese.

"È carino. Andiamo."

Con la porta chiusa, Harry girò a destra verso l'ingresso del motel, ma Love gli mise una mano sulla spalla.

"Non da questa parte. Ti hanno già dato una macchina. Ho parcheggiato sul retro. "

"Ad un certo punto, probabilmente dovremo discutere del fatto che non sono più un agente dell'FBI e che questo è del tutto illegale", disse Harry.

"No, non lo sappiamo, perché so già tutto questo. L'illegalità dipende esclusivamente dall'essere scoperti, Harry. Non farai nulla che possa metterti nei guai. Sei solo un mio consulente molto speciale. "

Quando arrivarono sul retro del motel, Harry intravide la macchina di Love. Era enorme. Era imponente. Era un Hummer color azzurro polvere.

"Oh mio Dio," mormorò Harry.

"Temo di no. Questo Dio è il mio. Non è adorabile? "

"Non ho parole", disse, "sono sorpreso perfino che i tuoi piedi tocchino i pedali. E non vedo come saremo poco appariscenti in quella cosa. "

"Ho tracciato un percorso fuori città che eviterà la polizia. Una volta che siamo su strada aperta, non sarà più importante. Ora entra. "

Love mise il suo piccolo corpo al posto di guida con grande agilità. Harry guardò semplicemente il colosso, con le sue ruote bianche e la griglia che poteva solcare lo spazio e il tempo.

"Entra!" gridò di nuovo.

Harry non era affatto convinto che il Wisconsin fosse il posto giusto in cui essere in quel momento, ma non aveva la più pallida idea di cosa avrebbe fatto altrimenti. Gettò le sue borse sul sedile posteriore, se si poteva chiamarlo un sedile, e entrò lui. stesso. Il suo ginocchio ridacchiò, ormai divertito dal dolore al punto che non poteva fare altro.

Il rombo del motore si fece sentire per il vicolo,

andando avanti e indietro come e sprizzando testosterone. Le piccole mani di Love afferravano l'enorme volante come un topo che afferra del groviera. Poi, solo pochi minuti dopo, erano sulla strada, lasciatisi dietro Hennington e gettandosi a capofitto in una storia sconosciuta.

CAPITOLO TRENTOTTO

Larry e Simon avevano lavorato sei anni prima di potersi permettere un proprio camion. Quando arrivò quel giorno, fu come ricevere un pompino la mattina di Natale. Era di un rosso brillante e metallico, e il tetto scintillava come stelle nel sole pomeridiano. L'avevano chiamata Rosalita per via della canzone di Springsteen, ed era come una casa per loro.

Ora, era solo una pallida ombra del suo antico splendore. Il rosso che una volta aveva brillato ora era tutto sbiadito come se qualcuno ci avesse passato su una levigatrice. L'ornamento del tetto a forma di aquila che Larry aveva comprato su misura era rovinato, e così sciolto al sole che a volte girava nel verso sbagliato e lo guardava fisso.

Non avevano molto tempo prima di arrivare a destinazione, ma Larry aveva un disperato bisogno di allungare leggermente le gambe. Simon russava sul sedile accanto a lui. Quei lunghi viaggi non sembravano mai disturbare suo fratello. Da quel punto di vista, Simon era un camionista di gran lunga migliore di Larry.

Una volta che Simon si era addormentato, Larry

aveva bandito le stazioni radio di musica rock di suo fratello, per dedicarsi ai canali cristiani. Ascoltava la trasmissione da un paio d'ore, ma solo di recente l'argomento aveva iniziato a interessarlo.

"Dio dà a tutti noi un dono, ed è nostro compito usarlo per promuovere il suo scopo", stava dicendo il predicatore. "Se sperperiamo questo dono, non stiamo adempiendo la volontà di Dio".

Larry allungò la mano e diede una pacca sulla spalla a suo fratello. "Ascolta questo", disse.

Sentendo la voce del predicatore, Simon disse: "Oh andiamo, Larry, non è nemmeno domenica".

"Ascolta solo di cosa stanno parlando", gli disse Larry.

"Forse non sai ancora qual è il tuo dono, ma ti prometto che Dio te ne ha dato uno", predicò il prete. "Il tuo dono è il tuo scopo. Trova il tuo scopo e la tua vita avrà un significato. "

Simon adesso era seduto, completamente sveglio e in ascolto.

"Il tuo scopo è il tuo biglietto d'entrata per la terra promessa. Realizza il tuo scopo, e le porte del paradiso si apriranno, e Dio ti aspetterà dall'altra parte – con le braccia spalancate ".

Il sermone continuò, ma l'argomento si spostò su qualcosa di meno interessante per Simon, così si rifiutò di continuare a sentire e affrontò suo fratello. "Dice che il nostro dono è il nostro scopo".

"Esatto", disse Larry.

"Il mio dono era quello di disegnare cose. Ti ricordi? Ero davvero bravo a disegnare. "

Larry se lo ricordava bene. Simon disegnava tutto il tempo quando erano ragazzini, ed era bravo. Molto realistico.

"Sì, certo che ricordo. Quand'è stata l'ultima volta che hai disegnato qualcosa?" chiese.

"Sono passati anni. Almeno dieci. Questo è il mio problema. Non sono mai stato bravo in niente quanto lo ero nel disegnare immagini, e ora non lo sono più. "

"Perché non disegni più?"

"Non lo so. Ha smesso di divertirmi, immagino. Ma secondo il predicatore, non sto realizzando il mio scopo nella vita, e non entrerò nemmeno in paradiso. "

"Non so se intendesse questo. Ci sono molte cose che puoi fare nella tua vita ".

"Lo so, ma è lo stesso discorso di quella vecchia cameriera di prima, e di come viene pagata. Se non avessimo consegnato questo carico, lo avrebbe fatto qualcun altro. Quindi tutta questa guida non può essere il mio scopo. Ma ne ho uno, poco ma sicuro. "

Simon bevve un lungo sorso da un Gatorade caldo e poi lasciò cadere la bottiglia per terra. "Anche senza il predicatore", continuò, "lo sento che tutti abbiamo una cosa da fare. Non credo che disegnare sia la mia cosa, ma non so che altro sia. Forse non è così ovvio. Non tutti devono per forza avere qualcosa di ovvio come disegnare. O sì?"

"Suppongo di no", rispose Larry.

Rimasero seduti in relativo silenzio per un bel po', entrambi pensando al motivo per cui erano vivi.

Larry mangiava semi di girasole e sputava i gusci in una tazza mentre suo fratello dormiva, e anche se sapeva che Simon odiava quel suono, continuò. Suo fratello era troppo preso dai suoi pensieri per accorgersene.

"Ecco cosa penso," disse Larry, sputando un altro guscio e mancando completamente la tazza. "Non tutti noi possiamo avere il grande scopo di cambiare il mondo. La maggior parte di noi lascia solo un piccolo segno in questa vita. Penso, tuttavia, che ogni piccolo segno contribuisca ad aiutare altre persone che cambieranno le cose ".

"Cosa intendi?"

"È come rovesciare i domino. Potresti non avere un grande scopo, ma qualunque cosa sia potrebbe portare qualcun altro a fare qualcosa di veramente grande. Forse il nostro carico aiuterà qualcuno che cura il cancro, o qualcosa del genere. "

"Come quel film sulla farfalla che abbiamo visto quella volta!"

"Sì, proprio così."

Larry portò il camion in una stazione e parcheggiò in una delle pompe di benzina. "Fai il pieno mentre io faccio pipì", disse, "Poi tocca a te. Saremo a destinazione tra cinque o sei ore. Dopo possiamo scaricare, essere pagati e tornare a casa."

Larry dovette chiedere all'impiegato la chiave del bagno. Era attaccata a una corda e alla fine c'era un grosso pezzo tavola. Incise nel legno c'erano le parole: Se rubi questo, possa Dio avere pietà della tua anima.

Dopo che il suo da fare fu concluso, Larry restituì la chiave. "Avrà ancora pietà?" chiese all'impiegato.

"Che cosa?"

"Niente", disse, e tornò al camion.

Di nuovo in viaggio, Simon cambiò la stazione radio appena possibile. Trovò una buona stazione di rock classico e ha tenne il volume basso. Larry era stanco, ma non voleva dormire così vicino alla fine del viaggio. Appoggiò la testa all'indietro e sentì le gomme girare sotto di lui.

"Ancora non funziona", disse improvvisamente

Simon, portando Larry fuori da un sogno ad occhi aperti.

"Di cosa parli?"

"Quello che hai detto prima, sul nostro carico che porta a qualcosa di grosso."

"Oh?"

"Sì, ricorda che ho detto che se non avessimo trasportato questo carico, lo avrebbe fatto qualcun altro. Quindi qualcosa del genere non può essere il nostro scopo."

"Beh, non lo so proprio allora, fratellino, era solo un esempio."

Larry decise allora che forse sarebbe stata una buona idea chiudere gli occhi, dopotutto. Mentre tornava alla cuccetta, poteva ancora sentire Simon parlare da solo.

"No, non funziona affatto", stava dicendo, "dev'esserci qualcosa, però. Qualcosa che dobbiamo fare al posto giusto e nel momento giusto."

Simon aprì una lattina di bibita alla fragola e questa gli esplose sulla mano. "Sì, deve essere così," disse, asciugandosi quel pasticcio appiccicoso sulla sua maglietta.

CAPITOLO TRENTANOVE

Le ruote della Civic scivolarono nella ghiaia sul ciglio della strada per la quarta volta mentre Sylvia prestava più attenzione alla radio che al fatto che l'auto fosse o meno effettivamente in carreggiata. Sterzò troppo, girò la ruota troppo bruscamente a sinistra e colpì quasi una vecchia Cadillac nella corsia in direzione ovest.

"Mi lasceresti cercare una stazione radio, per favore?" disse Bill.

"Ho detto no! Sono in controllo, e qui fuori c'è davvero poco da colpire con la mia macchina. Siamo nel bel mezzo del nulla. "

"Eppure, hai *quasi* colpito molte cose."

Ignorò il suo spazientirsi. Le stazioni radio perdevano segnale ogni cento miglia circa, e poi ne impiegavano altre venti solo per trovarne una nuova decente. Il lettore di Sylvia CD si era rotto entro un'ora dall'inizio del viaggio, mentre finiva il suo mix preferito anni '80. Bill aveva difficoltà a mascherare la sua gioia per la perdita del disco, e poi continuò a darle del filo da torcere per non essere entrata nell'era digitale come tutti gli altri. Aveva un sacco di musica sul telefono, ma era tutta lamentosa faux-folk rock cantata da hipster in papillon.

Alla fine, trovò una stazione che trasmetteva musica alternativa moderna e decise che per ora andava bene. Quando si era seduta e messa in piena modalità di guida, vide davanti a sé tutto ciò che aveva già visto per ore – il nulla. Una mosca domestica aveva più personalità di questa strada.

"Allora, rispondi alla domanda", disse Bill.

"Sono difficili da spiegare. Hanno tenuto alto un muro intorno a me crescendo. Non mi è mai stato permesso di uscire con gli amici a meno che non fossero presenti degli adulti. Ma non ero solo io. La maggior parte dei ragazzi della mia scuola ha avuto gli stessi problemi con i genitori. Potevamo andare a casa degli altri, ma venivamo sempre osservati da vicino. La mamma restava a casa la maggior parte del tempo. I miei nonni le hanno lasciato un gruzzoletto piuttosto succulento, quindi ha sempre fatto quello che voleva. Per lo più roba per la comunità. Pleasure ha molti club di beneficienza e cose del genere. Mia madre ha fatto tutta quella merda."

Le visioni della sua casa d'infanzia danzavano nella sua testa mentre si dirigevano a velocità costante verso il Wisconsin. Erano in viaggio da dodici ore e Sylvia voleva farne sedici prima di fermarsi per la notte, ma i suoi occhi si stavano facendo pesanti. "Dobbiamo fermarci e stiracchiarci e poi puoi guidare nelle ultime quattro ore."

Non sapevano quanto tempo sarebbe passato prima che fossero arrivati ad un'altra stazione di servizio o ad una piccola città, quindi Sylvia si limitò a fermare la macchina sul lato della strada e a parcheggiare, le gomme che scivolavano sulla ghiaia mentre premeva troppo velocemente il freno.

Scese dall'auto e allungò le braccia al cielo. Il sole stava tramontando in lontananza, e questo dava al paesaggio grigio una bellezza che prima gli mancava. Inalò profondamente e l'aria era così pura che i polmoni le facevano un po' male. Si sentiva in fibrillazione ora che era scesa dall'auto, e così si prese del tempo per camminare con calma verso il lato del passeggero.

Lei e Bill si incrociarono sul retro dell'auto, unendo le mani mentre passavano, ma proprio mentre le dita di Bill si allontanavano dalle sue, Sylvia gli afferrò la mano e lo tirò a sé. Con un unico movimento, gli saltò sul tronco e lo attirò tra le gambe.

"Non pensi che dovremmo tornare a guidare", chiese Bill, afferrando contemporaneamente parte della sua maglietta.

Incrociò le gambe dietro di lui e lo avvicinò mentre lui le tirava la camicia sopra la testa.

La sua pelle aveva il colore del fuoco e odorava di menta piperita.

"Non credo che tu sia nella posizione di discutere", disse, calciandogli leggermente i fianchi e spingendolo all'azione.

La prese sul baule, il colore della loro pelle passò gradualmente dall'arancione al viola con il tramonto.

"Quanti?"

"No, non rispondo a questa domanda. Sai qual è il

mio lavoro, quindi sai che il numero è ovviamente grande. Dubito di saperlo io stessa ", disse Sylvia.

"Non voglio che conti i tuoi clienti. Solo le persone nella tua vita personale. Andiamo, ogni coppia si fa questa domanda a un certo punto "disse Bill, determinato.

"Non vuoi che conti i clienti? Quindi il sesso con loro non è reale? "

"Voglio sapere di quelli che hanno significato qualcosa per te."

"Ebbene, questo ne escluderebbe anche paio dalla mia vita personale", disse ridendo.

"Sai cosa intendo."

"OK, allora sette."

"Sette?"

"Sì, sette."

Poi Bill disse: "Non sono poi molti".

"Perché? Con quante sei andato a letto tu? "

"Di più."

"Quante?"

"Trenta," disse Bill con trepidazione.

"Wow, tesoro, sei una specie di puttana."

Bill ne rise, i suoi occhi non lasciavano mai la strada, era un tipo responsabile. Le piaceva guardarlo di profilo. Non aveva il mento scolpito di un eroe dei fumetti, ma aveva una bellezza delicata ma virile che le faceva venire la pelle d'oca. Il tipo di sguardo che le faceva venire voglia di allungare la mano e accarezzarlo come un coniglio in un negozio di animali.

"Sai, non ho perso la verginità prima dei miei diciannove anni", disse lei.

"Wow, non l'avrei detto."

"Sì, la maggior parte delle persone che scoprono

cosa faccio per vivere presumono che abbia iniziato a fare sesso fin dal grembo materno, ma come ho detto prima, ero molto protetta. Non c'era alcuna possibilità di fare qualcosa del genere. Sono stata a malapena in grado di dare qualche bacio mentre crescevo. Tommy Mindleton mi ha toccato con le dita sotto le gradinate di un campo di football: è stata la cosa più sessuale che mi fosse mai capitata." Bevve un sorso d'acqua dalla bottiglia e continuò. "Quando avevo diciotto anni, ho deciso di uscire da Pleasure e conquistare il mondo, e quasi nello stesso momento ho deciso di perdere la verginità prima di andarmene. Non volevo affrontare il mondo senza essermi procurata la conoscenza carnale."

"Allora, hai sorteggiato un nome da un cappello?"

"No, ho scelto il vicino di casa che aveva una cotta per me da quando eravamo bambini. Da quando l'ho baciato sulla guancia quando mi ha regalato una margherita, sapevo che sarebbe stato lui, credo. Per tutto quello che mi era successo in quella prima parte della mia vita, lui è sempre stato lì. Non siamo mai stati migliori amici, ma era sempre presente quando avevo bisogno di lui. Gli piaceva spiarmi attraverso un buco nel nostro recinto".

"Sembra inquietante."

"No, era la cosa più innocente del mondo. Era dolce. Così, pochi giorni prima di partire, mi sono avvicinato e gli ho detto cosa volevo fare. Abbiamo trovato un bel posto nel bosco e ha organizzato un picnic. Ha portato un panno a scacchi bianchi e rossi e tutto il resto. Dopo aver mangiato i panini, mi è saltato addosso e ha iniziato a muovere il suo corpo dentro di me. Non ci è voluto molto e non ho sentito dolore come mi era sempre stato detto che sarebbe successo." Sylvia chiuse gli occhi e si ricordò della faccia goffa che aveva dopo che ebbe finito.

"Si chiamava Cody", ha continuato, "e per i due giorni successivi mi ha seguito ovunque andassi. Alla fine, ho dovuto essere un po' cattiva con lui per farlo smettere. Mi sento ancora male per questo, ma non mi lasciava mai sola. È stato allora che ho capito il potere che possiedo tra le gambe, e non l'ho mai dimenticato. Un mese dopo, sono andata in autostop fino a San Francisco."

Bill lasciò che la fine della storia aleggiasse e presto il momento per ulteriori discussioni tra loro fu passato. La mente di Sylvia vagò mentre osservava la nera selva fuori dal finestrino e pensava al dolce sorrisetto di Cody.

Poi Bill la svegliò da un sonno in cui non si era accorta di essere caduta.

"Ho appena scelto questo motel. Soprattutto perché è l'unico motel."

"Tutti i motel sono uguali. Scommetto che questo ha paradiso o oasi nel nome, non è vero?"

"In realtà si chiama Whisper Falls Inn."

"Abbastanza vicino."

Il Whisper Falls Inn aveva altri tre veicoli nel parcheggio oltre al loro. Uno probabilmente apparteneva al ragazza della reception che potevano intravedere dalla la finestra dell'ingresso e che già li salutava, e un altro sembrava come se non fosse stato spostato da anni.

Dentro c'era un odore che quasi li portò a coprirsi il naso, ma nessuno dei due sapeva da cosa potesse essere emanato. La donna dietro il bancone sembrava abbastanza amichevole, ma il suo entusiasmo calò di brutto quando notò la loro reazione all'odore

Cercando di alleggerire l'atmosfera, Bill disse: "Allora, dove sono le cascate, signora?"

"Come, scusi?" lei chiese.

"Non importa. Vorremmo una stanza per favore."

"Assolutamente, signore, qualche preferenza sul tipo?"

"Ce n'è una buona?" chiese Sylvia.

"Beh, io ho un debole per la tredici. A volte ci passo un po' di tempo."

"Ok, allora", disse Sylvia, "te la lasciamo. Che ne dici del fortunato numero undici? "

"Nessun problema, signora."

"Ehi, in che stato ci troviamo?" Chiese Sylvia all'impiegata.

"Lei è nel grande stato del Nebraska, signora, ma proprio per un pelo. Il confine con l'Iowa è a sole dieci miglia in quella direzione", disse l'impiegata, indicando il muro accanto a lei.

"Cavolo, abbiamo fatto molta strada", disse Bill.

"Da dove venite, gente, se non vi dispiace che ve lo chieda?"

"San Francisco." Disse Bill.

"Oh. Oh," la giovane ragazza disse esasperata, "Sei gay?"

Sylvia rise, "Sì, cucciola, lo siamo entrambi." Prese la chiave dal bancone, fece l'occhiolino seducente all'impiegata e poi seguì Bill fuori dalla porta. "Scommetto di essere la prima lesbica che abbia mai visto."

"Non dimentichi mai la prima", disse Bill.

C'era solo un piano, ma per qualche motivo le stanze non erano numerate nel solito ordine. Erano tutte sparse, e Bill e Sylvia avevano difficoltà a trovare il numero undici. Alla fine, scoprirono che era il più vicino all'atrio e dovettero muovere la chiave in ogni modo per aprire la porta.

"Ti dirò questo, Bill amore mio, sto controllando se ci sono spioncini in bagno. Quella gallinella era davvero ambigua."

Bill si sedette sul lato del letto più vicino al muro e si stava togliendo i calzini.

"No, questa è la mia parte", dichiarò.

"Perché?"

"Dormo sempre sul lato più lontano dal telefono. È più comodo perché tutti dormono dall'altra parte per sentire la sveglia."

"E non significa niente il fatto che io mi sia seduto qui prima?"

"No", disse sorridendo. Quando Bill si alzò e andò dall'altra parte del letto, lei gli diede un bacio veloce e una pacca sul sedere. Si sedette nello stesso punto che Bill aveva precedentemente occupato e iniziò a spogliarsi. Quando fu in mutande, allungò una mano e afferrò la maglietta che Bill si era appena tolto e se la fece scivolare sopra la testa. Bill non era un omaccione, ma la sua camicia le faceva da poncho.

"Stai bene con i miei vestiti."

"Sì, stanno proprio bene." Sylvia si accoccolò nel letto come meglio poteva, aspettando che Bill si sdraiasse e la abbracciasse.

Aprì il cassetto del comodino e vi mise il portafoglio, l'orologio e le chiavi. Poi tirò fuori la Bibbia dall'interno.

"Che ne dici di ricevere l'illuminazione prima di andare a letto?"

"Mettila via. Quella cosa non mi è mai piaciuta."

Bill gettò di nuovo il libro nel cassetto e lo chiuse, poi spense la luce. Si accoccolò con il suo corpo a cucchiaio contro di lei, le braccia lasciate cadere delicatamente sul suo busto. Qualche istante dopo, Sylvia poteva sentire il suo coniglietto russare e, come sempre, si mise a dormire.

CAPITOLO QUARANTA

Ci vollero solo pochi chilometri di strada aperta perché Harry iniziasse a capire il fascino dell'Hummer. Anche da passeggero, poteva sentire la potenza della macchina scorrergli nelle vene mentre sfrecciavano lungo l'autostrada.

La potenza del veicolo non era l'unica forza che stava influenzando Harry. La pura adrenalina che deriva dall'impostare una rotta verso un potenziale pericolo gli faceva venire la pelle d'oca. Era spaventato, ma l'attesa attenuava la paura. Tentava di tanto in tanto di sedersi e rilassarsi, ma era inutile. "Sono gasato", disse a Love, incapace di tradurre ciò che sentiva in parole migliori.

"Certo che lo sei. Hai trovato te stesso", rispose.

Quelle erano parole migliori.

"Ho sentito una voce che ti stai per ritirare", disse Harry.

"Sì. Stiamo gettando la spugna."

"Non credo di averti mai chiesto quanti anni hai."

"Ventisette."

Maniaco.

"Com'è che puoi andare in pensione a ventisette anni? Non hai bollette da pagare?"

"Posso andare in pensione perché ho due milioni di dollari nascosti, guadagnati raccogliendo interessi. Non potrei guadagnare così tanto neanche se lavorassi tutta la mia vita per il Distretto."

"Due milioni! Perché mai hai accettato il lavoro allora? "

La mascella di Harry era ancora aperta quando Love iniziò la sua storia. Due milioni di dollari erano quasi osceni.

"Slick, Nicky, e io guadagnavamo giocando in borsa quando eravamo ancora matricole al college. Siamo stati bravi e siamo stati fortunati ad uscire prima che tutto crollasse. Pensavamo di lasciare l'università e di andare in spiaggia da qualche parte, ma a quel punto eravamo tutti entrati in medicina legale. Eravamo davvero coinvolti nell'intrigo, capisci? Così, siamo rimasti a studiare come dei bravi bambini piccoli, e un giorno l'FBI bussò alla nostra porta. Non potevamo perdere l'occasione di vedere cosa c'era dietro il sipario. "

Love raggiunse la consolle centrale, tirò fuori una sigaretta e l'accese. "Ne fumo due al giorno. So che è terribile. Non odiarmi. Fumavo molto di più e smettere del tutto non funzionava. Alla fine, ho scoperto che due era il numero magico. "

Harry disprezzava il fumo, a dire il vero, ma era in qualche modo sexy quando Love lo faceva.

Continuò, "Comunque, il brivido è ormai morto, come si suol dire. È ora di qualcosa di nuovo."

"Tipo cosa?"

"Non ne sono sicura. Forse qualche grande avventura. Forse ingrassare e non lasciare mai il divano. Molto probabilmente, una via di mezzo."

Guidarono per ore, cantando insieme le canzoni belle e prendendo in giro quelle brutte. La strada non finiva mai, eppure erano determinati a dimostrare che prima o poi si arrivava. Harry ripensò alle ultime settimane, chiedendosi se avesse commesso degli errori e sognò una vita perfetta.

"Cosa faremo quando lo vedremo?" chiese Harry. Sapeva fin dentro le viscere che la storia sarebbe finita a Pleasure. Non era sicuro di cosa aspettarsi, ma mentre si avvicinavano, sapeva che lì lo attendeva il gran finale di questa parte della sua vita.

"Arrestarlo. Sparargli. Ucciderlo", disse, scandendo ogni frase.

Harry perse la cognizione del tempo mentre il rombo dei motori dell'Hummer lo fece addormentare. Sognò di essere di nuovo un bambino, del suo matrimonio fallito, e del sesso. Poi si svegliò con un forte sbuffo che fece ridere Love.

Avevano guidato miglia e miglia e miglia.

"Parlami dei Blue Bloods", fisse.

"Cosa vuoi sapere?"

"Beh, sono sicuro che tu sappia che ci sono molte voci."

"Vuoi dire il fatto che mi scopo costantemente i miei fratelli?"

Harry aveva bevuto un sorso d'acqua e quasi soffocava.

"Voglio dire, presumo che non sia vero, ma non si sa mai, immagino."

"Ti scioccherebbe se dicessi di sì? Ti ecciterebbe? Te lo farebbe ammosciare?"

Perché hai tirato fuori l'argomento, stupido stronzo?

"Non so come rispondere."

"Rilassati, Harry, ti sto solo prendendo per il culo. Sei troppo facile da prendere in giro! Non sono miei fratelli. Sono figlia unica. Siamo solo andati a scuola insieme e ci siamo conosciuti grazie a interessi comuni, proprio come chiunque si incontri a caso".

"Oh, va bene. Ci sta," disse Harry, anche se lasciò che l'argomento rimanesse sospeso nell'aria.

"Vuoi ancora sapere se ci scopiamo a vicenda, vero?"

"Già", disse sorridendo.

"No, non lo facciamo. Ho fatto sesso con Slick una volta dopo il nostro primo incontro, ma non ha funzionato. Il suo nome è Brian, comunque. Nicky e io non abbiamo mai fatto niente del genere, ma sono abbastanza sicura che lui lo voglia."

Continuarono a guidare.

Miglia e miglia e miglia.

Nonostante i tentativi di Love, non avevano superato la giornalista e il suo potenziale compagno di guida psicotico. L'ora era ormai tarda e quando si imbatterono nell'insegna al neon di un motel, Love accostò e spense il motore.

Il motel si chiamava The Oasis e non era un edificio tradizionale, ma piuttosto una serie di piccoli edifici a forma di tepee di grandi dimensioni. Ognuno era dipinto con colori vivaci in finti disegni tribali al centro c'era una grande statua di un nativo americano che fumava la pipa.

"Questo potrebbe essere il posto più brutto che abbia mai visto", disse Love. "Sono così felice di averlo visto."

Harry era d'accordo con Love sulla bellezza del motel, ma non concordava del tutto con lei sul suo desiderio di essere lì. L'ufficio del motel era il tepee sul davanti, ma lo si poteva riconoscere già dalle parole Check-in dipinte a caratteri cubitali all'esterno. Non c'erano finestre. Era un mistero come la persona alla reception potesse tenere d'occhio il posto.

All'interno, trovarono l'impiegato addormentato, la testa appoggiata su un cuscino posizionato sulla scrivania di fronte a lui. C'era uno scaffale con opuscoli sul motel e Love ne prese uno. Quando Harry suonò il campanello di metallo, il suono riverberò contro le pareti rotonde del tepee in un ronzio apparentemente infinito. L'impiegato balzò dal cuscino e fu subito vigile. Indossava una maglietta nera con un vistoso stallone impennato, con la luna – troppo grande – dietro.

"Potete aprire la porta da soli?" chiese l'impiegato. Love lo obbligava, e non appena la porta fu socchiusa, il mormorio incessante finì.

"Perché ha il campanello?" chiese Love.

"La direzione insiste. Come posso aiutarla?"

Harry era improvvisamente perplesso. All'improvviso non riuscì a decidere se chiedere due stanze, o se dovesse essere audace e chiederne solo una. Fino a quel momento non avevano fatto altro che baciarsi. Quando lui lanciò un'occhiata a Love, lei fece un piccolissimo sorriso, come se potesse leggere nella sua mente e divertirsi guardandolo soffrire.

Oh, forza fallo.

"Ci serve una stanza, per favore," disse, con la voce che si spezzava appena. Love non protestò.

Vai, ragazzo!

"Qui all'Oasis, ci piace definire le stanze dei tepee. Questa sera sarete nel tepee numero cinque. Sarà per l'intera notte o solo per un'ora?"

"Ehi!" Esclamò Love, scrollando le spalle come a dire, che cazzo?

"Mi dispiace signora. Non volevo essere scortese. "

"vabbè", disse.

L'impiegato continuò, come se stesse un copione mentale: "Questa sera sarete nel teepee numero cinque. Spero che troverete il vostro soggiorno all'Oasis unico. "

"C'è una brace nel tepee o dobbiamo crearne una nostra?" chiese Love.

"Sfortunatamente, i tepee non sono dotati della ventilazione adeguata ad accendere un fuoco all'interno", rispose l'impiegato con una faccia seria, come se ricevesse spesso la domanda.

"Capito. Continua così, bel pony", disse Love, indicando la sua maglietta.

"Mi chiamo Carl."

Usciti, trovarono il tepee numero cinque. Come previsto, l'interno era circolare e la mancanza di finestre dava l'impressione che la stanza si stesse chiudendo addosso a loro.

"Spero che tu non sia claustrofobico," disse Harry.

"Solo quando sono in spazi ristretti", disse sorridendo. "Qui fa schifo, ma starò bene."

Anche se avevano ottenuto una stanza, Harry non era ancora sicuro di come sarebbe andata la notte. Si sbottonò la camicia, ma si lasciò la maglietta. Rifletteva se togliersi i jeans, ma alla fine decise che non sarebbe mai riuscito a dormire se non l'avesse fatto. Nella più rapida successione possibile, si alzò, lasciò cadere i pantaloni e poi si infilò il corpo sotto la coperta.

"Non pensare che non abbia visto quanto erano bianche quelle gambe, caro."

"Ora che sono in pensione, ho intenzione di prendere un po' più di sole", disse. Harry si teneva la coperta fino al collo come un bambino in attesa di una favola della buonanotte. Love era entrata in bagno, ma non aveva chiuso completamente la porta. Harry aveva una visuale larga venti centimetri di Love che si toglieva i vestiti. Guardò davanti, ma tenne gli occhi sui lati. Stava vivendo una fantasia che ogni maschio etero aveva avuto sin dagli albori della civiltà.

Quando aprì la porta, indossava solo una canotta e mutandine di cotone bianco. Si sedette dalla sua parte del letto, si tolse la maglietta e si appoggiò al letto in modo che Harry non potesse vederla davanti. Quando si voltò per affrontarlo, era coperta fino alle spalle.

"Sono così esausta, ma allo stesso tempo così eccitata", gli disse, chiudendo gli occhi.

"Non ho idea di cosa aspettarmi da domani," disse Harry, "e questo mi rende molto nervoso. Non mi piace non avere un piano. "

"Abbiamo un piano. Andiamo a casa dei genitori e vediamo cosa succede. "

Harry non voleva andare a dormire e non pensava di poterlo fare, anche provandoci.

"Perché le tute di plastica?" chiese, di punto in bianco.

Senza aprire gli occhi, disse: "Non sono di plastica, sono di vinile. È iniziato quando siamo entrati nell'ufficio per la prima volta e stavamo conducendo esercitazioni di addestramento. Siamo rimasti insieme come abbiamo sempre fatto e abbiamo creato vari look adatti a noi. Penso che molta dell'attenzione negativa sia venuta dall'invidia. Eravamo di gran lunga migliori di chiunque altro nelle esercitazioni. Quindi, comunque, abbiamo deciso di dargli una storia di cui parlare. Abbiamo scelto gli abiti in un negozio di costumi e abbiamo iniziato a spargere voci su noi stessi. Abbiamo dato a tutti qualcosa da guardare, poi non ci abbiamo più badato ".

"Questo genere di cose richiede tanto coraggio," disse Harry. "Devi impegnarti e dominare la tua personalità. Non potrei mai farcela. "

"Tutti la tirano fuori ogni giorno. Nessuno è quello che mostra al mondo. In realtà abbiamo reso le cose più facili per noi stessi creando un'identità che era così bizzarra che non avrebbe mai potuto essere veramente reale. È molto più difficile per le persone fingere di essere uguali a tutti gli altri che per noi di essere i Blue Blood. Tutto quello che faccio è indossare un costume. Tutti gli altri fingono una personalità. "

Allora si voltò, e appoggiò il suo corpo contro il quello di lei. La cinse con un braccio e si godette la sensazione della sua pelle morbida contro di lui, ma non fece altro che stringerla. Lei gli strinse il braccio contro il petto e si addormentarono ascoltando i suoni della notte attraverso le pareti sottili del tepee.

CAPITOLO QUARANTUNO

Shelly non aveva mai trascorso così tanto tempo con qualcuno senza proferire una sola parola. Robert era stoico, gli occhi fissi sul paesaggio che passava, anche se Shelly dubitava che l'uomo vedesse qualcosa tranne l'interno della sua testa. Il suo unico movimento era l'interminabile sfregamento della pelle sugli avambracci, come se stesse applicando vigorosamente della lozione. All'inizio del viaggio, l'aveva fatto solo a intermittenza, ma ora lo faceva di continuo.

Lungo la strada aveva fatto due soste per fare benzina e Robert non era sceso dalla macchina. Non era nemmeno andato in bagno, anche se non era del tutto sorprendente dato che non avesse mangiato né bevuto nulla da quando era con lei. Ad un fast food, quando lei gli aveva chiesto se gli fosse andato qualcosa, lui non aveva risposto, e mentre lei masticava il suo hamburger e beveva la sua Pepsi fino all'ultimo fastidioso sorso, lui non si voltò mai nella sua direzione.

All'inizio, in sua presenza, la sua pelle danzava elettrica e il suo cuore accelerava con isteria mortale, ma quella sensazione stava svanendo man mano che guidavano. Era come se la nuvola di vitalità che aleggiava su di loro si stesse dissipando a ogni miglio. Sapeva che lo stato d'animo di Robert stava diventando più cupo, anche senza il suo intervento, e questo le faceva premere l'acceleratore più forte.

Si stava facendo buio quel secondo giorno di guida e, sebbene lei sapesse che avrebbero potuto facilmente arrivare a destinazione, pensò che fosse meglio che il ritorno a casa di Robert avvenisse durante il giorno. Aveva bisogno che tutto andasse nel modo più fluido possibile e non voleva fare i conti con la notte, oltre a tutto il resto. Gli avrebbe concesso del tempo per vedere la sua famiglia e poi avrebbe ottenuto la sua intervista. Avrebbe dovuto usare un piccolo trucco per metterlo su pellicola senza che lui lo sapesse, ma non pensava che sarebbe stato difficile. Molto probabilmente ignorava completamente quel genere di cose. Poi, dopo aver ottenuto ciò di cui aveva bisogno, avrebbe chiamato la polizia - semplice.

Si fermò al motel in successivo e prese una stanza per due. Non voleva certo dormire nella stessa stanza di un famelico assassino, ma la sua paura di perdere la storia era più grande della sua paura di lui. Non l'aveva ancora uccisa, quindi perché avrebbe dovuto cambiare improvvisamente idea? Aveva bisogno di lei.

Sperava anche che forse, entro i confini di una stanza di motel, sarebbe riuscita a convincerlo a parlare. Non aveva avuto successo la sera prima, ma sperava che quella sera sarebbe stata diversa. Teneva un registratore digitale nascosto nella tasca anteriore ed era sempre acceso. Tutto ciò che poteva registrare sarebbe stata la ciliegina sulla torta. Se avesse posto le domande giuste, trovato gli argomenti giusti, era sicura che lui le avrebbe parlato. Forse poteva farlo rilassare. Se fosse riuscita a convincerlo a bere, forse l'alcol gli avrebbe sciolto la lingua.

Mentre parcheggiava al Village Inn, Robert finalmente parlò. Erano le stesse parole che aveva detto al motel della sera prima.

"Perché ci siamo fermati?"

"Non riusciamo arrivare fino in fondo stasera", mentì. "Dobbiamo fermarci qui e fare il resto del viaggio domani."

Sapeva che lui non aveva idea di quanto tempo sarebbe durato il viaggio. Non riusciva nemmeno a capire se lui avesse un'idea di cosa fosse il tempo, ad eccezione del giorno e della notte. Sembrava accettare la sua risposta, continuando a strofinarsi voracemente la pelle, cercando di capire cosa c'era sotto.

All'interno, Robert sedeva all'estremità di uno dei letti, fissando oltre il muro di fronte a lui.

La camera aveva un minibar, o meglio, un piccolo mini-frigo. Di quelli che si mettono nei garage per tenerci la birra. Sulla bacheca in alto c'era un elenco di contenuti e l'importo addebitato sulla sua carta di credito per ciascuno. Spalancò la porta del frigorifero e afferrò due bottiglie in miniatura da cinque dollari di vodka scadente. Le portò nell'angolo del letto, più vicino a Robert, e si sedette.

"Stavo pensando che potremmo bere qualcosa", disse Shelly mentre porgeva una delle bottiglie a Robert. "È stata una lunga giornata." Mise la bottiglia ancora più in fuori, in modo da incrinare il campo visivo dell'uomo. Lui la vide e, sorprendentemente, la prese.

"La giornata ha sempre una durata diversa", disse, svitando il tappo dalla bottiglia e bevendolo. Fece una strana faccia per via del bruciore. "Non ha un sapore molto buono."

"Sì, lo so. Non è una vodka di qualità. Ma funziona, come si suol dire. "

"Chi lo dice?"

"Non lo so. È solo un modo di dire. Ne vorresti un altra? "

"Ho già detto che non ha un buon sapore."

"Bene, allora vedrò cos'altro hanno. OK?"

"Sì. Un uomo ha bisogno di sostentamento per vivere. Non ne ho avuto per molto tempo. "

Robert voltò la testa verso il muro e iniziò di nuovo a toccarsi le braccia. Shelly tirò fuori altre due bottiglie, questa volta whisky. Prese anche una Coca Cola e un paio di bicchieri. Qualche istante dopo, era di nuovo sul suo angolo del letto con due cocktail.

"Questo dovrebbe avere un sapore migliore", gli disse.

Lo sorseggiò piano. e poi bevve un sorso più grande. "Questo è meglio", disse.

Shelly preparò altri due drink e questa volta si sedette accanto a Robert sul letto. Lui prese il drink mentre lei sorseggiava il suo. Stava cominciando a sentire lei stessa gli effetti dell'alcol, ma Robert sembrava lo stesso di sempre. Aveva bisogno di provare qualcosa per convincerlo ad aprirsi con lei e decise di fare appello al suo senso dell'amicizia.

"Voglio ringraziarti per avermi permesso di parlare con te dopo che ti sarai riunito con i tuoi genitori. Significa molto per me. C'è qualcos'altro che posso fare per te? "

Adesso aveva cominciato a grattarsi le braccia e la pelle cominciava a screpolarsi in alcuni punti.

"Penso di poterti aiutare, Robert. Se me lo lasci fare."

Girò leggermente la testa verso di lei e lei ne approfittò per allungare la mano e appoggiargliela sulla spalla. Poté sentire il suo corpo contrarsi e contorcersi al suo tocco, e prima che se lei se ne fosse resa conto, l'aveva afferrata per il polso.

Le diede uno strattone per il braccio, tirandola in grembo. Quindi, la sollevò nello stesso modo in cui si solleva un tronco pesante. Si alzò la fece roteare, scagliandola per la stanza. Saltò giù dal suo letto e si accasciò contro il muro dall'altra parte.

"Non toccarmi più, per favore." Quindi, si sdraiò, la faccia verso il muro.

Shelly si raccattò, stordita e confusa. Prese altre due bottiglie dal minibar e le bevve, gli alcolici le sfiorarono appena la lingua. Si inginocchiò sul letto e lasciò cadere il suo corpo di lato. La sua testa non si appoggiò sul cuscino, ma non tentò di afferrarlo. La sua vista era offuscata e il dolore cresceva. Sarebbe rimasta ferma. Completamente immobile.

Quando si è svegliò la mattina dopo, il suo corpo era dolorante, come anche la testa.

Robert era seduto sul bordo del letto. Raccolse rapidamente le sue cose, non le importava più di nient'altro che non fosse portare questo maledetto psicopatico ai suoi genitori e ottenere la sua intervista. Al quel punto poteva marcire in carcere, per quel che le importava.

"Andiamo. Saremo lì tra poche ore. "

"Non è molto tempo", disse quando entrarono nella macchina.

"No, cazzo", ha risposto.

"Hai l'indirizzo della casa della mia famiglia?"

"Si. È scritto lì sul blocco", disse Shelly, indicando un piccolo blocco di foglietti adesivi nella console. "È qualcosa tipo strada dei biscotti. Riesci a crederci?" Rise, suo malgrado.

Robert si chinò e prese il biglietto, sorridendo.

CAPITOLO QUARANTADUE

"Allora Robert, ci sono state delle lamentale da parte di una delle infermiere. Dice che l'hai sbattuta contro il muro. Ricordi di averlo fatto?

"Sì, dottore."

"Non è ferita, ma l'hai spaventata. Puoi dirmi perché lo hai fatto?"

"Mi ha... toccato."

Silenzio.

"Robert, che intendi quando dici che ti ha toccato? Ne abbiamo parlato molte volte, no? Toccarsi è normale fra due esseri umani. Un'infermiera potrebbe doverti toccare per aiutarti."

"Non era un modo normale."

Il dott. Willis sembrò subito preoccupato.

"Dimmi com'è andata, Robert."

"Lei," disse Robert. E fu tutto quello che disse.

"Va bene, Robert. Non devi per forza dirmelo. Penso di capire." Il dottore prese brevi note prima di cominciare.

"Abbiamo già parlato di donne in passato. So che la cosa ti fa sentire a disagio, ma credo sia il momento giusto per riparlarne."

Robert rimase in silenzio.

"Tu non mostri interesse per le donne e questo va bene. In ogni caso, so che vuoi una famiglia e tu sai bene che toccarsi è fondamentale in quel caso. Ricordi il discorso?"

"Sì."

"OK. Parlerò con le infermiere, dirò loro di toccarti sono quando proprio devono. Se succede altro, vieni direttamente da me."

"Sì, dottore."

"Ora, non penso che questo incidente debba influire sulle tue dimissioni. Lo etichetterò come incomprensione. In futuro, se qualcuno ti tocca in un modo che non ti piace, chiedi solo gentilmente che smettano. Hai diritto al tuo spazio personale, proprio come tutti."

"OK, dottore."

"Bene. Continuo a lavorare perché tu sia dimesso. Il consiglio sta facendo storie e non so bene perché. Ma andrò fino in fondo e ti faremo uscire di qui.

"Potrà ancora aiutarmi, dottore?"

"Certo, Robert, ti aiuterò nelle fasi intermedie, e sarò sempre disponibile se ti servirà una buona."

Robert stette seduto in silenzio per un po', guardandosi le mani. Alla fine, tirò su la testa per guardare l'uomo di fronte a lui. "Dottore," iniziò, con esitazione, "siamo amici?"

Il dott. Willis si sedette sulla poltrona e guardò Robert negli occhi.

"Sarò sempre e prima di tutto il tuo medico. È il mio lavoro fare in modo che tu abbia successo nella vita. Ma, oltre al mio lavoro, voglio aiutarti con tutto il cuore, Robert. Ci tengo a te e ai tuoi miglioramenti. Questo mi rende tuo amico. È questo alla fine che sono gli amici—qualcuno con cui parlare e che tiene abbastanza a te da ascoltare. Sono tuo amico, Robert, e col tempo ne avrai molti di più."

Robert sorrise. Era un sorriso normale, quotidiano. Quelli che fa la gente quando qualcosa va bene o li sorprende. Quello sguardo di felicità sincera che la gente ha ogni giorno.

Era la prima volta per Robert.

CAPITOLO QUARANTATRÉ

Shelly non sapeva il motivo per cui Robert avesse insistito perché si fermassero. Gli aveva detto che il locale non era aperto, ma lui aveva insistito e, dopo la notte precedente, non aveva alcuna intenzione di protestare. Erano parcheggiati nel vasto e vuoto lotto vicino la fiera statale del Wisconsin.

Lei si appoggiò alla macchina mentre Robert si aggirava vicino l'ingresso anteriore chiuso.

Disse: "Ricordo questo posto. Voglio rivederlo."

"Va bene, ma come ti ho detto prima, è chiuso. Guarda le vetrine. "

Robert allungò una mano verso una delle insegne che coprivano una delle biglietterie anteriori e, con uno strattone, la strappò via. Qualche istante dopo, era seduto nello stand apriva la porta che conduceva al resto della fiera.

Shelly non aveva altra scelta che seguirlo, ma poiché l'attenzione di Robert era altrove, afferrò il taser che teneva nella borsa e lo nascose alla vita dei jeans.

Camminarono lentamente attraverso i sentieri di

terra battuta che serpeggiavano tra capanne da caccia chiuse e recinti pieni di animali sporchi. Anche le sue scarpe stavano diventando sporche poiché le recenti piogge avevano dato vita a pozzanghere. L'odore di merda di maiale non era ancora sparito dalla chiusura della fiera e Shelly si portò la mano al naso. L'odore non sembrava influenzare affatto Robert, che esaminò quasi ogni angolo disponibile prima di indicare finalmente qualcosa davanti a lui.

"Ecco, è lì che voglio andare." Indicò un luna park situato sul retro del parco. Accelerò, e mentre lei arrancava, scivolò e cadde in una grande pozza di fango. In una imprevista esternazione di gentilezza, Robert tornò e l'aiutò ad alzarsi. Lei lo ringraziò e iniziò a camminare, ma non passò molto tempo prima che lui le passasse di nuovo oltre, i suoi lunghi passi facevano sembrare quelli di lei passi da nano. Non aveva risposto ai suoi ringraziamenti, ma chi si aspettava davvero che lo facesse?

Anche se leggermente rovinata, la casa dei divertimenti era dipinta in modo vivido con ogni sorta di ghul e fantasmi. Sopra l'ingresso era appesa una grande testa di pagliaccio di gesso con denti aguzzi e l'area antistante l'edificio era ricoperta da false lapidi e da una vecchia recinzione di legno.

Attaccato a destra della casa divertimenti c'era un altro edificio con le parole Show Pazzo! lungo il lato. Sull'edificio era dipinta una donna con la barba seduta sulle spalle di un grosso uomo dall'aspetto di un rettile. La vernice su questa parte dell'edificio si stava staccando più che nelle altre e le pareti erano incrostate di sporco.

Sul lato sinistro del luna park c'era una casa di

specchi. La facciata era dipinta principalmente di nero e viola. C'era una spirale dipinta su tutta la parte anteriore, e in lettere gialle e caratteri spettrali, erano scritte le parole, Guarda nell'Abisso!

Robert era diretto lì.

Tutti gli edifici erano chiusi con assi, ma proprio come aveva fatto con l'ingresso della fiera, le buttò giù in breve. La porta dietro le assi era chiusa da un lucchetto e dava un po' più di problemi. Robert cercò e trovò un tubo d'acciaio arrugginito, ruppe la serratura e aprì la porta.

L'interno era più nero del nero e pareva di guardare nell'abisso. Robert entrò e dopo un momento si accese una luce. Shelly era stupita che il quartiere fieristico avesse ancora la luce allacciata. Robert le fece cenno di entrare.

Si trovavano in una piccola stanza con un'altra porta di fronte e una sottile scala a sinistra. La porta aveva un altro lucchetto, ma non era chiuso. Robert allungò una mano, tolse la serratura e aprì la porta.

"Vai lì", disse.

"Che cosa? No, ci penso proprio. "

"Vai. C'è un interruttore della luce sulla parete destra."

Non aveva idea di come lui avesse quell'informazione, e entrare nell'oscurità con Robert dietro di lei non le sembrava una grande idea.

Lui fece un passo indietro e le fece cenno di avvicinarsi.

Era finita in un'altra situazione impossibile. Le visioni della notte in cui si erano incontrati riempivano i suoi pensieri, li ricacciò via. Sapeva che Robert non l'avrebbe lasciata andare, quindi la sua unica opzione era andare avanti. Aveva bisogno di lei, ricordò a se stessa. Tuttavia, se si fosse sbagliata, e se fosse stata veloce, avrebbe potuto entrare, trovare la luce e prendere il taser in mano prima che lui potesse provare qualsiasi cosa.

Di nuovo, le disse di entrare.

"OK, ma pensavo volessi raggiungere la tua famiglia", disse in un ultimo disperato sforzo.

"Presto. Molto presto", ha risposto.

Di fronte a nessun'altra opzione praticabile, Shelly si mosse rapidamente attraverso la porta buia. Si voltò a destra e cercò di afferrare immediatamente il taser alla vita, ma non c'era niente lì. Si accarezzò i jeans e non trovò altro che tessuto.

Rapidamente, trovò il muro giusto, sperando che la promessa di un interruttore della luce non fosse una bugia. C'era.

Facendo scorrere la mano sul muro le sue dita alla fine trovarono l'interruttore e lo azionarono. Quando le luci si accesero nella sala degli specchi, si voltò aspettandosi che Robert fosse vicino a lei, ma era sola. In piedi davanti a lei c'erano una dozzina di riflessi di se stessa, e poteva vedere la paura sul suo viso ovunque guardasse. Si controllò di nuovo la vita, ma ancora non trovò alcuna pistola stordente.

Il fango. È caduto nel fango.

Poi la porta si chiuse sbattendo e sentì lo scatto del lucchetto. Andò alla porta e provò ad aprirla, sapendo però che non c'era speranza. Ci sbatté contro il corpo più forte che poteva, implorando l'uomo dall'altra parte.

Non rispondeva.

Lui salì le scale mentre la donna bussava alla porta dietro di lui. Nell'oscurità in cima alle scale c'era un'altra stanza, e lui tastò l'oscurità finché non trovò la vecchia lampada a olio. Era proprio dove si ricordava che era. Girò la piccola manopola e la lampada illuminò la stanza. Diversi armadietti erano allineati su un lato e una scrivania con un pannello di controllo era sul lato opposto. In un angolo c'erano diversi piccoli gradini di ferro che portavano in cima a una grande gabbia di metallo che racchiudeva l'intera sala degli specchi.

Si sedette sulla sedia della scrivania, con la lampada in grembo. Mentre guardava il fuoco tremolare sulle pareti, ricordò la sua infanzia.

I suoi genitori lo avevano portato in quel posto e lui si era allontanato, come al solito. Un vecchio rugoso era in piedi davanti alla casa degli specchi. Quando lui si mostrò interessato, l'uomo gli mostrò come funzionava la sala. Era un ricordo che si era perso nella sua mente finché non bide il cartello della Fiera sull'autostrada.

"Stavo cercando di aiutarti!" La donna stava urlando. La vedeva mentre cercava di farsi strada nel labirinto del riflesso. Poteva sentire la sua paura e questo gli riscaldava il sangue. L'energia stava aumentando.

La sua memoria stava diventando più chiara e scoprì che la stanza in cui si trovava corrispondeva alla sua mente. Vide la fiamma della lampada a olio tremolare come quando l'aveva vista per la prima volta tanti anni prima. Mise la lampada su un armadietto e allungò una mano all'interno per afferrare un contenitore che ricordava doveva essere lì. Da un cassetto della scrivania, prese un rotolo di nastro adesivo. Dopo, salì le piccole scale di metallo.

Doveva stare attento. La grata della gabbia non era abbastanza grande da poterci cadere, ma era abbastanza grande da permettere ad un piede di rimanere incastrato. Camminò in silenzio sopra la gabbia finché non si trovò direttamente sopra la donna. La guardò, lasciando che la sua energia salisse come fumo fino alle sue narici.

"Robert. Lasciami andare. Volevo solo fare ciò che è meglio per te! "

"Oh guarda guarda, la giornalista è tutta sola", disse, assicurandosi di parlare verso di lei invece che verso il basso.

"No, Robert! Abbiamo un accordo!"

"È vero. Ora risponderò a qualsiasi domanda tu abbia per me."

"Per favore, non farlo."

"Oh, ma avevamo un accordo."

Adesso piangeva. Si accovacciò per ascoltarla meglio. Aveva smesso di cercare di risolvere il rebus e si era semplicemente fermata. Prese la bomboletta e, mentre toglieva il tappo, lesse l'etichetta.

Cherosene.

Era piena solo a metà, ma sarebbe stato sufficiente. Si librava sulla grata e, mentre la donna tremava, le versò addosso il liquido dorato. Versò rapidamente il contenuto in modo che la maggior parte fosse su di lei prima che potesse reagire. Ispessito per via degli anni, il residuo appiccicoso le inzuppò la testa, appiccicandole i capelli sulle spalle. Alzò lo sguardo, ma il cherosene le riempì gli occhi. Mentre cercava di pulirli, le colò davanti e sui lati.

"Oh mio Dio, cosa stai facendo?"

Tirò fuori dalla tasca il taser della donna. L'aveva lasciato alle spalle, un regalo per lui. Ora glielo avrebbe restituito. Conosceva bene la pistola stordente. Le usavano di tanto in tanto a Lincoln, e lui le odiava. Erano generatori di falsa energia.

Provò il pulsante sul lato e l'elettricità esplose tra i due poli della pistola. Avvolse il nastro adesivo attorno al dispositivo in modo che il pulsante rimanesse premuto.

La donna si schiarì la vista e, udendo il suono del taser, alzò lo sguardo.

"Che cos' era?"

Poi lui lasciò cadere la pistola attraverso la grata direttamente sopra la sua testa.

Sulle prime, non aveva riconosciuto il suono, ma non appena lo fece, ci fu una frazione di secondo in cui seppe che la sua vita era finita. Il cherosene che la copriva prese fuoco non appena la corrente elettrica colpì la sua spalla. Le fiamme si diffusero attraverso il suo campo visivo, avvolgendole il busto. Ebbe appena il tempo di pensare che non faceva male prima che il dolore iniziasse.

Poteva sentire la carne sciogliersi sulle sue guance.

Poteva sentire l'odore rancido dei suoi capelli in fiamme.

E, nonostante tutto, poteva vedere se stessa bruciare. Si voltò, ma ovunque guardasse c'era un'immagine perfetta del suo corpo, illuminato come una torcia. Un'immagine speculare della sua tortura e sofferenza.

Poteva vedere pezzi brucianti della sua carne cadere da lei mentre crollava in ginocchio. L'agonia le colpì la mente e perse la vista

Quella dolce benedizione che era la cecità.

CAPITOLO QUARANTAQUATTRO

Quanti minuti erano passati da quando avevano parcheggiato l'auto? Dieci? Venti? Bill non aveva detto una parola. Non aveva cercato di convincerla a scendere dall'auto. Era rimasto seduto aspettando che lei avesse il coraggio di entrare.

Quello fu il momento in cui lei si rese conto di amarlo.

Sylvia osservava la porta d'ingresso rossa della sua casa d'infanzia, pensando che da un momento all'altro i suoi genitori avrebbero notato la Civic parcheggiata di fronte e sarebbero usciti per indagare. Non tornava spesso a casa e, quando lo faceva, di solito era senza preavviso. Tuttavia, non riusciva a ricordare un momento in cui i suoi genitori non l'avessero subito salutata.

Forse erano sul retro a fare giardinaggio, pensò.

Il prato davanti era curato alla perfezione e non era cambiato molto dall'ultima volta che era stata lì. Quanto tempo era passato? Anni. Gli arbusti erano un po' più alti e uno gnomo da giardino era apparso dove prima non c'era niente, ma non c'era altro.

Si stava calmando. Era ora togliersi quel dente.

Uscì dall'auto e Bill la seguì.

Quando sua madre aprì la porta, non la salutò calorosamente, ma con uno sguardo algido, come se stesse aspettando Sylvia con timore. Diede a sua figlia un veloce abbraccio e un bacio sulla guancia, anche se senza sfiorarle la pelle.

"Mamma, questo è Bill."

"Oh. Piacere di conoscerti, Bill. Entrate entrambi e sedetevi sul divano. Vado a chiamare tuo padre."

Si sedettero sul divanetto verde limone su cui Sylvia si addormentava da bambina. I suoi genitori la mandavano a letto, ma quando si addormentavano loro, lei tornava di nascosto lì ad ascoltare la radio. C'era allora una stazione che suonava musica rock, ma solo di notte. Ai suoi genitori non piaceva che ascoltasse rock, ma quando sua madre la trovava addormentata la mattina, la radio era trasmetteva ormai altro tipo di musica. Era un giochetto perfetto. La vecchia radio era ancora sul tavolo vicino al divanetto, come sempre. Questo era il suo posto preferito in casa, ma ora le sembrava accogliente come un letto di chiodi.

Dopo pochi minuti, arrivarono entrambi i suoi genitori. Suo padre fece un cenno a Bill, e poi si chinò per baciare la fronte di Sylvia. "È bello vederti, principessa. È passato molto tempo dall'ultima volta che ti abbiamo sentita."

"Lo so, papà. Sono terribile."

"Sciocchezze, tua madre e io abbiamo sempre saputo che eri una donna indipendente."

Sylvia non aveva mai detto loro quello che faceva per vivere per ovvie ragioni, e i suoi genitori non l'avevano mai chiesto. Da bambina, non le davano un attimo di respiro, ma non appena si fu trasferita, era come se avessero finito un lavoro impegnativo e non volessero pensarci più.

Sua madre si dondolava avanti e indietro dove si trovava; su un singolo passetto. "Facciamola finita, Franklin. Mi sta uccidendo lasciare questa storia a mezz'aria così."

Sylvia seppe allora che avevano sentito la notizia. Forse avevano finalmente comprato un televisore o, più probabilmente, li avevano informati i vicini. Suo padre annuì e sospirò.

"Ti stavamo aspettando, principessa. Mi dispiace di non aver risposto alle tue chiamate, ma è meglio parlarne di persona."

"Non avremmo mai voluto che tu lo scoprissi," lo seguì sua madre.

"Beh, sarebbe stato meglio venirlo a sapere da te che da quel cazzo di telegiornale, mamma!" Gridò Sylvia.

Sua madre cominciò a piangere e Sylvia si pentì immediatamente del suo tono.

"Mi dispiace. Non volevo essere così dura, ma questa è roba seria. Ho davvero un fratello?" Sylvia si era data un tono fino a quel momento, ma ora, in quella casa, con i suoi genitori di fronte a lei, non poteva trattenere l'emozione.

Sua madre esplose nel suo stesso dolore e prese Sylvia tra le braccia, il suo istinto materno era tornato.

"Raccontami la storia, papà," disse Sylvia, la testa appoggiata sulla spalla di sua madre e la mano che stringeva Bill come in una morsa.

"Tua madre e io abbiamo avuto un figlio prima di te. Un ragazzo di nome Robert, come già sai. Ci siamo trasferiti qui quando aveva solo pochi anni."

Suo padre andò in cucina e si versò un bourbon,

liscio, ma non offrì nulla agli altri. "Per un po' andava tutto alla grande", continuò, "ma c'era questo gioco a cui giocavano i bambini. Robert non si era ancora davvero adattato, quindi lo abbiamo incoraggiato a unirsi al gioco. Penso che fossimo gli unici genitori in città che volevano che il loro bambino uscisse e vandalizzasse il posto. Non lo avrebbe fatto di sua sponte, ma iniziò a trascorrere sempre più tempo da solo, lontano da casa".

"Tuo padre lavorava così duramente", lo interruppe sua madre, "io dovevo aspettarmelo".

"Non incolpare te stessa, cara. Niente è colpa tua. Robert era solo una mela marcia. "

"Per favore, finite il racconto," disse Sylvia, cercando di essere gentile, anche se la sua pazienza era ormai svanita.

"Giusto", continuò suo padre, "ci fu un incidente. Diversi, immagino. Robert si era finalmente unito al gioco, ma lo faceva in modo sbagliato. Era tutto sbagliato. Invece di lanciare uova alle macchine, iniziò a uccidere cose. Per lo più animali domestici. Ti risparmio i dettagli. "

Franklin bevve il resto del suo bourbon. "Comunque, non avevamo altra scelta che internarlo."

"Lincoln era il posto migliore per lui", disse sua madre.

"Sì, ok, ma ha ucciso un paio di animali domestici. Ho capito che aveva bisogno di aiuto, dovevate proprio internarlo? "

"Non erano solo un paio di animali domestici. Erano molti. Non mi aspetto che tu capisca del tutto. Non uccideva e basta. Li mutilava. Lui...mi ha sorriso quando l'ho beccato ", disse Franklin, barcollando.

Suo padre si fece un altro drink e lo bevve. Sylvia

non aveva mai visto quell'uomo così scosso. Suo padre era sempre stato risoluto, ma ora era in visibile imbarazzo.

"Devi capire, Sylvia," disse, "non avevamo idea di cosa fosse diventato fino a un paio di giorni fa. Avevamo sempre programmato di portarlo a casa dopo che avesse ricevuto l'aiuto di cui aveva bisogno, ma tua madre ti ha avuta subito dopo. Più crescevi e più eravamo convinti che non avremmo potuto rischiare di lasciarlo vicino a te. "

Sua madre disse: "Ci siamo sentiti così in colpa in tutti questi anni. Siamo stati egoisti. Ma ora quel senso di colpa è sparito. Ora sappiamo che abbiamo fatto bene a pagare per tenerlo lì ".

"Aspetta un minuto. Pagare?" chiese Sylvia.

"Non avresti dovuto dirlo cara. Non può capire."

"Capire cosa, papà?"

"Pagavamo l'istituto ogni anno per mantenere Robert lì. Ci è dispiaciuto farlo, ma un medico stava spingendo per le sue dimissioni e non potevamo rischiare. E avevamo ragione. Vedi? Chissà cosa ti avrebbe fatto."

"Beh', cazzo, sono proprio contenta che il senso di colpa ti sia sparito, papà. Come fai a sapere che tenerlo rinchiuso lì dentro non lo abbia reso quello che è? Forse era solo un bambino che aveva bisogno di un piccolo aiuto. Un po' di attenzione. Come fai a sapere che se avesse ricevuto una piccola, semplice guida dai suoi genitori invece che finire in prigione, non sarebbe stato una persona normale? Avrei potuto avere un fratello! Mi sarebbe piaciuto. Porco Dio! "

Tutti tacquero. Si resero tutti conto che qualsiasi altra parola, in un modo o nell'altro, avrebbe solo portato ulteriore dolore. Sylvia provò così tanta rabbia che la sua pelle divenne calda, ma non voleva incanalare tutto quell'odio verso i suoi genitori. Era arrabbiata per aver perso qualcosa che non aveva mai avuto, e questo le sembrava ingiusto. Era arrabbiata per il fatto che le fossero state dette delle bugie, ma chi era lei per giudicare le bugie di qualcun altro?

Bill le mise una mano fredda sulla parte bassa della schiena, appena sotto la camicia. Il suo tocco fece calmare la rabbia e quando lei lo guardò capì che lui aveva capito. Bill, il lettore dell'anima. L'empatico. Gli aveva quasi rotto la mano con la stretta, ma lui non si lamentava.

La testa di sua madre era ancora abbassata e suo padre si era versato un terzo drink e si era seduto su una sedia di fronte a lei. Sylvia allungò la mano, gli prese il drink e lo sorseggiò.

Tutti sedevano perfettamente immobili e silenziosi.

Un forte colpo, proveniente dalla porta d'ingresso che era stata aperta e aveva sbattuto contro il muro, interruppe quel momento di reticenza. Per un istante nessuno entrò. La paura sarebbe stata una reazione ovvia, ma Sylvia era così svuotata che tutto ciò che avvertì fu curiosità.

Quando Robert Kirkman entrò, con la luce alle sue spalle e la sua ombra che si stendeva sul tappeto in una linea allungata, tutti sapevano che era lui.

Era tornato a casa.

Uno di loro doveva reagire. Chiunque fra loro.

Qualcuno, per favore, faccia qualcosa.

CAPITOLO QUARANTACINQUE

Si svegliarono presto la mattina dopo senza bisogno della sveglia. Dopo essersi vestiti contemporaneamente, Love di nero e Harry in kaki, erano di nuovo in autostrada prima che il gallo cantasse. La loro unica sosta fu una veloce colazione. I pancake gommosi che Harry aveva ordinato non erano cibo di prima qualità, ma li mangiò lo stesso. Love aveva ordinato roba più decente: succo d'arancia e frutta mista. Harry aveva due bicchieri di latte al cioccolato e Love gli aveva asciugato i baffetti liquidi più di una volta.

Ci vollero sei ore intere e svariati minuti prima che entrassero a Pleasure, Wisconsin. Il viaggio era stato pieno dita sfiorate, sospiri enfatizzati e chiacchiere alla radio. Dal momento in cui ebbero superato il cartello che li accoglieva in città, le gigantesche ruote dell'Hummer fecero fatica a scivolare attraverso la pittura del quadro di Norman Rockwell in cui erano capitati.

Pleasure era disposta in una griglia ideale, con strade larghe e alberi perfetti che le fiancheggiavano. Ogni casa era stata sapientemente dipinta e ogni prato davanti era stato potato magnificamente.

Love fischiò il tema musicale dell'Andy Griffith Show mentre svoltavano a sinistra su strada deli biscotti.

Mentre passavano davanti alla casa numero quindici, videro un'auto nel vialetto e un'altrea parcheggiata sulla strada davanti. Love guidò per diversi isolati, poi fece un'inversione a U e parcheggiò il bolide il più lontano possibile, pur lasciando la casa a vista.

"Ci sono persone in quella Honda," disse Harry, slacciandosi la cintura di sicurezza.

"Vedo. Potrebbe essere la sorella, Sylvia. Non so chi sia il ragazzo. "

"Hai occhi molto migliori dei mei."

"Certo che sì. Vecchiaccio" scherzò Love, prendendo la mano di Harry nella sua.

"Potremmo anche far lampeggiare le luci e far suonare una sirena. Non è possibile che quelle persone non si stiano chiedendo perché ci sia un enorme veicolo militare blu parcheggiato in fondo alla strada".

"Andrà bene." Disse Love. "Le persone notano molto meno di quanto pensi. Ma, onestamente, non avevo ancora pensato a questa parte dell'avventura. Ho comprato questa roba la stessa mattina in cui sono venuta a prenderti. "

"Veramente?"

"Sì. L'ho vista in un concessionario mentre ero in viaggio. Era pazzesca, del colore che mi piace. Ho pensato che sarebbe stato divertente. "

Harry sorrise, il cuore gli salì in gola.

"Mi sorprenderai ogni giorno della mia vita", le disse, e per una volta non aveva nulla di sarcastico da dire.

I momenti trascorrevano come fossero millenni

mentre guardavano. Poi le porte della Honda si aprirono.

"Merda", disse Love.

Harry poteva vedere che Love era in ansia.

"Calmati, non vengono da questa parte. Guarda, stanno entrando. Avevi ragione, quella è decisamente la sorella. L'altro è probabilmente il fidanzato, o forse il marito. "

"OK. Bene. Va bene per ora."

"Sai, sembravi una cazzuta al motel, ma ora sembra che tu abbia una lieve forma di panico da palcoscenico."

"Beh, ho svolto pochissimo lavoro sul campo. Sono tutto cervello, niente muscoli, per così dire. "

Poi Love aprì lo sportello.

"Che stai facendo?" chiese Harry.

"Devo andare lassù e controllare cosa accade."

"Sei sicura?"

"No. Ma devo fare qualcosa." Raggiunse la parte posteriore e afferrò una fondina da spalla e una pistola. Mise la fondina e controllò il caricatore della pistola. "Hai portato la tua?"

"No."

"No?"

"No. Ho lasciato la mia nella stanza del motel insieme al mio distintivo. Ho pensato, fanculo, ecco le mie dimissioni."

"Merda. OK. Bene, rimani qui e fai del tuo meglio per non metterti nei guai. Puoi fare la guardia. Scrivimi se vedi qualcosa. Farò vibrare il telefono nella tasca posteriore dei pantaloni. "

"OK," disse, chinandosi sulla console per baciarla. "Stai attenta."

Love si muoveva lentamente, ma con decisione,

lungo il marciapiede sul lato opposto della strada. Harry poteva vedere che stava cercando disperatamente di sembrare normale, ma era difficile non notare la pistola al suo fianco in bella vista, o la gonna plastificata.

Alla fine, arrivò a una fila di cespugli di bosso che separava la casa dei Kirkman da quella della porta accanto. Love si accovacciò dietro la vegetazione e si trascinò lungo la linea finché questa non finì.

Trovò un buon punto di osservazione.

Love rimase accovacciata per un po' a guardare. Oltre ad aggiustare il passo, non fece altri movimenti. Poi qualcos'altro catturò l'attenzione di Harry.

L'uomo era ancora a diversi isolati di distanza, ma colmò rapidamente il divario. All'inizio, era solo un'immagine sfocata per Harry e i suoi occhi non più giovani, ma quando mise a fuoco l'uomo e ne vide le cicatrici, Harry capì. Non aveva mai visto Robert Kirkman prima, ma non c'era dubbio che fosse lui. Il sangue scorreva lungo le braccia di quell'uomo e il suo sorriso erano ripugnanti.

Per l'amor del cazzo, Harry, fai qualcosa.

Tirò fuori il telefono e inviò messaggio dopo l'altro. Vide Love reagire al movimento del telefono nei pantaloni, ma non stava reagendo abbastanza velocemente. Era quasi arrivato.

Fai qualcosa, Harry. Fai qualcosa.

CAPITOLO QUARANTASEI

"Siediti, Robert. "

Il giovane non si era ancora seduto da quando era entrato nell'ufficio del dottor Lyst. Stava nervosamente vicino alla porta e sembrava che sarebbe scappato al minimo rumore o movimento.

"Va tutto bene. Capisco di non essere il dottore che sei abituato a vedere, ma posso assicurarti che mi prenderò cura di te. Se ti siedi, possiamo conoscerci un po' meglio e sono sicuro che ti affezionerai a me, come hai fatto con il dottor Willis."

Robert non si mosse e, invece di insistere, il nuovo dottore rimase semplicemente in silenzio. I minuti passarono e, o perché Robert si sentì più a suo agio, o perché appena deciso che il modo più veloce per uscire dalla stanza era quella sedia, si sedette.

"Bene. Sono felice che tu abbia deciso di unirti a me. Il mio nome è dottor Earl Lyst, ma puoi chiamarmi dottor Lyst, o semplicemente dottore. Ho ripreso il tuo caso dal dottor Willis, dato che ha lasciato l'ospedale. "

"Dov'è andato", chiese Robert a bassa voce.

"Non importa in questo momento, Robert. È importante che tu sappia che non è più con al Lincoln e che io ho preso in mano la maggior parte dei suoi casi".

Il dottore sfogliò la cartella di Robert, emettendo sottili mugugni in segno comprensione mentre procedeva. "Vedo qui che hai una storia di comportamenti violenti. È per questo che sei stato originariamente mandato qui, non è vero? "

"Non faccio niente del genere da molto tempo", rispose Robert, orgoglioso.

"Non sarei d'accordo. Non è stato molto tempo fa che hai aggredito un'infermiera. Gli appunti del tuo medico precedente sminuiscono l'alterco, ma non sarei propenso a fare lo stesso. "

Il dottore non guardò Robert. Non direttamente. Quando alzò lo sguardo dalla cartella, guardava il muro dietro più di quanto più non guardasse l'uomo. In cambio, Robert distolse il proprio sguardo. Aveva imparato l'importanza della comunicazione faccia a faccia, ma l'uomo di fronte a lui apparentemente non aveva imparato la stessa lezione.

Il dottore continuò: "Inoltre, qui si dice che è stata presentata una petizione per il rilascio, e credo che sia prematuro. Con che le tue ovvie tendenze violente siano ancora presenti, credo che abbiamo ancora un bel po' di lavoro davanti a noi prima di poter pensare alle dimissioni. "

"Presto avrò ventidue anni. Quello è il giorno in cui avrei rivisto il mondo. "

"Non più."

Robert, che in precedenza aveva cercato di mantenere un sorriso, un'abilità importante che un uomo doveva imparare, era visibilmente distrutto. Ora aveva l'aspetto di un uomo perso in una nebbia profonda.

"Capisco che potresti essere un po' giù per questo, Robert, ma se guardi il lato positivo, vedrai che questa è la cosa migliore per te."

Nessuna risposta.

"Semplicemente non sei pronto per affrontare le prove del mondo esterno."

Nessuna risposta.

"Possiamo rivedere la tua situazione tra qualche anno o giù di lì. Fino ad allora, ti controllerò una volta al mese per vedere i tuoi progressi. Tieni la testa bassa, prendi le tue medicine e cerca di non interagire con nessuno che possa farti arrabbiare."

Silenzio.

Silenzio.

Silenzio.

CAPITOLO QUARANTASETTE

Bill era stato il primo a reagire.

Aveva lasciato scivolare la mano di Sylvia, e lei aveva sentito il peso spostarsi sul divano mentre lui iniziava ad alzarsi. Si mosse per fermarlo, ma la sua mano tesa afferrò solo aria. Bill si lanciò contro l'assassino, tentando di affrontarlo, come avrebbe fatto un giocatore di football, ma Robert fu veloce.

Robert spostò il corpo di lato quel tanto che basta perché Bill non potesse avere prenderlo alla vita. Poi abbassò il gomito sulla parte posteriore della testa di Bill. Gocce di sangue vennero fuori dalle braccia di Robert, alcune schizzarono contro le pareti bianche. Sylvia si ricordò di come aveva sempre desiderato che suo padre permettesse loro di dipingere le pareti di un colore diverso dal bianco. Il sangue non sarebbe stato così evidente se lui l'avesse ascoltata.

Quando il corpo di Bill colpì il pavimento, un suono simile a quello di ossa che si spezzano raggiunse le orecchie di Sylvia, anche se forse lo aveva solo immaginato. Non le sembrava più di guardare con i propri occhi. Piuttosto, era una spettatrice, senza un vero interesse, di ciò che stava accadendo.

Suo padre allora si alzò e tentò la stessa mossa che aveva fallito Bill. il suo corpo lasciò una scia negli occhi di Sylvia, mentre si muoveva, così come quello di sua madre mentre correva nella direzione opposta. Ogni momento andava al rallentatore per Sylvia, come se in qualche modo avesse rallentato il fluire del tempo, anche se dentro di sé sapeva che in realtà erano passati solo pochi secondi.

Suo fratello, Fragole, l'assassino, alzò la mano in aria, con il palmo rivolto verso l'esterno. Fu sufficiente per fermare suo padre. Franklin non tornò a sedersi, ma non si avvicinò neanche. a Robert.

Bill giaceva immobile sul pavimento e la mente di Sylvia era troppo confusa per capire se stesse respirando o no. Adesso si pentì della decisione di aver preso altre pillole in macchina. Non sapeva se Bill fosse vivo o morto perché era sotto l'effetto di droghe. Poi, suo fratello iniziò a parlare. Questo le rese subito le idee più chiare.

"Per favore, smettetela. Non combattetemi. Restiamo insieme. Siamo una famiglia. Se sarete tutti gentili con me e vi sedete, saremo tutti felici!"

Rise e rise di gusto, quel modo di fare infantile in diretto contrasto con la scena davanti a lui. Mentre rideva, iniziò a girare su se stesso, muovendosi sempre più velocemente a ogni giro, diffondendo la sua gioia per la casa.

Felici, felici, cadiamo tutti.

Ma non cadde.

In casa c'era una statua di marmo di Atlante, il Titano che aveva tenuto la terra sulle sue spalle. Suo padre l'aveva presa prima della nascita di Sylvia e doveva pesare quasi cinquanta libbre. Mentre Robert si voltava, afferrò la statua con una mano senza perdere un colpo, senza mai smettere di ridere.

Alla fine, si bloccò, con la statua in mano. "Tutti, tutti. Per favore sedetevi. So che siete tutti preoccupati per quest'uomo sul pavimento, ma non ha importanza. Ciò che è importante è ciò che è qui di fronte a voi. La nostra famiglia è tutta insieme."

Mise le gambe a cavalcioni su Bill, spostando la statua di mano in mano con la stessa facilità che se si trattasse di una pallina da tennis. Una mano, poi l'altra, poi di nuovo la prima. Ogni volta, facendo battere il cuore di Sylvia, spaventata all'idea che cadesse.

"Miei cari genitori, se non vi sedete, potrei essere molto cattivo con l'uomo sotto di me. Potrei semplicemente far cadere questa bella roccia sul suo cranio molliccio."

Entrambi si sedettero ai lati di Sylvia, che doveva ancora spostarsi dal suo posto sul divanetto verde. Anche se la vista le si era schiarita, la sua mente doveva ancora recuperare. Era strano per lei rendersi conto del suo stato shock e non essere tuttavia in grado di farci niente.

"Cosa vuoi da noi?" chiese Franklin.

"Ce l'ho già quello che voglio, padre. Proprio qui. Voglio che stiamo insieme. Voglio la mia famiglia. È ciò di cui ho bisogno per essere di nuovo tutto interno. Con voi posso essere proprio come tutti gli altri. Senza dolore."

"È passato molto tempo, Robert, noi..."

"Non chiamarmi Robert! Non è il mio nome", ringhiò, "Una simpaticissima giornalista mi ha detto che la gente mi chiama Fragole. Mi piace. Puoi chiamarmi con quel nome. Mi ricordo, sai? Da ragazzo, coltivavi le fragole nel tuo giardino, mamma. Mi hai detto che erano una pianta robusta. Hai detto che potevano sopravvivere al rigido inverno e produrre ancora frutti nuovi ogni anno. Sono forti, come sono forte io."

"Mi dispiace", disse la madre. "Non lo sapevo. Non lo dirò più. Lo prometto."

"Ti sei dimenticata di me. Lo so. Anch'io mi ero dimenticato di te, mamma. E di te, papà. E di mia sorella, che non ho mai incontrato. Ma adesso siamo insieme e ricorderò tutto. Mi avete mandato via, ma vi ho perdonati. Un uomo perdona. "

Fragole teneva ancora la statua in mano, ma fece un passo indietro rispetto a Bill e qualche passo verso di loro. Sylvia ora poteva concentrarsi abbastanza da vedere che la schiena di Bill si alzava e si abbassava lentamente. Era vivo.

"Ora che siamo insieme, possiamo essere felici", disse Fragole. "Io voglio essere felice. La felicità è ciò di cui un uomo ha bisogno e la ottiene dalla sua famiglia. Farete andare via il dolore."

Il sangue continuava a scorrere senza sosta dai tagli sulle sue braccia, punteggiando di tanto in tanto con un granello cremisi il tappeto.

"Che dolore?" Chiese Sylvia, sorpresa di sentire la propria voce.

"Il dolore che provo nel profondo quando l'energia finisce, mia dolce sorellina. Sarai tua la mia energia adesso."

Sylvia non sapeva cosa intendesse suo fratello. Non era sicura di niente in quel momento. Sua madre singhiozzava in modo incontrollabile e suo padre sembrava insensibile, sconfitto. Bill non si era mosso. Poteva raggiungerlo? Che speranza c'era per lei, se Bill non ce la faceva?

Fragole si illuminò e poi ricominciò a fare le giravolte.

Gioia pura.

CAPITOLO QUARANTOTTO

Love era già svanita oltre il punto in cui era visibile. Dietro la casa, pareva. Robert Kirkman era già sul marciapiede verso la casa. Harry tirò fuori la propria carcassa dall'Hummer, e quando i suoi piedi toccarono il pavimento, il suo ginocchio schioccò. All'inizio fu solo un suono e nient'altro, ma presto quel suono si trasformò in dolore e il suo corpo sembrò crollare.

Si rialzò il più velocemente possibile e, sebbene quell'agonia fosse sul punto di farlo svenire, si decise a resistere. Non avendo tempo per cose sofisticate, si diede un pugno al ginocchio più forte che poté, rimettendolo al suo posto e urlando.

Ora vai, vecchio.

Mezzo zoppicante e mezzo di corsa, raggiunse la porta d'ingresso del numero 15 di via dei biscotti, la strada era spianata.

Una volta dentro, vide una lunga lista di cose che accadevano in rapida successione. Per prima cosa, notò un uomo a terra che si stava muovendo piano. Più avanti, sulla soglia, vide Robert Kirkman, di spalle a Harry. Il resto della famiglia sedeva su un divano alla sua destra. Poi, vide Love entrare da un arco dall'altro lato della stanza, con la pistola puntata.

Robert scagliò contro Love uno strano oggetto pesante e si accovacciò a terra come un granchio. Love riuscì a schivare il lancio e l'oggetto si frantumò contro l'arco, rompendo un grosso pezzo di muro. Poi l'uomo corse sul tappeto e fu su di lei prima che Love potesse riprendersi completamente. Le mani di Love erano ancora sulla pistola, ma Robert chiuse le sue intorno a quelle di lei, e lottarono per l'arma. Love colpì Robert col ginocchio ai fianchi e allo stomaco, ma senza alcun effetto.

Harry corse verso di loro, ignorando il ginocchio in fiamme, ma proprio mentre si avvicinava, Robert riuscì ad avere la meglio. Mentre Harry fissava la canna della pistola, quel mostro sparò. Il suono del proiettile che esplodeva dalla camera rimbalzò per la stanza, con un forte tuono. Cadde per terra prima ancora di rendersi conto che il proiettile gli era entrato nella la carne.

Vedeva le persone sul divano che si tenevano le mani sulle orecchie. Harry avrebbe fatto lo stesso, ma percepiva che quel rumore non sarebbe mai svanito. Poi cadde all'indietro, il suo corpo in agonia oscillava. Eppure, vedeva ancora. Non era ancora morto. Non ancora.

Harry rotolò su un fianco in tempo per vedere Robert colpire Love in testa con il calcio della pistola. Si chinò, un flusso di sangue leggero ma costante le scorreva dalla testa. Stava strisciando verso di lui. Erano così vicini. Lei lo raggiunse e lui tornò indietro.

Robert usò il piede per far tornare Love in posizione sulla schiena prima che le loro dita si incontrassero.

"Disprezzo queste cose, sai," disse Robert, indicando la pistola. "Sono così impersonali. Così incasinate."

Harry volse il suo corpo verso l'alto, riuscendo a raggiungere una posizione seduta. Poi rise.

"Incasinate", disse, "Tu, di tutte le persone, pensi che una pistola sia incasinata? Ho visto cosa fai alle persone che uccidi. "

"Quello che faccio è una specie di canzone. Muovo la carne sulle onde dell'energia. Non è un casino. È l'armonia stessa. Non capisci niente." Poi Robert puntò la pistola contro Love.

"Chi è questa persona per te? È qualcuno di importante? Deve esserlo, dato che ti sei dato tanto da fare per venire in suo aiuto. Se dovessi porre fine alla sua vita, saresti in grado di sentirla dentro di te come me? No. No, non potresti. Ti ho visto. Lo ricordo. Ho visto l'energia toccarti e ho visto che l'hai ignorata. Non credo nemmeno che tu riesca a sentirla adesso. Vediamo."

Due proiettili entrarono nel petto di Love prima che le orecchie di Harry registrassero il suono degli spari. Tremava, il sangue le ribolliva dall'interno, dalla bocca e dalle ferite. Morì quasi immediatamente.

Robert spalancò le braccia. Il suo sorriso era uno spettacolo di psicosi. "Senti l'energia della sua vita mentre ti riempie, se puoi. Lascia che il tuo dolore sia lavato via e gioiscine".

Si accovacciò di fronte a Harry, con la pistola appoggiata sul ginocchio, ma ancora puntata sul segno. "Ti lascio morire con questa donna. Ti lascerò morire lentamente così saprai cosa significa sentirla. È il mio regalo per te. Non sprecarlo."

Quindi Robert andò dove giaceva il primo uomo,

con il corpo che ora minacciava di riprendersi. Robert lo prese in braccio e lo schiaffeggiò in faccia finché non riprese conoscenza. Tenne l'uomo lì finché non fu in grado di stare in piedi da solo. "Mi aiuterai. Mi è stato detto che un uomo ha bisogno di amici proprio come ha bisogno della famiglia. Può essere che sia vero."

Robert incaricò l'uomo di afferrare i lacci dalle tende e di usarli per legare i polsi al resto della famiglia Kirkman. "Ora conducili a una delle macchine fuori. Non mi interessa quale. Posizionali delicatamente sui loro sedili e allacciali per sicurezza. Allora ci porterai nel luogo a cui apparteniamo. Capisci?"

L'uomo annuì e fece come gli era stato detto. Robert li seguì, con la pistola ancora in mano e il sorriso ancora stampato sul viso.

Harry si spostò dove giaceva Love e la prese in grembo. La sua pelle era sempre stata fredda per lui, ma ora lo era in modo diverso. Sembrava diventare più fredda ad ogni momento, il suo calore le usciva dal corpo con il sangue. La tenne stretta, ignorando il disastro umidiccio che era tra di loro, e la baciò sulla guancia e sugli occhi.

Aveva sentito così tante persone dire che un corpo senza vita sembra pacifico, ma Harry non aveva mai capito quel concetto. Aveva visto molti cadaveri durante la sua vita e, a lui, sembravano tutti confusi; come se non riuscissero a capire cosa fosse appena accaduto loro. Love non era diversa, e Harry desiderava unirsi a lei nella sua confusione.

Avresti potuto salvarla, inutile merda.

Spinse la mano sulla spalla sinistra e sentì il foro del proiettile lì. Poi la allungò sulla schiena e sentì la ferita da cui era uscito. Non sarebbe morto se avesse fasciato la ferita in quel momento. Poteva continuare a vivere. Da solo.

Posò dolcemente la testa di Love sul tappeto, baciandola un'ultima volta. Si strappò di dosso un pezzo della camicia e se lo legò intorno alla spalla. Avrebbe funzionato. Temporaneamente. In quel momento, aveva bisogno di aiutare la famiglia Kirkman. Era l'unico motivo per cui era andato lì con Love, e se avesse potuto aiutare, lo avrebbe fatto.

Si alzò in piedi, inciampò e poi si alzò di nuovo. Prese le chiavi di Love dalla tasca anteriore di lei, scusandosi mentre lo faceva. Arrivato alla porta d'ingresso, la guardò ancora una volta, odiando se stesso per averla lasciata lì. Sapeva, però, che lei lo avrebbe perdonato.

Lei lo avrebbe sempre perdonato.

CAPITOLO QUARANTANOVE

Sylvia sedeva sul sedile posteriore della Honda lottando per liberarsi dalla morsa. All'inizio Bill aveva tentato di allacciarli senza stringere, ma dopo un subitaneo colpo di pistola, li aveva stretti come desidera Fragole. Sentiva le sue mani diventare sempre più insensibili e, a ogni colpo, le corde si facevano più strette.

All'inizio suo fratello li aveva portati su una normale strada asfaltata, ma dopo un po' avevano imboccato qualcosa che a malapena poteva essere definita una strada. Questa, poi si era trasformata in qualcosa che decisamente non era una strada, ma solo un campo desolato. Sylvia sapeva dove si trovavano, approssimativamente, ma non ne fu sicura finché non fecero una svolta e lei fu in grado di vedere il lago davanti a loro.

I suoi genitori si sedettero in silenzio accanto a lei, entrambi a testa bassa per la vergogna. Nessuno dei due opponeva resistenza. Le lacrime continuavano a scorrere lungo le guance di sua madre, ma lei non faceva alcun rumore, a parte un affanno occasionale. Suo padre sedeva impassibile, i colpi dovuti alla strada sterrata che gli facevano sbattere la testa contro il finestrino non avevano alcun effetto su di lui.

Sylvia tentava di stabilire un contatto visivo con Bill, ma lui si atteneva rigorosamente agli ordini e non. Si guardava mai indietro. Sapeva di che Bill non voleva rischiare quella minima sicurezza e, a giudicare dalle azioni in casa, Fragole stava progettando la prossima mossa oppure si sentiva del tutto sconfitto. Immaginava che nessuna delle due opzioni due sarebbe stata utile. La loro unica speranza adesso era fare come Fragole aveva detto loro e sperare che arrivasse aiuto.

Eppure, l'aiuto era arrivato, no?

Non sapeva cosa fosse successo all'uomo che era passato dalla porta di casa, ma era sicura che la donna fosse morta. Poi, guardandoli sul pavimento, capì che chiunque fossero, erano importanti l'uno per l'altra. Forse si amavano.

Stava passando troppo tempo a pensare a persone che non conosceva nemmeno. Non era il momento di piangere degli estranei. Aveva bisogno di capire quale sarebbe stata la sua prossima mossa, perché se quei due fossero stati i loro rinforzi, allora erano del tutto fregati.

Dopo un lungo viaggio, Bill fu incaricato di parcheggiare l'auto. Si trovavano di fronte a una piccola casa che sembrava tenuta insieme solo da ragnatele. I bordi esterni dell'edificio si stavano sgretolando, molto probabilmente per via delle termiti. Il tetto in effetti era più basso al centro e c'era una pozza d'acqua che si era accumulata all'interno della rientranza. La pozzanghera era diventata terreno fertile per le zanzare, così numerose che poteva effettivamente vederne la nuvola ronzante, osservandole dal sedile posteriore.

Fragole ordinò loro di uscire dalla macchina e nessuno fece storie. Sapevano tutti chi comandava ora. Sylvia riuscì finalmente a catturare lo sguardo di Bill, e vide che neanche lui lottava più. Distolse lo sguardo da lei, probabilmente non voleva mostrare il loro legame a suo fratello. A Fragole poteva non piacere che la sua nuova sorella avesse un fidanzato. Aveva pensato che Bill potesse essere suo amico, e quella poteva essere l'unica ragione per cui era rimasto in vita.

"Apri la porta", disse Fragole, indicando Bill.

La porta non era chiusa a chiave, ma la sistemazione della casa aveva reso difficile l'apertura. Bill dovette mettere molta forza contro la porta con la spalla perché cedesse, e quando finalmente lo fece, la casa tremò. Parte dell'acqua dal tetto schizzò sul davanti e un conglomerato di tegole marce cadde a terra. I vecchi gradini di legno che conducevano alla porta d'ingresso scricchiolavano sotto i loro piedi mentre la famiglia li saliva, facendo cadere piccoli pezzi.

Un vecchio divano era l'unico mobile all'interno della casa, e anche quello sembrava essersi abbassato e trasformato in una parte della casa stessa. Quando la luce dall'esterno colpì il pavimento di legno, ogni genere di scarafaggi e roditori fuggirono spaventati, e sopra di loro, il soffitto ospitava un intero paesaggio di aracnidi, le cui ragnatele oscillavano in una leggera brezza che ne faceva agitare gli abitanti.

"Sedetevi miei cari genitori. Sedetevi sul pavimento. Schiena contro schiena."

I suoi genitori diedero i loro primi segni di vita, non volendo accomodarsi sui i parassiti che infestavano il pavimento di casa. Guardarono quel figlio malvagio con occhi. di protesta, ma lui restò impassibile. Si sedettero schiena contro schiena, come da istruzioni.

Per un momento, Fragole scomparve in una stanza sul retro, e poi riemerse tenendo diversi fili spessi. "Usa uno di questi, serve per unirli insieme. Assicurati che sia bello e stretto. Se non lo fai, potrei essere costretto a rivalutare la necessità degli amici."

Bill si accovacciò vicino ai genitori di Sylvia. Lei non poteva vedere cosa stesse facendo con precisione, ma a un certo punto sua madre strillò. Bill si scusò con lei e poi finì il suo compito. Quando si alzò di nuovo, Sylvia poté vedere una piccola macchia di sangue non suo sulla sua mano del mostro.

"Molto bene. Molto bene, davvero. Ora tu e la mia dolce sorella sedetevi allo stesso modo."

Sylvia si mise a discutere, spazzò semplicemente via alcuni insetti e pezzi del soffitto con il piede e si sedette. Qualche istante dopo, sentì Bill appoggiarsi a lei. Questa volta suo fratello eseguì la legatura da solo, avvolgendo il filo prima attraverso i lacci e poi in una figura a forma di otto attorno ai loro polsi. Il filo era spesso e pesante e il suo metallo arrugginito penetrava nella pelle morbida dei suoi polsi. Eppure, non si mosse né gridò.

A quel punto, Fragole se ne andò. Andò di nuovo nella stanza sul retro, ma questa volta non tornò. Sylvia sentì la porta aprirsi e poi chiudersi con forza. Sentì dolci onde del lago solo per un breve istante. Era uscito.

Sylvia esaminò la stanza, ma semplicemente non c'era niente che potesse aiutarli. Oltre al divano inghiottito, l'unica cosa nella stanza erano alcune vecchie canne da pesca su una rastrelliera di legno nell'angolo, ma sembravano fragili come la casa stessa.

Aveva il cellulare nella tasca anteriore, ma non c'era modo di arrivarci e i suoi genitori non sarebbero stati di alcuna utilità. Cercò di attirare la loro attenzione, ma le loro menti erano così annebbiate che le sue parole non li raggiunsero.

Agganciò un dito intorno a quello di Bill. Era l'unico contatto che potevano gestire. Le ci volle un po' di tempo, ma alla fine accettò il suo destino proprio come gli altri.

Avrebbe aspettato e sarebbe stata a vedere.

CAPITOLO CINQUANTA

Risalire sull'Hummer non fu facile. Il suo ginocchio gli doleva ancora moltissimo, e con la spalla in quello stato, mettersi alla guida lo faceva sentire come se gli stessero strappando un braccio. Quando finalmente si fu seduto, Harry raggiunse il punto in cui aveva lasciato il cellulare e poi compose il numero di Jasper.

"Harry, è bello sentirti, ma dobbiamo parlare di…"

"Stai zitto, Jasper, e ascolta. Lo abbiamo trovato. È a Pleasure, Wisconsin. Invia tutti gli uomini che hai. Tiene prigioniera la sua famiglia. E…" Harry si interruppe.

Jasper aspettò più a lungo, ma aggiunse niente.

"E cosa, Harry?"

"E lei è morta. Love è morta. L'ha uccisa. Manda uomini, Jasper. Manda solo uomini. "

"OK, Harry, ma tu stai fermo. Mi senti? Non sei autoriz… "

Harry riattaccò.

Inserì la chiave nell'accensione e girò. L'Hummer entrò in azione. Avrebbe trovato qualcuno in città. Qualcuno avrebbe saputo dove li aveva portati quel bastardo.

Qualcuno doveva sapere.

Il sangue che usciva dalla sua spalla adesso era più denso, e il suo laccio emostatico non funzionava.

Chi se ne frega, vecchio. La tua vita non vale un cazzo. Resisti finché puoi salvare quella famiglia.

Guidò di isolato in isolato, alla disperata ricerca di un posto dove la gente del posto potesse riunirsi. Alla fine, sulla via del Salice, trovò quello che sembrava essere il fulcro centrale della città. Era una tipica strada principale di un piccolo paese, fiancheggiata da negozi di antiquariato e mercatini. C'era uno studio dentistico, ma sembrava chiuso. Più in basso, trovò il posto che gli sembrava migliore. C'era un emporio in fondo alla strada, ed era l'unico posto che aveva delle macchine parcheggiate fuori.

Harry non si prese la briga di parcheggiare come doveva l'Hummer, ma lo mollò sul lato della strada di fronte al negozio e lo lasciò lì acceso.

Quando saltò terra, il suo corpo non riuscì a reggerlo e cadde sull'asfalto. Il sangue schizzò contro le linee bianche della strada. Diversi uomini lo stavano guardando attraverso la vetrina dell'emporio, ma nessuno fece alcun tentativo di uscire per aiutarlo.

Di nuovo in piedi, zoppicò verso la porta del negozio e un campanello suonò mentre l'apriva. Il suo sangue ora gocciolava sul pavimento di linoleum e tutti gli occhi erano fissi su di lui. "Vendete bende? O lacci emostatici?"

"Il corridoio otto ha farmaci e roba medica", disse l'uomo in piedi alla cassa, "Mando Sam a prenderti alcune cose, tu vedi di sederti. Nehai bisogno."

L'uomo indicò un ragazzino alle sue spalle e il ragazzo corse verso il retro del negozio.

"Grazie," disse Harry mentre lasciava che il suo

corpo dolorante si riversasse su una delle sedie in fibra di vetro che fiancheggiavano la finestra anteriore.

Un altro uomo, appoggiato al banco della cassa, disse: "Ho la sensazione che tu non sia di queste parti".

Harry rise, il che gli fece male. "Ha ragione, signore. Io non sono di qui, ma un famoso assassino lo è. Lavoro per l'FBI. O lo facevo, comunque. Signori, avete visto le notizie sull'assassino Fragole?"

Quelle parole fecero sì che tutti nella stanza cambiassero posizione.

Il ragazzo, Sam, gli corse incontro con varia attrezzatura da soccorso tra le braccia. La maggior non gli serviva, ma c'erano bende e lacci. C'era anche un pacchetto di assorbenti. Quelli da notte.

"Ho pensato che sarebbero stati utili per fermare il sangue", disse il ragazzo.

"Cazzo, ragazzo, sei un genio. Aiutami, se ti va."

Rubando l'idea al ragazzo, aprì un paio di pacchi di assorbenti. Ne premette uno sulla ferita sul davanti e chiese al ragazzo di premere l'altro contro la ferita d'uscita. Pochi secondi dopo, si erano riempiti al massimo, ma il sangue era rallentato. Ne aprì altri due e fece di nuovo la stessa cosa, questa volta usando una garza per tenerli fermi sulla spalla, e poi delle bende per avvolgerli bene insieme. "Grazie ragazzo."

Sam annuì, poi tornò al suo posto dietro il bancone.

"Ora che sei tutto bendato, ti dispiacerebbe spiegarci quello che stavi dicendo prima? Stai dicendo che il tizio delle fragole è di qui?" chiese l'uomo alla cassa.

"Sì, e ho bisogno di trovarlo. Ha preso in ostaggio una famiglia e devo raggiungerli prima che uccida di nuovo. Il suo nome era Robert Kirkman. Qualcuno qui ha mai sentito parlare di lui?"

"Beh, i Kirkman sono qui da molto tempo. Franklin gioca a domino qui a volte. Non ricordo un Robert, però."

Poi un uomo dall'altra parte del negozio si mise a sedere, facendo cigolare rumorosamente la sedia a dondolo su cui sedeva. A giudicare dal volto, l'uomo aveva visto molte primavere e aveva una coperta avvolta intorno alle spalle. La sua voce sembrava quella di un lucidatore di pietre. "Sì, c'era un Robert. Andato via da un pezzo."

"Bene, ascolta, esistono forze di polizia in questa città? Ho bisogno di sapere dove trovarlo e mi servirebbe del supporto."

"Già ci stai parlando", disse l'uomo della sedia a dondolo. "Mi chiamo Jed. Sono stato lo sceriffo qui per molto tempo. Ricordo quel ragazzo. Strano, era strano. Se ne andò proprio nel periodo in cui...Merda. Tutto ha senso adesso. Dici che Robert è questo Fragole?"

"Sì."

"Bene, allora sì, tutto ha perfettamente senso."

L'uomo alla cassa disse: "Pensi che fosse lui, tanti anni fa? Quei punti rossi?"

"Sì, John, credo di sì."

Harry disse: "Ascoltate, non so esattamente di cosa stiate parlando. Tutto quello che so è che ho bisogno di trovarlo adesso. Qualcuno sa dove potrebbe essere andato Robert?"

"Anni ci fu un incidente nella nostra città. Da allora non sono più lo stesso. Mi sembra di ricordare che quel ragazzo amasse passare molto tempo al lago. Se ricordo bene, suo madre mi mandò a prenderlo un paio di volte quando non poteva lasciare il lavoro", disse Jed.

"Quella vecchia baracca di pescatori dei Thompson è là, se non è ancora crollata", disse un altro uomo alla sinistra di Harry.

"Giusto", disse Jed.

Harry lo interruppe: "Allora pensate che sia in questa baracca di pescatori?"

"Non ci va più nessuno da quando il vecchio Thompson ci ha trovato il suo cavallo morto dentro. Se quello che ci stai dicendo è vero, allora questo Fragole ha ferito questa città già molto tempo fa. Sospetto che quella baracca sia il posto migliore per iniziare a cercare."

"Bene," Harry si alzò in piedi, sentendosi un po' meglio. "Qualcuno ha l'indirizzo di questo posto?"

"Non c'è un indirizzo", disse John, l'uomo alla cassa. "Non puoi sbagliarti però. Prendi questa strada qui fuori città. Vai ad ovest. Guida per cinque o forse dieci miglia, poi ci sarà una stradina sulla destra che porta al lago. È più un sentiero in realtà, ma a giudicare dall'auto che hai, non credo che avrai problemi a arrivarci".

Harry li ringraziò di nuovo e si avviò verso la porta.

"Aspetta un attimo, stai dicendo che questo assassino potrebbe essere in quel posto proprio ora?"

"Sì, John, è probabile." Harry guardò lo sceriffo. "Fammi un favore e cerca di riunire un po' di polizia. Forse anche qualcuno dalle città vicine. Vedi se riesci a convincere qualcuno là fuori ad aiutarci. Ora vado."

"OK, ti porterò aiuto", disse Jed.

Harry era già fuori dalla porta.

CAPITOLO CINQUANTUNO

Aveva fatto legare a quell'intruso i suoi genitori. Non gli piaceva che quest'uomo invadesse la loro famiglia. All'inizio aveva pensato che potesse esserci un posto per lui, perché gli era stato detto che un uomo aveva bisogno di amici. Mentre sempre più ricordi della sua giovinezza tornavano, ricordò però che anche i suoi genitori volevano che lui avesse amici. Non gli sembrava che quell'uomo volesse le stesse cose che voleva lui.

Legò insieme sua sorella e l'intruso. La sua mente si annebbiava e la confusione gli faceva prendere decisioni affrettate. Non doveva andare così. Doveva pensare chiaramente. Aveva ottenuto ciò di cui aveva bisogno e ora l'energia doveva fluire liberamente. Tuttavia, non poteva sentirla. Aveva bisogno di capire che cosa mancasse. Doveva esserci un piccolo pezzo del puzzle che non era ancora andato al suo posto.

La sofferenza sotto la superficie stava aumentando. La sentì solleticare la parte più interna della pelle. Aveva bisogno di arrivare a un posto dove poter pensare. Ragionare. Non poteva permettersi un errore.

Guardandosi intorno per la casa, vide che non c'era niente che potesse essere usato contro di lui: ma non era questo il motivo per cui era andato lì del resto? Da ragazzo, questo era il suo unico posto sicuro. Era se stesso tra quelle mura e sapeva che era lì che doveva restare adesso. Poteva stabilirsi qui con la sua famiglia. Sapeva che avrebbero capito l'importanza di quella casa, come lui, col tempo.

Poi uscì. Il lago che aveva passato così tanto tempo a fissare da bambino era proprio come lo ricordava. La riva a pochi passi dalla porta sul retro. Rimase vicino all'acqua, con quelle onde sottili che si avvicinavano alla punta delle sue scarpe, ma poi si tiravano indietro come se stessero giocando ad acchiapparella. Fece molti altri passi verso l'interno e le sue scarpe affondarono nell'argine fangoso, le onde ora gli schizzavano contro, producendo quel suono che sembrava averlo calmato prima. Adesso aveva bisogno della sua beatitudine.

Qualche altro passo e l'acqua limpida gli coprì la parte inferiore delle gambe. Le alghe verdi e i pesciolini che si avvolgevano intorno alle sue gambe si prendevano gioco della sua agonia. Gli spasmi alle braccia non furono calmati dal lago, come succedeva una volta. Guardando in basso, colse il suo riflesso distorto. Tese le mani per le sue braccia che marcivano. Tuttavia, il pulsare di quella pelle lacerata non fu la prima cosa che vide. Nella mano sinistra teneva ancora l'impugnatura della pistola che aveva rubato.

Si ricordò della donna da cui aveva preso la pistola, e la odiava per avergliela data. Detestava il dispositivo e improvvisamente si rese conto che l'arma poteva bloccare il suo accesso all'energia che sicuramente lo stava aspettando.

Si allungò indietro e la gettò nel lago. Il suo braccio bruciava di dolore, ma era ancora in grado di lanciare a una buona distanza. Fece un enorme spruzzo; il peso era il frutto del dolore tanto quanto del metallo di cui era fatta pistola.

Quindi si sedette, l'acqua ora gli copriva le gambe e gli scorreva intorno al busto. Libero dal dispositivo infernale, poteva concentrarsi. Presto avrebbe capito la sua prossima mossa. Doveva solo aspettare.

Era bravo ad aspettare.

CAPITOLO CINQUANTADUE

La scena si apre su una vecchia casa umida e ammuf-
fita sull'orlo del collasso. Due gruppi di persone sono
legate insieme sul pavimento. Una coppia è formata
dalla nostra protagonista con il nuovo compagno. Pur
non potendosi vedere, i due possono sentire il battito
del cuore dell'altro, e presto iniziano a battere all'unisono; la loro paura è condivisa.

SYLVIA

Oggi ho deciso che ti amo.

BILL

Solo oggi?

SYLVIA

Solo un'ora fa, a dire il vero.

BILL

Ebbene, vinco io perché ho deciso di amarti molto tempo fa.

SYLVIA

Non mi ero resa conto che fosse una gara. Se lo sapevi molto tempo fa, perché non me l'hai detto?

BILL

Perché so che sei il tipo di ragazza che deve prima capirlo da sola. Se te lo avessi detto, saresti impazzita e saresti scappata.

SYLVIA

Hai probabilmente ragione. Quando l'hai deciso?

BILL

Quando hai sbagliato il mio nome.

SYLVIA

Che sciocco!

BILL

È stato in quel momento che ho capito che non ti avrei più rivista, e la cosa mi ha fatto molto più male di quanto pensassi. Dopodiché, ho perseguitato Melissa, finché non mi ha finalmente fatto entrare nel tuo appartamento quel giorno.

· · ·

Sylvia stava toccando la mano di Bill come meglio poteva con la sua. Adesso aveva dei crampi alla mano, ma non voleva smettere di sentire la pelle del suo uomo. Si sentiva in colpa per aver lasciato che venisse lì con lei, ma sapeva che se l'avesse detto ad alta voce, lui le avrebbe semplicemente risposto che era stupida. Aveva bisogno di dirlo comunque.

SYLVIA

Non avrei dovuto lasciarti venire.

BILL

Beh, non essere stupida, perché non sarei dovuto venire? Inoltre, se non fossi stato qui, magari non avresti avuto quella rivelazione un'ora fa.

SYLVIA

Io ... lui sta per ...

BILL

No. Lo so. Vuole solo la famiglia e io non ne faccio parte.

SYLVIA

Non so cosa fare, Bill. Cosa faccio?

BILL

Vorrei poterti rispondere. Qualcuno verrà in nostro aiuto. Quelli dovevano essere poliziotti. Forse anche federali. L'uomo era ancora vivo quando ce ne siamo andati. Chiederà aiuto. Dobbiamo solo resistere.

L'altra coppia legata erano i genitori di Sylvia. Li sentiva parlare a bassa voce tra loro, anche se non riusciva a capire le parole. La loro conversazione probabilmente era più o meno la stessa.

SYLVIA

Ehi, allora cosa ne pensi dell'incontro con i miei genitori?

BILL

Non sono sicuro di piacere troppo a tuo padre. Ma sono abbastanza sicuro che se avessi avuto più di venti secondi con lui, sarei stato in grado di fargli cambiare idea.

SYLVIA

Non credo, mio caro. Mio padre non penserà mai che qualcuno sia mai abbastanza buono per me.

BILL

Ebbene, questo è già un terreno comune, perché sono totalmente d'accordo.

SYLVIA

Oh Dio, cavolo, smettila di essere così dolce. Non ce la faccio.

BILL

È tuo il fascino. Non riesco a fermarlo.

SYLVIA

Ti amo.

BILL

L'hai già detto.

SYLVIA

Vaffanculo. Dimmi solo che mi ami.

BILL

Ti amo anch'io, Sylvia.

Poi scoppiò in lacrime, ma lei fece del suo meglio per assicurarsi che i suoi singhiozzi fossero impercettibili. Poteva sentire Bill dimenarsi. Probabilmente le sue mani erano in pena quanto le sue.

BILL (CONTINUA)

Quando ero un bambino, tipo, forse quattro anni, Mi sono perso nel bosco per quasi due giorni.

SYLVIA

Cosa?

BILL

Sì, me ne ero andato mentre ero con mia nonna, e immagino di non aver mai smesso di camminare.

SYLVIA

Dove diavolo hai trovato dei boschi in cui perderti?

BILL

Ho vissuto in Texas fino ai dieci anni.

SYLVIA

Oh mio Dio. Non me l'hai mai detto.

BILL

Vivevamo in mezzo al nulla; solo campi, boschi e mucche. Anche un sacco di recinzioni di filo spinato. A quanto pare, quando mi hanno trovato avevo un sacco di buchi nella camicia dove le staccionate avevano strappato il tessuto mentre scavalcavo.

SYLVIA

Cosa ti ha spinto a continuare a camminare nel nulla?

CONTO

Non posso saperlo. Avevo solo quattro anni. Il mio cane George - era un labrador nero - rimase con me tutto il tempo. Ha vissuto fino a diciotto anni. In anni da cane, sono ... molti anni.

SYLVIA

Come ti hanno trovato?

BILL

Mi è stato detto che ero seduto sul letto di ruscello, pacifico. Mi ero stancato di camminare.

SYLVIA

Questa è una storia assurda. Non ho immaginavo che avessi questo genere di ricordi nel tuo passato.

BILL

Beh, stavo lasciando le mie storie per dopo. Pensavo che tu fossi una ragazza che doveva essere conosciuta prima di poter conoscere qualcun altro a sua volta. E ce n'erano di cose tue da conoscere. Mi stavo solo divertendo a scoprirti. Alla fine, ti avrei raccontato tutto di me. Immagino ora ... immagino di aver pensato di regalarti almeno un ricordo, sai che intendo.

· · ·

La conosceva. Davvero. L'aveva capita bene fin dall'inizio. Non avrebbe mai pensato di essere come lui l'aveva descritta, ma ora sapeva che aveva ragione. Se le avesse raccontato tutto di sé all'inizio, si sarebbe annoiata e non gli avrebbe nemmeno mai dato una reale possibilità. Lui la conosceva e ora lei non avrebbe mai avuto la possibilità di conoscerlo.

SYLVIA

Perché te ne sei andato via dal Texas?

BILL

Il calore.

SYLVIA

Fa caldo anche in California.

BILL

No. No, non davvero.

Bill si appoggiò contro di lei, e lei fece lo stesso, permettendo ai loro corpi di toccarsi il più possibile.

SYLVIA

Raccontami un'altra storia.

BILL

Dalla mia infanzia?

SYLVIA

Quello che vuoi.

BILL

Quando avevo diciassette anni, mi sono fatto un acido per la prima volta.

SYLVIA

Oh, interessante.

BILL

Io e alcuni amici avevamo costruito un falò nel deserto, e ci siamo drogati tutti. Avevo sentito di persone che vedevano cose, allucinazioni e roba del genere, ma ho sempre pensato che fosse solo un'idiozia. Ho sempre pensato, se sai che sei drogato, non puoi semplicemente ignorare tutto ciò che vedi? Comunque, mi sentivo benissimo seduto intorno al falò con i miei amici. Poi ho guardato a sinistra.

Sua madre ora stava piangendo, ma lei cercò di concentrarsi su Bill.

BILL (CONTINUA)

C'era questo enorme fico d'India, più alto di me, e

iniziò a oscillare avanti e indietro. Poi ho visto dei pesci nuotarci dentro.

SYLVIA

Sai, con tutte le cose che ho fatto, non ho mai provato l'LSD.

BILL

Quando lo provi per la prima volta, non farlo vicino ad un cactus, perché mi ci sono tuffato e ci ho fatto una nuotata.

SYLVIA

Santo cielo! E sei ancora vivo!

BILL

Ovviamente. Non sentii neanche nulla quella notte in realtà. Poi la mattina, mi sono svegliato seduto su una sedia a sdraio e ho urlato. Avevo letteralmente aghi di cactus in ogni parte del mio corpo. Le palle, il culo e persino la bocca e le palpebre.

SYLVIA

Terribile!

BILL

Però avevo degli amici fantastici. Mi aiutarono ad estrarre le spine per ore.

SYLVIA

Droga o no, non posso credere che fossi così stupido.

BILL

Beh, credici, piccola. Ragazzi, non drogatevi.

Lei non badò al suo annuncio per la salute pubblica. Il suo cervello si era fatto pesante. La vista vorticava. Il cuore le salì in gola e lo vide uscire dalla bocca e fluttuare tra le ragnatele. Il panico la stava prendendo.

SYLVIA

Non posso perderti adesso.

Non riusciva più a mantenere segrete le sue lacrime.

SYLVIA (CONTINUA)

Dobbiamo farcela a superare questa merda, perché ora so cosa voglio nella mia vita. Basta con quello stupido lavoro, le pillole, tutto il resto. Pagherò le tasse e diventerò una segretaria o qualcosa del genere. Non ho bisogno di niente tranne di come mi sento quando siamo insieme.

BILL

Silenzio. Silenzio ora. Non devi rinunciare a nes-

suna di queste cose. Tieni il mondo per le palle, ed è
questo che ti rende sorprendente. Non importa come,
continuerai ad esserlo. Smettila di parlare come se dovessi rinunciare a tutto solo per un piccolissimo desiderio che hai ora.

Pianse ancora e Bill la lasciò fare. Non aveva mai versato così tante lacrime in vita sua. Cercò di afferrargli
la mano tra le sue, ma scoprì che non poteva sentire
più niente con le dita.

Sentirono un rumore dalla parte anteriore della casa.
Sembrava un veicolo, ma se lo era, era arrivato da una
distanza notevole. A Sylvia sembrava di aver sentito la
portiera di una macchina chiudersi, ma non ne era
sicura.

Tutti rimasero zitti e immobili, tutti e quattro i
gruppi di occhi puntati sulla porta d'ingresso. Le finestre erano state coperte dalla vernice, quindi non furono d'aiuto. Il silenzio era assordante.

Qualche tempo dopo, forse solo pochi minuti, ci
fu un maggiore trambusto sul davanti. Questa volta, si
trattava sicuramente di macchine. Quelli più rumorosi con motori diesel. Poi si udirono di uomini che
urlavano. Anche con i muri marci, era tuttavia difficile
capire cosa veniva detto, ma Sylvia era certa che ci
fossero molte persone là fuori.

Si dimenavano; cercavano di rompere quei lacci
di ferro. Volevano essere d'aiuto, ma il filo e le cravatte
funzionavano fin troppo bene.

Le urla all'esterno continuavano, a volte trasformandosi in un canto impercettibile. Ci furono spari e molti degli uomini sembravano impegnati in una discussione accesa. Poi il rumore della porta sul retro che si apriva coprì tutto il resto e, in quel momento, a Sylvia sembrò di sentire odore di fumo.

CAPITOLO CINQUANTATRÉ

Nonostante le qualità eccezionali del colosso che stava guidando, il suo corpo urtava ancora contro il fianco, la testa colpiva ancora il tetto e ogni osso del suo corpo avvertiva l'impatto del sentiero roccioso. Questo era il terzo sentiero di questo tipo che aveva intrapreso. La gente del posto non l'aveva informato che la strada che portava fuori città era piena di sentieri. Gli altri giungevano entrambi a un vicolo cieco e poteva solo sperare che questo non fosse uguale.

All'inizio aveva superato quel sentiero. L'erba era diventata così folta che riusciva a malapena a vedere la ghiaia sottostante. Quando guardò più da vicino, poté vedere dell'erba appiattita di recente da un altro veicolo, quindi seguì il tracciato.

Non immaginava nemmeno come la Civic avrebbe potuto farcela in una situazione del genere, dato che perfino il suo Hummer stava patendo le pene dell'inferno. Lo spintone lo aveva fatto sanguinare di più e le sue bende si stavano bagnando. Una macchia rossa e umida era già apparsa sulla sua maglietta e provò un rapido rimorso per quello che stava facendo ai sedili del nuovo giocattolo di Love.

Spinse il piede sul pedale del freno quando svoltò una curva e vide un vasto lago oltre un fitto boschetto. Dopo aver guidato un po' più in là, intorno ad altri alberi fitti, vide la casa. Seppe subito che era il posto giusto. La gente del posto aveva ragione, non era molto più di una baracca, ed era la definizione stessa della parola fatiscente; una macchia lercia su una vista altrimenti perfetta.

Harry poteva vedere la Honda parcheggiata davanti, anche se l'erba era quasi abbastanza alta da nasconderla. Guidò l'Hummer nel miglior modo possibile, facendo girare il motore solo quando perdeva completamente lo slancio.

Parcheggiò a una distanza decente. Avrebbe voluto parcheggiare più lontano, ma non pensava di poter camminare ancora per molto. Saltò goffamente giù dal veicolo e poi fallì miseramente nel chiudere silenziosamente la portiera dietro di lui.

Qual è il piano, Harry? Non ne hai uno, vero?

Si avvicinò di soppiatto alla casa, pronto a rannicchiarsi nascosto se avesse rilevato un movimento.

Oh, e ti sembra una buona idea solo perché il gigante blu Hummer farebbe lo stesso?

Quando arrivò all'angolo della casa, vi si appoggiò per riprendere fiato. Solo il suo peso premuto contro il vecchio legno lo fece piegare e sgretolarsi. Sul retro, vide che un intero vecchio albero era appoggiato alla casa.

Sbirciò lentamente attraverso le finestre, ma non riuscì a vedere nulla, tranne l'oscurità. Rimase lì, l'orecchio contro il finestrino, sperando di cogliere un suono. La sua mente cercava disperatamente di formulare un piano.

Poi, il rumore della sua mancata chiusura della porta non fu più un problema.

Il rombo dei veicoli in lontananza iniziò come un sussurro, ma aumentò di secondo in secondo. Man mano che si avvicinavano, Harry poteva distinguere i singoli rumori dei motori, immaginando che ce ne fossero almeno quattro in arrivo.

Quando superarono la curva degli alberi, vide che aveva sottovalutato il loro numero di due unità. Tutti e sei erano camionette, con motori volutamente rumorosi, e ognuno aveva molti uomini dall'aria dura che urlavano e spingevano pugni e pistole in aria.

Harry controllò dietro di sé per vedere se qualcosa si stesse muovendo in casa, ma ancora non vide nulla.

I camion si sparpagliarono a caso e gli uomini balzarono fuori dalle camionette. Nessuno dei conducenti si prese la briga di spegnere i motori, e alcuni addirittura li mandarono su di giri. La scena sembrava una gara di misurazione di cazzi post-apocalittica.

Poi diversi uomini spararono in aria con le pistole. Harry doveva tenerli sotto controllo, ma non aveva idea da dove cominciare. Sollevò le braccia e le agitò freneticamente e, con suo grande stupore, quella frenesia si calmò leggermente.

"Per favore spegnete i motori!" gridò.

Tutti i camion eccetto due obbedirono, e poi l'uomo che stava dietro il bancone dell'emporio, John, uscì dalla folla e si fermò vicino a Harry. Sollevò la mano con calma e il resto della folla si zittì completamente.

"Non staranno zitti a lungo", disse John. "Lui è lì dentro?"

"Sì. Beh, penso di sì. Ha quattro ostaggi. Non sappiamo quale effetto abbia avuto tutto questo rumore sulla situazione. "

"Beh, lo prenderemo, ma sarò sincero con te. Non credo che nessuno di questi ragazzi abbia in programma di prenderlo vivo. "

"La mia preoccupazione non è per lui, ma per la famiglia all'interno. Se teniamo questa folla sotto controllo, anche loro potrebbero venire uccisi. Dov'è lo sceriffo? "

"Jed è andato a prendere altri poliziotti da un'altra città, proprio come hai chiesto. Ma adesso fatti da parte."

"No! Non possiamo farlo. Se irrompiamo, potrebbe uccidere la famiglia. Devi lasciarmi provare a comunicare con lui", disse Harry.

La folla gridava: "Fanculo!"

E, "Lo stronzo pagherà!"

E, "Uccideremo quello stronzo!"

Un modo di fare violento si stava rapidamente affermando. Diverse bottiglie di birra volarono verso la casa, una delle quali schizzò nella pozzanghera sul tetto, gocce delle quali piovvero su Harry e lo colpirono in un occhio. Quando spazzò via il fango con il bordo della camicia e si voltò a guardare la folla, diversi uomini avevano delle torce in mano e ne stavano per accendere altre.

"Fermatevi! Non potete! "

John disse: "Bene, buon uomo, credo che questo sia ormai fuori dal nostro controllo. Ti suggerisco di tornare indietro e sperare per il meglio. "

Gridavano: "Diamogli fuoco!

E gridavano "A morte quel fottuto mostro!"

Era giusto così?

Harry corse su per i gradini di legno e provò a premere la maniglia. Si girò, ma la porta rimase al suo posto. Guardò di nuovo la folla, non vedendo più uomini, ma un branco di animali rabbiosi. Fece del suo meglio per usare la spalla per aprire la porta, ma ogni colpo minacciava di fargli perdere i sensi.

Le torce erano tutte accese e proprio mentre Harry diceva: "Per favore, non fatelo", tre di loro furono lanciate in aria. Due volarono in alto, molto probabilmente colpendo il tetto, un altro atterrò proprio alla sua destra in un tratto di erba fitta. Prese fuoco quasi all'istante.

Harry sbatté di nuovo contro la porta, questa volta più forte, il suo corpo piegato come fosse una fisarmonica. Poi ancora, ora il sangue gli schizzava dalla spalla. Al terzo, la porta si spalancò. Il fumo usciva già dall'interno. Harry fece diversi passi indietro e constatò che quasi tutto il tetto era in fiamme.

Harry riusciva a distinguere i corpi sdraiati sul pavimento, anche se non sapeva se fossero vivi.

Si rivolse a John: "Dammi la tua camicia. Non la riavrai indietro. "

John se la tolse e la diede a Harry che se la avvolse intorno alla testa. Tenne l'estremità di una delle maniche lunghe e poi fece oscillare la camicia sopra il tetto il più possibile. Quando la riportò giù, circa un terzo di essa era ricoperta di melma bagnata. Questo sarebbe dovuto bastare. Se fosse stato veloce e fortunato, forse quella sarebbe stata l'unica cosa a bruciare. Fece un respiro profondo e, prima che potesse pensare alla situazione, si precipitò verso la porta.

I Kirkman giacevano di fronte a lui, la moglie che tossiva e il marito immobile. A destra c'era l'uomo che Robert aveva costretto ad fargli da aiutante. Stava lottando con un grosso pezzo di legno cadutogli sulla gamba. Sopra Harry c'era una nuvola di fumo denso e poteva sentire le fiamme scendere verso di lui.

Andò ad aiutare l'uomo. La legna stava bruciando, ma non stava davvero andando a fuoco. Con grande sollievo, riuscirono a gettarla via. C'era molto sangue, ma l'uomo diceva di poter ancora camminare.

"Dov'è Robert?" Chiese Harry.

"Non lo so. Ha preso Sylvia ed è corso fuori dalla porta sul retro. Proprio quando sono riuscito a liberarmi, questa cosa mi è caduta addosso. "

"Dobbiamo far uscire i genitori."

Un pezzo del tetto cedette, detriti infuocati si riversarono sul pavimento e tizzoni ardenti si distribuirono per l'intera casa; la maggior parte atterrò a pochi centimetri dai Kirkman. Harry strappò il filo spinato del padre, cercando di separare i coniugi.

"Prendi la madre," gridò Harry, e l'uomo l'aiutò a rimettersi in piedi. Stava tossendo in modo incontrollabile e cadde in ginocchio diverse volte prima che l'uomo riuscisse a farla uscire dalla porta, che alla fine si sgretolò su se stessa.

Harry afferrò le braccia del padre e lo trascinò via il più velocemente possibile, cercando di evitare il fuoco sul pavimento. Ci voleva più forza di quella che aveva, ma lo fece comunque. Quando lasciò cadere il padre sull'erba dietro la casa, gridò. Poi si piegò in due e vomitò, la piccola quantità di sangue che accompagnava la bile non passò inosservata. John corse in giro per casa e, vedendo il padre, iniziò la respirazione artificiale.

È un cavolo di miracolo.

Harry svenne.

Si svegliò di nuovo tossendo. Il padre era stato riportato indietro dal baratro della morte. Harry doveva essere svenuto solo per pochi istanti. Facendo del suo meglio, riuscì a mettersi a sedere. L'uomo che lo aveva aiutato stava accanto a John.

"Come ti chiami?" chiese Harry.

"Bill."

"Grazie per il tuo aiuto, Bill."

"No, signore. Tutto merito suo. Dobbiamo salvare Sylvia, però. Non posso perderla a causa di quello psicopatico", disse Bill, che poi cadde in ginocchio. Aveva inalato molto fumo e Harry poteva vedere che stava cercando resistere per la ragazza, ma non ce la faceva più. Quando Harry guardò più da vicino, vide che Bill si teneva una gamba. Harry si inginocchiò accanto a lui, e quando spostò la mano dell'uomo, poté vedere la punta dell'osso che aveva perforato la pelle. Era sorprendente che avesse trovato la forza di trascinare se stesso e la madre fuori in sicurezza, o perfino che riuscisse a muoversi.

"La trovo io. Te lo prometto. In che direzione sono andati?"

Bill indicò a sinistra oltre il lago. All'inizio Harry non riusciva a decifrare molto, ma poi, in lontananza, li vide. Robert aveva Sylvia sulla spalla, e aveva un vantaggio infernale. Anche John li vide e porse il suo fucile a Harry.

"Non va bene. Ho bisogno di qualcosa con l'obiettivo."

John estrasse una pistola dal retro della cintura. Colt 45.

"Questa andrà bene. Porta queste persone all'ospedale. So che non ce n'è uno in città, ma portali in qualche ospedale comunque. Fai qualche telefonata. Altrimenti il fumo li ucciderà. "

"Ho già chiamato Jed e lui ha chiamato Milwaukee. Un elicottero è in arrivo. Insieme ai rinforzi. Non credo che ci sia più tempo da perdere, però, dobbiamo farlo adesso. "

"No. Dio, no. Hai già fatto abbastanza. Ora aiuta solo queste persone. Non permetterò a te e ai tuoi di mettere di nuovo in pericolo la vita di quella ragazza. "

"OK", disse John, la sua volontà di discutere era ormai scemata.

"Quando arrivano i poliziotti di Milwaukee, mandali in quella direzione." Disse Harry, indicando in lontananza l'assassino che stava scomparendo rapidamente. Presto avrebbe raggiunto una linea di alberi e Harry non sarebbe più stato in grado di vederlo. Si preparò per quello che stava per accadere. Non aveva idea di come sarebbe riuscito a raggiungerli, ma avrebbe trovato il modo. Doveva.

"Un'altra cosa," disse Harry. "C'è una donna. Una donna meravigliosa...in casa Kirkman...è stata uccisa. Bisogna che tu vada laggiù e ti prenda cura di lei. Mi fa male sapere che giace lì."

"Manderò qualcuno laggiù adesso", disse John.

"Chiunque invii, assicurati che sappia cosa fare... Assicurati che si prendano davvero cura di lei."

John annuì, e alla velocità che il suo corpo gli permetteva, Harry si diresse verso il bosco.

CAPITOLO CINQUANTAQUATTRO

Più cercava di trovare l'epicentro della sua sofferenza, di calmare la sua confusione, più il dolore cresceva rigoglioso in lui. Adesso si stava massaggiando le braccia. Sapeva che il dolore era proprio lì, proprio sotto la pelle. Ci era quasi arrivato prima. Quasi.

Allungò le dita verso l'esterno e fece scorrere le unghie lungo il braccio sinistro. Il sangue sgorgava sotto la punta dell'anulare. Era sempre perplesso alla vista della propria essenza. Era uguale a tutti gli altri, ma non conteneva energia.

Scavò più a fondo. Poteva sentire il suo tessuto muscolare forte e caldo sotto, e alla fine la rigidità delle sue ossa. Il sangue dilagava, eppure il dolore non lo lasciava.

Allora sentì quel rumore. Violento e stridente. Motori di automobili e spari. Qualcuno era venuto a portare via la sua famiglia. Aveva paura. Non aveva provato molto spesso quella sensazione, e questo lo fermò. Temeva di perdere la sua famiglia, ma soprattutto temeva di non avere bisogno dei suoi familiari.

Corse verso la porta sul retro, rischiando di cadere. Non era abituato a muoversi a una tale velocità. Poi vide la luce infuocata colpire il tetto. Quando entrò, il fumo era nero e ondeggiante.

La sua famiglia si dimenava sul pavimento, cercando di sfuggire al fuoco. Erano caduti su un fianco, loro quattro, e lui poteva percepirne la paura. Non poteva salvarli tutti. Sapeva che doveva lasciarli a qualunque cosa si trovasse dall'altra parte di quella porta, o alle fiamme in alto, a seconda di quale arrivasse prima. Un sacrificio, perché lui e sua sorella potessero stare insieme. Le slegò le mani da quella bestiaccia a cui era legata. Quell'uomo non era un sacrificio, ma un'offerta.

Sua sorella urlò. Un suono forte e acuto che gli colpì le orecchie come grandine. Allora la picchiò. Non aveva scelta, non se ne pentì. D'ora in poi si sarebbe ricordata di non emettere suoni. Doveva trascinarla via. Aveva gli occhi chiusi e il corpo era crollato. Una sottile nebbia di fumo era penetrata nella casa e uscire dalla porta sul retro fu un sollievo per i suoi polmoni.

Sua sorella era tornata in vita e non si era ricordata della lezione. Stava per urlare ancora, ma lui le mise una mano sulla bocca e se la gettò sulle spalle. Sarebbe arrivata ad amarlo come fratello e come uomo. Più tempo era ciò che le serviva e lui era paziente.

Non ci volle molto per raggiungere la fine del bosco. Si girò a guardare la casa e vide che non c'era più molto altro oltre alle fiamme. Vide anche il profilo di quell'uomo. Quello che cercava di separare lui e la sua famiglia. Lo aveva creduto morto, e invece non lo era.

Soffrì per il sacrificio dei suoi genitori, ma non

ebbe il tempo di fermarsi. Quell'uomo sarebbe sicuramente venuto a cercarlo.

Più in profondità tra gli alberi, tolse la mano dalla bocca di sua sorella. Non emise alcun suono.

Stava imparando, dopotutto.

CAPITOLO CINQUANTACINQUE

Harry era arrivato abbastanza lontano tra gli alberi da non poter più vedere il fuoco, ma poteva ancora sentire l'odore del fumo. Sentiva anche l'odore dell'acqua fresca che il lago faceva venir fuori nella brezza, ma non riusciva a vedere neanche il lago. Sentì per un po' il trambusto degli uomini e dei loro camion mentre si avvicinava alla fine del bosco, ma prima che entrasse nel bosco se n'erano già andati. Ora, tutto quello che percepiva era il vento tra gli alberi e il fruscio delle foglie, tutto apparentemente sereno.

Sono solo.

Sentiva ancora le goccioline cadergli dalla punta delle dita, ma non guardava più la ferita. Poteva morire dissanguato o no. Non c'era niente che potesse fare per decidere quale delle due adesso.

Una cosa gli dava speranza. Il sentiero lasciato da Robert era facile da seguire. Harry non era un localizzatore, ma era abbastanza semplice seguire l'erba arruffata, i rami caduti spezzati e le impronte sul fango. L'assassino non aveva avuto scrupoli a passare direttamente attraverso le pozzanghere o sulle rocce. Era su un sentiero sottile, e Harry fu costretto a fare lo stesso, per non perdere le sue tracce e la distanza guadagnata.

La maggior parte della camminata sembrava in salita. Non era ripida, ma era stabile, e quello era un mortale per il suo ginocchio. Le sue labbra si erano seccate. Anche la bocca. Si era sentito stordito per tutto il percorso, e anche quella sensazione stava peggiorando. Aveva bisogno di acqua. E alla svelta.

Alla successiva pozzanghera di fango, si chinò con un gemito e si versò un po' di quel liquido marrone in bocca. C'era tanto schifo quanta acqua, e gli si attaccò sui denti e in gola, ma la bevve lo stesso. Bevve quanto più poté, sentendosi già un po' più forte. Rinvigorito, si alzò per andare avanti, ma si fermò subito.

Adesso riusciva vederli. Lontano sulla collina. Anche loro si erano fermati e Robert lo stava guardando dall'alto in basso. Harry riuscì quasi a distinguere quel sorriso malato sul suo viso.

Harry era vicino. Erano ancora abbastanza lontani da lui, sicuramente troppo lontani per fare un tentativo, ma aveva chiuso il distacco almeno per metà. Questo pensiero lo rivitalizzò ancor più dell'acqua sporca, e iniziò a andare a passo spedito su per la collina.

Sbrigati, vecchio.

Seguì il sentiero fino al punto in cui aveva visto l'assassino e dopo pochi passi raggiunse la cima della collina. Gli alberi terminavano nello stesso punto e sotto di lui c'era un ripido pendio che terminava in un grande campo. Da quella posizione poteva vedere la gigantesca foresta che si estendeva oltre. Ora che sapeva di essere seguito, Robert avrebbe potuto facilmente far perdere le sue tracce tra quegli alberi se fosse stato intelligente. Doveva raggiungerli adesso.

Robert non stava più trasportando Sylvia, ma la trascinava. Questo lo aveva rallentato immensamente. Sylvia doveva aver visto anche Harry e reagì. Forse era semplicemente diventata più molle e pesante, costringendolo a trascinarla. In ogni caso, era una santa.

Harry incespicò lungo la collina di lato. Prese velocità e fece involontariamente passi sempre più lunghi. Poi cadde e ruzzolò giù per la collina. Il suo corpo si piegò in due e rotolò giù per il pendio, colpendo ogni sorta di roccia e ramo. Quando lo slancio finalmente rallentò abbastanza da permettergli di ritrovare l'equilibrio, Harry era coperto di polvere e graffi. Ciascuna delle sue ferite bruciava di sudore e sabbia, e la benda si era staccata. I tamponi insanguinati erano spariti e il suo sangue scorreva liberamente, anche se fortunatamente non era così abbondante come pensava.

Naturalmente, poteva essere solo perché non gli era rimasto così tanto sangue rimasto da perdere.

Sia quel che sia. La ragazza è l'unica cosa che conta.

Ignorando il giramento di testa, Harry si mosse in avanti. La caduta in realtà lo aveva aiutato a guadagnare terreno e Robert si stava muovendo molto più lentamente ora. Gli occhi di Harry erano fissi sul suo nemico – la sua preda.

Era passato così tanto tempo da quando era stato in grado di identificare il cattivo; il bersaglio. Era bello.

Fu una corsa fra gli alberi, e ogni passo avvicinava Harry un po' di più alla meta.

Più veloce.

Ancora più veloce.

Robert arrivò per primo nella foresta, ma Harry

non era molto indietro. Pensò di fare un tentativo, ma era troppo pericoloso con Sylvia tra le braccia di Robert. Non sarebbe andato fino in fondo solo per finire con l'uccidere lui stesso la povera ragazza.

Poteva seguire facilmente Robert tra gli alberi. Aveva recuperato la distanza, ma ora doveva trovare un modo per fermarlo. "Robert!" gridò, ma non ottenne risposta. L'assassino aveva rotto la linea retta e ora stava zigzagando tra gli alberi. Era in grado di arrampicarsi su grandi tronchi e rocce, cosa che Harry ovviamente non poteva fare, e questo gli diede un bel vantaggio. Diverse volte Harry fu costretto a dirigersi in una direzione separata e poi ritrovare la via. Tuttavia, insistette.

Poi gli alberi finirono bruscamente.

Quando Harry scostò un ramo, trovò Robert fermo, che gli voltava le spalle. Era a pochi metri da una strada a corsia unica. La strada sembrava usurata e per via degli alberi fitti Harry non l'aveva vista prima dalla cima della collina.

Robert si voltò, tenendo Sylvia su di sé. Harry era a soli tre metri di distanza adesso. Puntò la pistola direttamente alla fronte dell'assassino.

Robert aveva un bastone appuntito premuto contro la gola di Sylvia. "Fermati lì. Vuoi salvare la vita di questa donna, non è vero?"

"Sì. Lasciala andare, Robert."

"Non chiamarmi con quel nome," sogghignò. "Il mio nome è Fragole."

"Ti chiami Robert, maledetto Kirkman. Accettalo."

Una berlina rossa svoltò l'angolo e sfrecciò oltre. Proprio mentre passava, Harry vide le luci dei freni per un attimo prima che se ne andassero. Dovevano aver pensato che non fosse una grande idea farsi coinvolgere.

Robert si guardò alle spalle rapidamente, quindi fece un passo indietro.

"E tu come ti chiami?" chiese.

"Harry Bland."

"Bene, signor Bland, siamo in un vicolo cieco. Non lascerò la mia famiglia alle tue cure e dubito che mi lascerai andare via. Non ti è piaciuto il mio regalo? L'hai buttato via così in fretta."

Harry non aveva chiara la mira. Robert teneva il viso vicino a quello di Sylvia. Le possibilità di colpire la ragazza erano cinquanta e cinquanta. Grandi probabilità quando si scommette, terribili probabilità quando si spara alle persone.

"Cosa vuoi, Robert. Di cosa hai bisogno per porre fine a tutto questo? "

"Pensavo di saperlo, ma erano tutte bugie. Non c'è niente. Penso che l'energia sia persa per sempre. "

Harry capì che l'uomo stava pensando. La maggior parte delle persone pensa senza darlo a vedere, ma Robert no. Harry poteva davvero osservare le sue funzioni cerebrali.

Un'altra berlina, questa volta argentata, passò, ma questa non frenò.

Robert fece un altro piccolo passo indietro.

Poi un altro. "Voglio che il dolore se ne vada."

Harry incrociò gli occhi di Sylvia, ed erano molto eloquenti. Annuì leggermente. Un attimo dopo, gli diede una gomitata su un fianco a Robert che lo fece chinare. Non riuscì a scappare, ma diede a Harry abbastanza spazio per piantare una pallottola nella spalla di Kirkman.

La forza del proiettile respinse Robert all'indietro

mentre Harry balzava in avanti e allungava la mano per prendere quella di Sylvia. La prese e la tirò verso di sé, ed entrambi caddero nell'erba.

Robert cercò di riprendere l'equilibrio, ma inciampò e cadde all'indietro, con la testa che gli rimbalzò sull'asfalto. Ci volle un po' prima che si muovesse di nuovo.

Harry gli puntò contro la pistola e, mentre Robert cercava di mettersi a sedere, premette il grilletto. Non uscì niente. Harry controllò la pistola.

John gli aveva dato una pistola con un solo proiettile.

Bastardo bifolco.

Robert si sdraiò. Una piccola quantità di sangue si era accumulata sull'asfalto. Deve aver battuto forte la testa. Poi, con un grugnito, cercò di rialzarsi, mentre Harry cercava a sua volta di tirarsi su in piedi. Senza più niente, ora avrebbe dovuto combattere lo psicopatico a mani nude.

Robert poi inclinò la testa a destra, verso il rombo di un motore. La cabina di un semirimorchio girò intorno alla curva, muovendosi velocemente, ma prima che potesse muoversi, la gomma destra del camion gli rotolò sulla faccia. Il secondo pneumatico gli fece scoppiare la testa come un palloncino d'acqua, e quando il pneumatico posteriore lo attraversò, Robert Kirkman era solo una pozzanghera di cremisi e ossa. L'autista continuò a guidare e Harry riuscì solo a intravedere la vernice rossa scrostata del veoicolo mentre si allontanava.

Non tentò di prendere il numero di targa.

Harry crollò sull'erba e la ragazza fece lo stesso. Gli mise la testa sul petto e lui la avvolse con un braccio. Il suo sangue le stava macchiando la guancia, ma a lei non sembrava importasse. Rimasero seduti sull'erba a lungo, ascoltando il cinguettio degli uccelli e il ronzio delle cicale.

Lo guardò e disse: "Grazie. Sono Sylvia Kirkman."

"Il piacere è tutto mio. Il mio nome è Harry e lavoravo per l'FBI. "

"C'era un uomo..."

"Sta bene, Sylvia. Zoppicherà per un po', ma vivrà. Mi ha aiutato a portare i tuoi genitori fuori di casa."

"I miei genitori stanno bene? Dio, ho davvero bisogno di parlare più spesso con loro. "

"Hanno inalato molto fumo, ma penso che stiano bene anche loro."

Lei sdraiò sul suo petto, entrambi esausti oltre ogni misura.

Dopo un po', disse: "Hai detto che lavoravi per l'FBI?"

"Già Hanno deciso che non gli servivo più."

"Ti hanno licenziato! Cristo. Che cazzo di problemi ha questo paese? È chiaro che vale la pena tenerti al lavoro, Harry. "

"Grazie, Sylvia."

Allora si alzò e si avvicinò alla pozza di sangue che un tempo era la testa di Robert Kirkman. Si chinò e tirò su il bastone che lui le aveva tenuto puntato alla gola, e che era ancora stretto nella sua mano. Con quello e col sangue, iniziò a disegnare qualcosa per strada. Harry non poteva vedere da dove era seduto, ma poteva indovinare cosa fosse.

Il suono delle sirene era debole. Man mano che il volume aumentava, Harry cominciò a vedere un esercito di auto della polizia, ambulanze e camion dei pompieri che si avvicinavano. Sylvia e Harry si sedettero, questa volta fu lui ad appoggiarsi alla sua spalla. Il rumore di un elicottero veniva dall'alto.

Era tutto finito. La ragazza era al sicuro e ora aveva bisogno di riposare. Lasciò che i suoi occhi si chiudessero, e questo gli fece sentire il corpo più leggero dell'aria. Si allontanò, il suo corpo crollò sul grembo di Sylvia.

La ragazza stava bene. Questo era tutto ciò che contava.

CAPITOLO CINQUANTASEI

L'FBI li aveva mandati tutti in aereo a Washington, al centro medico MedStar.

A quanto pare, quello era il posto in cui avrebbero ricevuto le cure migliori. Sylvia pensava che fosse piuttosto sciocco. Bill si era solo rotto una gamba e lei ei suoi genitori si erano già ripresi dal fumo. Immaginava che questa fosse una manovra per salvare la faccia da parte del Distretto.

Harry era un'altra storia. Si trovava in una situazione precaria, e quando Bill non era cosciente per via degli antidolorifici, lei era sempre al fianco di Harry. Il ragazzo era forte, però, e Sylvia fu lì nel momento in cui aprì gli occhi.

"Ehi, ragazzo," disse.

"Ehi, tu."

Harry sorrise come meglio poteva.

"Devo dirti grazie, di nuovo," disse Sylvia.

"No, non farlo

"Sì, certamente. Mi hai salvata e hai salvato la mia famiglia. E il mio ragazzo mi ha detto come l'hai aiutato in quella casa. "

"Tieniti stretto quel ragazzo. È un cazzo di eroe. Com'è che si chiama? Phil, giusto? "

Sylvia rise e diede a Harry un grande abbraccio. Fece del suo meglio per non ferirlo, ma aveva bisogno che lui sapesse quanto le stava a cuore. Andò a trovarlo diverse volte al giorno la settimana successiva, e poi lei e Bill decisero che era ora di tornare a casa.

"Ci vediamo dopo, vecchietto", disse.

"Abbi cura di te", disse di rimando.

Era un tale idiota.

Tornarono all'appartamento che pensava non avrebbero mai più rivisto. Le cose erano cambiate. Era ora di mettere radici.

Quando arrivarono alla porta, si rese conto che non avevano le chiavi. Si voltò per andare a prendere il paio di scorta dal padrone di casa, ma Bill provò d'istinto a girare la manopola e la trovò sbloccata. Dentro, trovarono il posto proprio come l'avevano lasciato, anche se le chiavi non erano più sul pavimento.

Non fecero neanche due passi, quando Melissa uscì dalla camera da letto con indosso solo un asciugamano avvolto in testa. Bill distolse gli occhi, ma Sylvia gli lanciò uno sguardo che diceva che non aveva importanza. Non sarebbe mai stata gelosa con lui.

"Mettiti dei maledetti vestiti, zoccoletta!"

"Sylvia! Che meraviglia vederti. Spero non ti dispiaccia, ma ho usato la tua doccia. Così come il tuo letto e i tuoi piatti. "

"Da quanto sei qui?" chiese Sylvia.

Melissa non si mosse per andare a vestirsi. "Poco dopo che ve ne siete andati, suppongo. Ho ricevuto un

bel messaggino dal nostro amico James. Mi informava
che tutto era andato bene. Ero passata per ringraziarti,
ma eri già via. Quanto tempo è passato? Tre o quattro
giorni? "

"Sono passate quasi due settimane."

"Oh mio Dio, il tempo vola."

Sylvia si avvicinò alla sua poltrona preferita, poi
la prese e la mise vicino alla porta. Fece lo stesso con
la gemella. Quindi tirò fuori un piccolo divanetto
dalla sua camera da letto e lo piazzò dove una volta
erano le poltrone. Fino ad allora, il divanetto era stato
usato come cesto porta abiti e nient'altro.

Aiutò Bill a poggiare la gamba ingessata sul tavolino da caffè e poi seguì l'esempio. Finalmente erano a
casa. Si allungò per prendere la mano di Bill, ma Melissa si lasciò cadere tra di loro, nuda come il giorno in
cui era nata. "Sono così felice che voi due siate
tornati"

Sylvia e Bill si sorrisero di nuovo, e poi entrambi
abbracciarono Melissa. Sylvia prese il telecomando e
accese il televisore.

L'unica cosa di cui aveva bisogno adesso erano
delle patatine al formaggio.

CAPITOLO CINQUANTASETTE

Harry batteva continuamente il braccio contro la ringhiera del suo letto d'ospedale. Diceva a ogni infermiera che entrava nella sua stanza che aveva promesso di non cadere dal letto se avessero semplicemente abbassato quell'affare. Dicevano che l'avrebbero fatto, ma ogni volta che si svegliava c'era di nuovo la ringhiera.

Quanti adulti cadono dal letto, poi?

Le infermiere erano tutte molto gentili con lui. In qualche modo, si era diffusa la voce che fosse una specie di eroe. Un'infermiera si era persino presa cura di Harry in modo più personale. All'inizio Harry aveva protestato, ma poi aveva ceduto.

Cosa intendeva fare? Essere maleducato?

Sylvia lo visitava spesso. Era una ragazza dolce. A quanto pare, era stata una prostituta. Harry non l'avrebbe mai immaginato.

Trascorreva il suo tempo guardando le soap opera diurne e vari spettacoli con giudici di nazionalità diverse. Quel tribunale per le controversie di modesta entità sullo schermo era davvero politicamente corretto. Fece dei cruciverba e lesse un romanzo terribile.

Passò molto tempo a pensare a che tipo di auto comprare. Doveva sostituire Sophie con qualcosa. Forse con un camion questa volta.

L'ospedale minacciava di non lasciarlo andare al funerale di Love, ma quando fece una scenata incontenibile, facendo capire che non c'era modo di trattenerlo lì, cedettero.

C'erano diverse centinaia di persone. Sembrava avessero venduto i biglietti. Alcuni di loro erano agenti che riconosceva, ma la maggior parte erano estranei. Prima del servizio, andò a guardarla un'ultima volta. Indossava il suo vestito di plastica blu e lui si allungò per toccarle il polsino della giacca, così da poter ricordare la sensazione che dava sulla punta delle dita.

Ebbe un posto in prima fila durante sepoltura e tenne uno sguardò solenne mentre calavano la bara nel terreno. Molte persone gettavano rose e altri ninnoli nella tomba, ma Harry lo trovava sempre un atto strano.

Più tardi, Nicky e Slick lo trovarono in piedi di lato, appoggiato a un albero.

"Sai, Harry," disse Nicky, "Non la smetteva mai di parlare di te."

Slick aggiunse: "Sì, era maledettamente fastidioso, se proprio devo dirla tutta". Poi sorrise.

Rimasero a guardare la folla dissolversi.

"Beh, bella giornata comunque," disse Nicky, facendo ridere Harry. Un attimo dopo disse: "Avrebbe assolutamente odiato tutto questo, Harry."

"Sai, lo stavo pensando anch'io," disse Harry.

"Sono contento di non averla fatta soffrire", disse Slick.

"Cosa intendi?"

"Non è lì, Harry."

"Che cosa?"

Slick disse: "Abbiamo scambiato le bare prima della processione."

"Scambiato le bare?"

"Sì. Quella lì, "disse Nicky indicando, "quella è piena di rocce. Un nostro amico la sta cremando proprio in questo momento. Slick e io disperderemo le ceneri da qualche parte quando troveremo il posto giusto. Avrebbe davvero odiato tutto questo, Harry. "

Entrambi gli strinsero la mano e tornarono dalla folla. Prima che arrivassero troppo lontano, Harry ricordò qualcosa. "Ehi!" urlò. Quando si voltarono a guardare, lanciò loro un mazzo di chiavi. "Questa è una bella macchina che potete ritirare in un lotto di sequestro a Pleasure, Wisconsin. Penso che vi piacerà."

Sorrisero, salutarono e proseguirono.

Proprio mentre stava tornando alla sua auto, un'altra persona lo fermò.

"Harry, sono così felice di averti beccato."

"Ciao, Jasper."

"Vado al sodo. Grandi notizie! Il Distretto ti rivuole. La cazzo di FBI, amico. Non è fantastico? "

Harry rise. "Jasper, mi sembra che l'immagine del Distretto si sia un po' offuscata adesso. Non hanno beccato il cattivo, eh? No, agli occhi dei media, il tizio licenziato da loro ha catturato il cattivo. Penso che a voi serva che io sorrida per le telecamere, non che catturi altri cattivi. "

"Dai, Harry, non è così."

"Oh, credo proprio di sì. La cazzo di FBI. Beh, Jasper, immagino che tu possa andare avanti e ficcarti quell'acronimo nel culo."

Harry tornò in ospedale poco tempo dopo.

Nel corso dei due mesi successivi, la sua riabilitazione gli offrì molto tempo per pensare a cosa sarebbe stato del suo futuro. Forse avrebbe scritto un libro.

Oh sì, giusto Harry. Dammi una cazzo di tregua!

Ok, forse no. Ma si sarebbe sicuramente procurato un pezzo di torta alla suca.

"So che mi hai detto di non parlarne più, ma penso davvero di aver visto delle persone."

"Oh, cazzo, Simon. Non c'era nessuno. Abbiamo probabilmente colpito un'altra volpe o qualcosa del genere. Ne stai parlando da ore e io sono stanco di discuterne".

"Assolutamente no, Larry. Era un urto molto più grande di una volpe, e tu lo sai."

"Forse allora era una tartaruga. Qualunque cosa fosse, non importa. Anche se avessi visto delle persone, a chi importa? Siamo quasi arrivati, quindi alleggerisci il cervello, fratellino, e rilassati."

Solo pochi minuti dopo, Simon si sarebbe dimenticato del tutto della tartaruga, o qualunque cosa fosse.

"Eccolo", disse Larry. Indicò il parabrezza mentre il camion raggiungeva la sommità di una collina. Davanti a loro c'era il loro primo scorcio del Lago Superiore.

"Il lago più grande del paese. Forse anche il più grande del mondo, non lo so."

Simon lo guardò meravigliato. Era sul bordo della sedia e Larry pensò di poter trattenere il fiato.

"Wow, Lar, non riesco nemmeno a vedere quanto è grande."

Quando entrarono nella baita che Larry aveva affittato per il fine settimana, Simon corse immediatamente in riva al lago, il suo corpo rotondo affondò. Non sembrava affatto rallentarlo.

Larry non si unì a suo fratello, e scelse invece di sedersi sul bordo della battigia e di bere tutta la birra fredda che poteva entrare nella sua pancia. Sarebbero stati sereni per un po'. Non dovevano fare bottino per un mese o due se non volevano.

Larry era stato finalmente in grado di rilassarsi alla rimozione del carico. A metà strada Larry aveva avuto un'idea improvvisa e aveva chiesto a suo fratello se volesse fare una deviazione e vedere il lago. Simon aveva colto al volo l'occasione, come Larry sapeva che avrebbe fatto. Simon era sempre pronto a tutto.

La vita non poteva andare meglio di così.

Dopo, accesero un fuoco e arrostirono degli hot dog sullo spiedo. Simon aveva insistito perché prendessero le provviste per fare i s'mores, e ne mangiò ben quattro prima di rimetterli tutti di nuovo sul fuoco. Tuttavia, la cosa non lo turbava e ne mangiò un altro ancora.

"Grazie per avermi portato qui, Larry."

"Nessun problema, fratellino. Questo posto è fantastico. Amo l'aria del lago. "

"Ha anche un buon profumo," disse Simon.

"Sì."

Le stelle fecero la coro comparsa in cielo e Simon espresse un desiderio. Esprimeva sempre i suoi desideri ad alta voce, nonostante Larry gli avesse detto che non si sarebbero avverati a meno che non fossero rimasti segreti.

Quando furono entrambi a proprio agio sotto le coperte, e Larry era sull'orlo del sonno, Simon parlò. "E se ce lo perdessimo?"

"Cosa?" disse Larry, in tono scontroso.

"E se portassimo a termine il nostro scopo in questo mondo, ma non ce ne rendessimo conto?".

"Bene, allora puoi morire, immagino."

"No, perché ciò significherebbe che il nostro unico scopo era morire, e non può essere giusto."

"Cazzo, non lo so, Simon. Fammi dormire adesso."

"Ok, Larry, ma penso che sarebbe davvero terribilmente triste se avessimo già adempiuto alla nostra ragione di vita, e non avessimo nemmeno saputo di averlo fatto. Non voglio passare il resto della mia vita a cercare qualcosa che non potrò mai trovare."

Larry stava già russando.

Caro lettore,

Speriamo che leggere *Fragole* ti sia piaciuto. Per favore, prenditi un attimo per lasciare una recensione, anche breve. La tua opinione è molto importante.

Saluti

Casey Bartsch e il team Next Chapter

Fragole
ISBN: 978-4-82411-326-9
Tascabile in edizione economica

Pubblicato da
Next Chapter
1-60-20 Minami-Otsuka
170-0005 Toshima-Ku, Tokyo
+818035793528

10 novembre 2021